Bananen bremsen nicht – S-Bahn-Geschichten

Bananen bremsen nicht

S-Bahn-Geschichten
der Hachinger Autoren

herausgegeben
von
Gertraud Schubert

Alle handelnden Personen sind frei erfunden. Ähnlichkeiten mit lebenden Personen sind Zufall und keine Absicht.

Es liegt uns fern, Fahrgäste sowie Angestellte von Bahn und S-Bahn zu beleidigen oder in Ihrer Ehre zu verletzen.

Bibliografische Information der Deutschen Nationalbibliothek:

Die Deutsche Nationalbibliothek verzeichnet diese Publikation in der Deutschen Nationalbibliografie; detaillierte bibliografische Daten sind im Internet über http://dnb.dnb.de abrufbar.

© 2016
Herstellung und Verlag:
BoD – Books on Demand, Norderstedt

ISBN: 9783839114124

Kurzstrecke

Mango-Duft

Claudia Semmler

Neben mir in der S-Bahn sitzt eine ältere Dame, die bestimmt ein Pfund Zwiebeln gegessen hat, gegenüber ein Jugendlicher, der vom Reinglotzen in sein Handy einen krummen Rücken hat, und neben dem Jugendlichen sitzt ein Mann mittleren Alters, der vor sich hin spricht, aber in einer Sprache, die ich nicht kenne, die auf mich fremd wirkt wie eine Codesprache, die auch wohl nur er entschlüsseln kann. Oder sie beim Sprechen just in dem Moment einfach erfindet.

Im Grunde ist dies ein sehr repräsentativer Durchschnitt der S-Bahn-Nutzer um 18:50 Uhr, meine Wenigkeit inbegriffen: 50 Jahre, berufstätig, grippal.

Ab und an traue ich mich zu atmen, aber nicht zu oft, denn die Luft ist, wie schon gesagt, mit Zwiebelduft geschwängert und darin wälzen sich die Buchstaben und Zahlenfetzen des Mannes, die mal laut, mal leise durch das Abteil mitgeteilt werden. In meiner Nase nistet Herbstschnupfen. Hatschi! Aber so schlimm ist es noch nicht, ich kann die Zwiebeln ja noch riechen.

Hinter mir steht eine gepflegte Frau mit einem Pudel. Der Hund hat so viel Leinenfreiheit, dass er nun neben mir sitzt. Treue Hundeaugen glotzen mich an. Außer Hustenbonbons in meiner Tasche habe ich nichts dabei, aber der Pudel kann anscheinend Leckerli von Hustenbonbons nicht unterscheiden und glotzt weiter hartnäckig in mein Gesicht.

Ansonsten ist das Abteil, wie man so schön sagt, gerammelt voll. In meiner Phantasie versuche ich mir vorzustellen, beim nächsten Türöffnen eine Südseebrise mit Mangoduft zu erschnuppern. Aber es erreicht mich bloß immer wieder dieser Zwiebelduft.

Naja, so hat sich wohl jeder ein Überlebenstraining fürs Bahnfahren angeeignet. Meins ist Südseeduft mit Mango. Und Ihres?

Am liebsten fahre ich in gut gefüllten S-Bahnen, aber nur wenn ich einen Sitzplatz habe. Hier kann ich fremde Sprachen hören, ein Dutzend gleichzeitig, das kann mir keine Pauschalreise bieten. Ich kann mir tausende Fragen stellen. Was wohl der buckelige Junge gerade in sein Handy tippt, was die Frau in ihrer Handtasche, das Kind in seinem Rucksack hat?

Ich schnäuze mich, und garantiert werde ich mit meinen Bazillen jemanden anstecken.

Ich überlege, wo die ganzen Fahrgäste wohl herstammen, wo sie wohnen, was sie am liebsten trinken. Bei der Dame mit Pudel wird es wohl Schwabing und perlfreudiger Sekt sein.

Bei so viel Auswahl an Fahrgästen fällt es mir nicht schwer, ein Gespräch zu beginnen. Heute beginnt es mit „Hatschi", und als ich endlich anfangen möchte, kommt die Durchsage: „Nächster Halt Isartor, bitte links aussteigen." Mist, ich muss hier raus und schiebe mich mit meinen zwei großen Einkaufstaschen, Rucksack, Handtasche und Schnupfen quälend zum Ausstieg. Der Pudel bellt vernachlässigt und gekränkt hinterher. Gerade noch aus der Bahn gekommen. Die Zugluft im S-Bahn-Schacht kitzelt mir einen Niesanfall heraus. Spätestens jetzt werde ich einen Bahnsteiggast angesteckt haben.

Beim Nachhauseweg überlege ich noch lange, was der Mann wohl mit seinen Wörtern, Buchstaben und Zahlen aussagen wollte.

Zuhause, nach einem langen Arbeitstag mit „Hatschi" angekommen, bemerke ich, dass meine kurz zuvor eingekauften Zwiebeln in meiner Einkaufstasche schon sehr gerochen und wohl Teilschuld an der Zwiebelduftwolke im Abteil gehabt haben. Mein Feierabend endet mit einer Buchstabensuppe mit Zwiebeln, einer Grippe-Tablette und wunderbaren Träumen von Schätzen aus aller Welt und Kulturen auf meinem Sofa. Bis eine weiße Pudelschnauze mich anstupst.

S-Bahn-Schlägerei

Peter Veth

Mein Vater feierte seinen sechzigsten Geburtstag in der Kugleralm bei Deisenhofen. Wohl wissend, dass wir Männer mehrere Maß Bier die Kehle hinunter schütten werden, und die Frauen keinen Führerschein besitzen, um uns nach Hause zu fahren, entschied Vater sich kurzerhand für die An- und Abfahrt mit der S-Bahn. In der Alm ließen wir es uns so richtig gut gehen. Zum ausgezeichneten Essen, vom Mittagsschmaus bis zum Abendessen, leerten wir so um die vier bis fünf Maß vom edlen Gerstensaft. Die Feier dauerte immerhin von 10:00 bis 18:00 Uhr.

Dann wanderten wir bis zur zweieinhalb Kilometer entfernten S-Bahn-Station in Deisenhofen. Wir stiegen ein, und die Frauen mit den Kindern suchten sich freie Sitzplätze in den Abteilen. Mein Vater, mein Bruder und ich blieben am Türgang stehen und alberten uns gegenseitig an. A richtige Gaudi hamma ghabt.

Ein heftiger Klatscher und ein unterdrückter Wehlaut unterbrachen unser lustiges Treiben. Da hat doch jemand jemanden geohrfeigt? Da war ich mir ganz sicher. Ich verließ unsere Runde, um nachzusehen, was geschehen war. Fast am hinteren Ende des Abteils saß eine heulende Frau einem Kerl gegenüber, der gerade wieder zuschlagen wollte.

„Des gäht ja glei gor ned", brüllte ich los, „a Frau schlägt man nicht."

Noch bevor ich zum Ende kam, haute der Kerl mir eine ins Gesicht und streifte dabei meine Nase. Der Schmerz war erträglich, doch das Blut floss in Strömen. Mein extravagantes, weißes Trachtenhemd war im Nu voll mit Blut. Das hätte der Volltrottel lieber nicht tun sollen. Ich sah im wahrsten Sinne des Wortes ROT! Mit zwei gezielten K.O.-Schlägen legte ich seine Angriffslust fürs Erste lahm. Die gequälte Dame schrie mit verheulter Stimme: „Aufhören, um Himmelswillen aufhören."

Zwischenzeitlich waren wohl Passanten von außen auf die Schlägerei aufmerksam geworden und verständigten den Lokführer. Schon kam eine Durchsage: „Im Abteil neun bleiben die Türen geschlossen, bis die Polizei eintrifft." Diese Ansage wiederholte sich so alle Viertelstunden. Nach einer geschlagenen Stunde erschienen dann vier Beamte, zwei in Uniform und zwei in Zivil. Als ein Polizist das Abteil betrat, schrie die geschlagene Frau lauthals los: „Helfen Sie uns, dieser Dreckskerl hat meinen Freund angegriffen und geschlagen."

Daraufhin wurde ich nach draußen gebracht und ins Verhör genommen. Auch das Pärchen wurde von einem Beamten nach dem Tathergang befragt. Das vermeintliche Ergebnis der Anhörungen lautete mir gegenüber dann so: „Leider haben Sie schlechte Karten. Beide behaupten, Sie hätten das Zuschlagen angefangen, weil Sie einen Sitzplatz wollten."

Jetzt wurden meine Personalien aufgenommen und mir wurde mitgeteilt, dass ich mit einer Anzeige wegen Körperverletzung zu rechnen hätte. Ich könnte ab jetzt zum Vorfall schweigen und müsste mich nicht belasten.

Von vorbeigehenden Fahrgästen wurde ich inzwischen beschimpft, da man mich für die eineinhalb Stunden Wartezeit verantwortlich machte.

Nun kam ein Zivilbeamter auf mich zu und erklärte mir, dass ich nicht nur mit einer Anzeige wegen schwerer Körperverletzung zu rechnen hätte, sondern auch einen strafrechtlichen Eingriff in den öffentlichen Personenbeförderungsverkehr verübt hätte.

So nebenbei erfuhr ich vom „Vernehmer": „Das wird ganz schön teuer für Sie werden."

Meine ständige Beteuerung, dass ich nur aus Notwehr und um der Frau zu helfen gehandelt hätte, half mir überhaupt nicht.

Bis sich das Blatt auf einmal wendete.

Die inzwischen eingeleitete Personenüberprüfung aus dem Funkübermittler der Polizei identifizierte meinen Gegner als straffälligen Zuhälter. Zum großen Glück meldete sich auch noch ein Zeuge, der das ganze Geschehen von außen beobachtet hatte. Er berichtete, er habe alles mitgekriegt und darauf den Lokführer verständigt. „Der Herr hier wollte der Dame behilflich sein, nachdem sie einige Male gewatscht wurde. Da schlug ihm der Brutalo mit der Faust ins Gesicht. Den zweiten Schlagansatz konnte der Herr durch eine gelungene Gegenmaßnahme abwehren."

Nach dieser Aussage wurde ich befragt, ob nun ich eine Anzeige wegen Körperverletzung erstatten möchte. Ich verneinte und meinte: „Dieser edle Herr wird wohl noch länger unter meinen Schlägen leiden als ich unter seinem, und die Anzeige von der Eisenbahn bekommt er sowieso."

Mit einem verschmitzten Lächeln erklärte mir einer der Beamten, ich könne jetzt nach Hause fahren. „Sie haben noch drei Monate Zeit eine Anzeige nachzureichen. Die beiden kommen jetzt erst mal mit aufs Revier. Dann noch eine gute Fahrt."

Korfu ade

Michael Fromholzer

Am Bahnsteig höre ich schon die Durchsage: „Bitte beachten Sie: nächste S3 nach München Pasing, planmäßige Abfahrt um 8:27 Uhr, fällt aus." Jaja, der Zehn-Minuten-Takt, nicht immer verlässlich. Die nächste Bahn um 8:37 Uhr jedenfalls trifft pünktlich ein. Ein Sitzplatz. Juhu, ich werde also gemütlich mein spannendes Buch lesen können. Gemütlich? Fehlanzeige.

Es sind noch Plätze frei, und darum stelle ich meinen Rucksack auf den freien Sitz neben mir. Meine Jacke ziehe ich aus und lege sie dazu. Hole mein Buch raus. Am Fasanenpark bleibt ein Fahrgast neben dem 'Sitzplatz' meiner Tasche demonstrativ stehen. Er sagt nix und ich gehe davon aus, er will sich auf DIESEN Platz setzen. Gegenüber, denke ich, sind doch auch noch welche frei. Aus den Augenwinkeln bemerke ich, er fixiert mich – und wie böse er mich anschaut. Ich nehme Rucksack und Jacke auf meinen Schoß. Grad dass er sich nicht auf meinen Rucksack gesetzt hat, so schnell nimmt er Platz. Er plumpst richtig hinein. Seine Knie und seine Schenkel nehmen ausladend die Sitzfläche ein. Ebenso der Rest seiner Gestalt. Sein linkes und mein rechtes Knie knutschen. Stoffel sagt nix, knutscht mein Knie. Brettlbreit und stur. Hätt ich mich auch gleich am Truppenübungsplatz neben einen Panzer setzen können. Egal, weiterlesen, ist grad spannend.

Schräg gegenüber fängt eine Frau zu husten an. „Hau's nur her die Bazillen. Fahr ich halt nächste Woche nicht nach Korfu." Ich lese weiter.

Der nächste Huster ist nicht weit, er kommt von der Glasscheibe, die die Sitze von den Türen trennt, hinter mir. 'Hinterglas-Husten' denke ich mir. Und schon wieder ein Huster, geografisch ist der jetzt aber nicht mehr zu orten. Das Wetter ist ja auch verrückt, da ist ein Schnupfen unumgänglich. Heute 28 Grad und morgen wieder 12 Grad.

Dass mein Buch spannend ist, habe ich schon erwähnt. Ich blättere – wegen meines sehr barocken Nachbarn etwas beengt – um, unsere Knie knutschen immer noch. Ein kräftiges 'Hatschi' übertönt mein Umblättern. Das Niesen war jetzt richtig nah, also direkt von gegenüber. Na toll, die Bakterien müssen gar nicht weit fliegen, die kommen ohne umsteigen zu mir. Korfu, ade. Kein Souvlaki am Strand, statt dessen Kamillentee und Zwieback zuhause im Bett. Und wieder hustet einer irgendwo. Die S-Bahn bleibt stehen.

„Liebe Fahrgäste", die Durchsage kommt vom Fahrer selbst, „vor uns in Giesing steht grad noch die S7." Er hustet jetzt. Er beendet die Durchsage mit: „Es geht gleich weiter." War das jetzt ein Husten oder ein Räuspern? Wenn das ein Husten war, können sich Bakterien auch über die Sprech-anlage verbreiten? Die ganze S-Bahn würde im Kollektiv angesteckt. Ich bin also nicht alleine, wenn ich meine Urlaubstage auf Korfu schwin-den sehe. Tausend andere Passagiere, die nächste Woche auch Urlaub haben, werden Kamillentee und Zwieback mit mir teilen müssen. Ob es dann überhaupt noch welchen zu kaufen gibt, bei so viel Nachfrage? Oder war´s doch nur ein Räus-pern? Egal jetzt, weiterlesen, ist grad spannend.

Ich spüre einen Tropfen auf meiner Hand. Regnet es durch die Scheibe, ist die Bahn un-dicht? Ist es das Kondenswasser von der Scheibe? Läuft mir der Sabber, weil mein Buch so span-nend ist? Hat mich schon wer angesteckt? Erst jetzt realisiere ich, dass mein Gegenüber wieder geniest hat. Toll, der Virus hat mich unmittelbar erreicht. Von meinen Handrücken aus wandert er über meinen Arm und setzt seinen Weg über Schulter, Hals, Kinn zur Nase fort. Von dort gelangt er geradewegs in meine Schleimhäute. Der Virus sucht sich seine Bahn jetzt innen weiter. Rachen, Mandeln, Speiseröhre, Magen. Endstation Darm. Bitte alle aussteigen.

Nicht nachdenken, weiterlesen. Da ich auf Korfu sowieso nicht nur nicht zum Lesen, viel-mehr überhaupt nicht hinkommen werde, will ich wenigstens jetzt noch ein wenig lesen. Mittler-weile hustet gefühlt die ganze S-Bahn. Laute und leise Huster und Nieser begraben Korfu unter sich, wie einst der Vesuv die Stadt Pompej. Beim Blick aus dem Fenster stelle ich fest, ich bin erst in St.-Martin-Straße. Ich habe noch 12 Minuten Fahrt zum Stachus im S3-Hust-Express.

Ein richtiges Konzert geht jetzt los. Das wäre doch was, ein Dirigent leitet das S3-Hust-Orchester: Mozarts Kleine Nachtmusik wird gehustet. Bestimmt sehr klangvoll, neu und innovativ. Sensation des Jahres. Dann die große Tournee mit dem S3-Hust-Orchester, Open Air am Königsplatz am 26.7.2017.

Alles Husten geht jetzt in ein großes über-dimensionales Husten über. Es baut sich vor mir auf. Ein riesiges, schleimiges, wabbeliges, grünes Hustenmonster intoniert eine kleine Nachtmusik, reißt sein Maul auf, verschlingt mich. Und mein Nachbar knutscht immer noch mein Knie.

Stammstreckenverstopfung
– Erzsébet 1

Doris Lettmann

Wenn man in der S3 ganz vorne einsteigt, sich nach rechts wendet und auf den Platz für Schwerbeschädigte setzt, dann besteht eine hohe Wahrscheinlichkeit, dass man neben Erzsébet landet. Erzsébet fährt seit 18 Jahren S-Bahn. Von morgens bis abends. Jeden Tag. Mit etwas Glück dann allerdings auf unterschiedlichen Strecken. Und das ohne gültigen Fahrschein! Erzsébet war natürlich vorher schon mit dem MVV unterwegs, aber so richtig begann ihre Karriere als Dauergast des MVVs an diesem denkwürdigen Tag im November im Jahr 1998.

An diesem Tag ist Erzsébet mit der S3 in Richtung Pasing unterwegs. Ihre Haare sind zu einem stahlgrauen Lockenhelm onduliert, der Körper steckt in praktischer Yogakleidung. Es ist ziemlich voll. Schon vor drei Stationen musste Erzsébet den Platz neben ihr freimachen und ihre Yogamatte auf den Schoß nehmen. Und vor ihr sitzt auch noch so eine junge, Kaugummi kauende Tätowierte, die ihren Unterkiefer wie ein Kamel von rechts nach links wirft. Widerlich.

Am anderen Ende des Waggons macht sich eine gewisse Unruhe breit. Leute fangen an, in ihren Taschen herumzukramen. Auslöser für die

Unruhe sind drei Männer in Zivil mit Herren-
handtaschen. Erzsébet lächelt selbstgefällig. Fahrkartenkontrolleure. Welcher Mann trägt sonst
schon solche Accessoires mit sich herum? Gerade
haben sie wieder einen erwischt. Ist ja schon viel
Gschwerl unterwegs. Und sie muss das dann
wieder ausbaden, weil die Seniorenkarte jedes
Jahr teurer wird! Mit routiniertem Griff schiebt
sie ihre Hand in die Handtasche um das Porte-
monnaie herauszuholen und findet … nichts. Der
Geldbeutel ist zu Hause liegen geblieben.
Erzsébet lockert sich den Blusenkragen. Noch
sind die Kontrolleure drei Sitzgruppen von ihr
entfernt. Wenn sie ganz entspannt aufsteht und
am Hauptbahnhof aussteigt, dann kann ihr nichts
passieren.

In diesem Moment bleibt der Zug abrupt
stehen. Mitten in der Röhre! Erzsébet setzt sich
wieder hin, schaut nach rechts, dann nach links.
Die Luft ist heute aber wirklich stickig, und die
Leute da vorne müssen auch so dicht beieinander
stehen, dass an einen unauffälligen Rückzug nicht
zu denken ist! Inzwischen sind die Kontrolleure
schon bei der benachbarten Sitzgruppe angekommen. Erzsébet pocht das Herz bis zum Hals. Aber
die Tätowierte, dieses Flitscherl, die wird ja wohl
kein Billett haben und das wird lang genug für
Aufmerksamkeit sorgen. Die Bahn wird weiter-
fahren, und sie wird aussteigen. Nervös greift sich

Erzsébet an die Brust. Das Yogahemd ist heute eng wie ein Panzer.

„Die Fahrkarten bitte", ertönt es direkt neben ihr. Die Tätowierte reicht dem Kontrolleur eine Monatskarte herüber, aber das bemerkt Erzsébet schon nicht mehr, denn sie fällt im gleichen Moment kopfüber in den engen Raum zwischen den Sitzreihen.

Bei Erzsébet tritt der Tod nicht durch verstopfte Herzkranzgefäße, sondern durch einen verstopften Stammstreckentunnel ein.

Hier hätte die Geschichte schon ihr unspektakuläres Ende gefunden haben können, wäre da nicht Erzsébets Geist, der noch gar keine Lust auf ein überirdisches Nachleben hat! Ihr Geist fährt aus dem Körper aus und stürzt sich auf den tätowierten, aber jungen und starkherzigen Körper der Frau vor ihr. Dieser beherzte Sprung hätte nun zu Geschichten aus einem recht bewegten Leben führen können. Tut er aber nicht, denn in diesem Moment steht die Tätowierte auf und Erzsébet springt haarscharf an ihr vorbei. Sie versinkt in einem plüschigen Blau.

In den Himmel ist Erzsébet nicht eingefahren, sondern in das blau karierte Polster eines S-Bahn-Sitzes. Immerhin hat sie einen Fensterplatz.

Der Christbaumtransport

Erdmuthe Buchner

Einen Bummel über die Münchner Christkindl-
märkte fand ich wie immer wieder herrlich. Ich
genoss den Duft von heißem Glühwein, süßen
Lebkuchen, gebrannten Mandeln und ganz besonders den Duft und vor allem den Geschmack
frischer heißer Maroni. Aber so nach 4-5 Stunden
und diversen Haferln Glühwein – ich musste doch
wissen, welcher am besten schmeckt – wollte ich
bloß noch heim.

Also machte ich mich so gegen 18 Uhr auf zur
S-Bahn-Haltestelle Rosenheimer Platz. Drängelte
mich noch durch den Christbaum-Verkaufs-Platz
und blieb wie angewurzelt stehen. Direkt vor mir,
herrlich schlank, gerade gewachsen, stand er,
mein Christbaum.

Der und kein anderer musste es sein! Er war
zwar etwas hoch, so etwa drei Meter, aber das
machte nichts, abschneiden kann man immer was,
dann hätte ich gleich noch Daxen für meinen
Balkonkasten.

Also hab ich den Baum gekauft! Das sehr
unwürdige Angebot, diesen herrlichen, stolzen
Baum in ein Ganzkörperkondom – sprich Plastik-
netz – zu pressen, konnte ich siegreich abwehren.

Jetzt musste mein Tännchen bloß noch in die S-Bahn bugsiert und nach Hause gebracht werden.

Ich wusste gar nicht, dass die Leute so brutal und ungehobelt sein können. Das fing schon auf der Rolltreppe an. Nur weil ich mit meiner Drei-Meter-Tanne zur abendlichen Stoßzeit zur S-Bahn runter fahren wollte. Mit einem friedlichen Christbaum wohlgemerkt!

Da haben sie gleich ein Geschimpfe und Gezeter angefangen, und mich gar noch an Leib und Leben bedroht. Und das vier Tage vor Heilig Abend.

Endlich unten an der Haltestelle angekommen, fuhr schon meine S3 ein. Aber jetzt ging's erst richtig los.

Bis ich da überhaupt rein gekommen bin, in den Wagon!

Die Büffel sind einfach nicht auf die Seite gegangen, so dass ich die Tanne umdrehen und das dicke Ende wie einen Rammbock einsetzen musste. Und schon ging es wieder los! Ich erinnere mich nur noch an Wortfetzen wie Unverschämtheit, d`Strumpfhosen zerrissen, Rüpel, Rippen eidätscht, Schadensersatz, damische Rutschn.

Vollauf damit beschäftigt, die Kurve ins Wageninnere zu bewältigen, was bei einem Baum von drei Metern nicht ganz einfach war, konnte ich leider nicht näher darauf eingehen.

Damit dies überhaupt gelang, musste ich vorne einer Dame den Hut vom Kopf stoßen, in der Mitte einen Herrenmantel leicht mit Harz bestreichen und hinten, so leid es mir auch tat, einem Weihnachtsmann mit dem Wipfel meines Tännchens den Bart kämmen, was natürlich nicht ohne ein paar Kratzer abging.

Die ganze Zeit, während ich mich da abmühte, fielen, statt dass mir jemand geholfen hätte, folgende Ausdrücke: Dreckmatz, Hirndappige, Mistluada, Zupfgeign, depperte Urschl (obwohl ich einen viel schöneren Namen hab), prellte Huisn, ins Hirn gschissn.

Noch immer konnte ich der ungehobelten Meute nicht gebührend herausgeben, weil ich, als endlich die Kurve ins Innere bewältigt war, meine ganze Kraft und Geschicklichkeit darauf verwenden musste, meinen grünen Begleiter in eine aufrechte Lage zu bringen. Leider scheiterte mein Versuch an der unzureichenden Höhe der S-Bahn.

Obwohl ich einer Dame den Rock bis zur Hüfte aufschlitzte, zwei Kinder fast umwarf und einige Weihnachtstüten in den Händen ihrer Träger zerfetzte – der Baum ließ sich nicht aufrichten. Also schien es mir besser, ihn auf den Boden des Mittelganges zu legen. Was wiederum unter den Füßen einiger Fahrgäste ein böses Erwachen, sozusagen hektisch nervöse Zuckungen, auslöste.

Vor allem hinderte es drei Leute am Aussteigen, so dass sie statt am Ostbahnhof halt erst an der St.-Martin-Straße ins Freie gelangten.

Ich will diesmal die Schimpfwörter, die deswegen auf mich herab prasselten, zugunsten jener Organe unterdrücken, nach denen jetzt immer lauter gerufen wurde: Es waren die S-Bahn-Wache, sieben bis neun Polizisten, Kontrolleur, SEK, Irrenwärter, Antiterroreinheit, Bundeswehr, Luftwaffe und Lokführer.

Besonders mulmig wurde mir, als auch noch mehrmals, und zwar sehr kategorisch, die Wiedereinführung der Todesstrafe verlangt wurde. Ehrlich gesagt, ich fürchtete um mein Leben.

Und wir waren erst zwischen Giesing und Fasangarten – ich musste aber bis Taufkirchen hier drin bleiben. Da gab es für mich nur noch einen Ausweg. Ich musste mich dümmer stellen, als ich war. Ich nahm all meinen Mut zusammen, bemühte mich um eine kindliche Stimme und sagte laut:

„Achtung liebe Fahrgäste! Einen schönen Gruß vom Christkindlein und von den Hirten auf dem Felde, wir fahren jetzt friedlich weiter bis Bethlehem."

Und dann sang ich lauthals und so innig wie ich nur konnte das Lied: „Jetzt kummt die heilig Weihnachtszeit, jetzt seids nur alle still …"

Schlagartig schwenkte die Stimmung um: Die Dame mit dem aufgeschlitzten Rock bot mir

24

überfreundlich ihren Sitzplatz an. Eines der Kinder versuchte, mir sein angelutschtes Bonbon in den Mund zu schieben, der Bärtige steckte mir gar fünf Euro in die Manteltasche. Sogar der Italiener, der mich vorher „brutta bestia" und „stupida vecchia" genannt hatte, lächelte mir nun freundlich zu.

Aufatmend hörte ich, wie einer dem anderen zuflüsterte: "… eine arme Irre, die darf man nicht länger reizen. Sonst könnte sie rabiat werden!"

In Taufkirchen stieg ich ungehindert aus. Zuvorkommend reichten mir die Fahrgäste meine Drei-Meter-Tanne heraus und wünschten mir sogar noch schöne Feiertage und ein glückliches Neues Jahr.

Ja, ein Christbaum allein, und sei er noch so groß, tut's heutzutage nicht mehr. Man muss schon zu stärkeren Mitteln greifen, um gestresste S-Bahn-fahrende Stoßzeitmenschen in friedliche Weihnachtsstimmung zu versetzen!

Commander Chris

Gertraud Schubert

Mit einem Flackern erwachten die drei Konsolen zum Leben. Ein Fingertipp von Commander Chris Taylor schaltete die Triebwerke ein. Sanftes Brummen erfüllte das Cockpit, schwoll allmählich an.

> *„Ground Control to Major Chris*
> *Commencing countdown*
> *Engines on*
> *Check ignition*
> *and may God's love be with you*
>
> *Ten, Nine, Eight, Seven, Six, Five, Four,*
> *Three, Two, One – Lift off“*

Als die Anzeige auf Grün umschaltete, lenkte Chris den Raumgleiter aus der Parkbucht und in Startposition. Ein rosa Streifen über dem Horizont kündigte den Aufgang des Hauptgestirns an. Die Triebwerke röhrten und der Gleiter nahm Fahrt auf, hob ab. Chris schob den Steuerknüppel langsam zur Seite und zog sein Gefährt in eine lange Kurve.

Routine, alles Routine, dachte Chris, und doch immer wieder aufregend. Seine Nackenhaare stellten sich auf, als er auf das schwarze Loch zuraste. Als es ihn verschlang. Hilflos den Gravitationskräften ausgeliefert. Ohne Möglichkeit, den Kurs zu korrigieren.

„For here am I
Sitting in a tin can
Far above the world
Planet Earth is blue
And there's nothing I can do"

Lichter zischten vorbei, Farben glühten auf, gelb, grün, orange, blau, und verglommen wieder. Leuchtende Punkte jagten ihm entgegen und wurden im letzten Moment zur Seite abgelenkt.

„Though I'm past one hundred thousand miles
I'm feeling very still
And I think my spaceship knows
which way to go
Tell my wife I love her very much she knows"

summte Chris und hielt den Steuerknüppel fest umfasst. Der Flug ist fest einprogrammiert. Läuft völlig automatisch ab. Eigentlich war er überflüssig.

Die Krümmung der Raumzeit, die Umkehrung der Symmetrie, Verkehrung von Wirklichkeit und Traum. Menschen, die durch sein Leben eilen, die lachen und schreien, die rennen und hasten – alles nur Spiegelungen, alles nur Illusion, Space Oddity.

Einen kurzen Moment lockerte er den Griff. Bing, bing, bing. Ist schon recht, brummte Chris. Kann doch gar nicht vom Kurs abkommen.

Blau, blau, blau – Rot, rot, dunkles Rot. Die Farben des schwarzen Loches. Nicht ablenken lassen. Commander Chris hielt seinen Blick starr nach vorne gerichtet. Gleich, gleich war es so weit. Ein heller Punkt direkt vor ihm, noch weit weg. Doch er wurde größer und größer und größer. Licht ergoss sich über ihn. Die Bremsen zischten. Riesige futuristische Gebäude kamen in den Blick, tausende von Fenstern, glitzernde geschwungene Fassaden. Er hatte das schwarze Loch hinter sich gelassen. Langsam glitt er an der Rampe vorbei. Das filigrane Stahlgerüst einer Brücke kam ins Blickfeld.

Es knisterte im Interkom.

„Ground Control to Major Tom
Your circuit's dead, there's something wrong"

„S-Bahnführer Christian Schneider, haben Sie ein Problem?"

„Nein, wieso?"

„Sie sind zu schnell in den Bahnhof Hackerbrücke eingefahren."

„Wirklich?"

"Here am I floating round in my tin can
Far above the Moon
Planet Earth is blue
And there's nothing I can do"

„Was haben Sie gesagt?"

„Wollte nur testen, ob die Automatik funktioniert."

„Ok. Aber zur Donnersbergerbrücke bitte wieder regulär."

Hommage an David Bowie und Chris Hatfield

Wachgerüttelt

Claudia Semmler

Ich bin frühmorgens im Grunde unsichtbar, müde, irgendwie nicht anwesend, und mein Denken ist noch im Schlafmodus. Mein Körper hat Kleidung übergezogen bekommen, damit ich mich von all den anderen in der S-Bahn nicht unterscheide. Auch mein Arbeitgeber legt darauf Wert. Heute ist alles wie immer, müde warte ich, bis die Haltestelle Hauptbahnhof kommt, ins Leere im Wagon herum schauend und mich zugleich wundernd, dass ich nichts wahrnehme. Vielleicht kennen Sie solche Momente auch?

Das änderte sich schlagartig, als ein angenehm riechendes Eau de Toilette meine Nase mit Leben erfüllte und dann den Platz gegenüber von mir einnahm. Etwas zeitverzögert gesellte sich ein junger Mann zu der vorauseilenden Duftwolke dazu. Es kommt zusammen, was zusammen gehört. Einnehmende Persönlichkeit, denke ich, stechender Blick, wasserblaue Augen in tief liegenden Augenhöhlen, dazu formschöne dichte Augenbrauen. Beneidenswert!

Augen als Mittelpunkt der glanzvollen Erscheinung. Interessant: der Drei-Tage-Bart, seine reine Haut, und sein Eau de Toilette. Ein Mann im besten Alter. Er ist sich seiner Ausstrahlung offenbar nicht bewusst, denke ich.

Er lächelt mich an. Warum macht er das? Plötzlich wacher geworden – bei einem solch angenehmen Gegenüber fällt das auch nicht schwer! – bin ich sogar befähigt zurück zu lächeln. Mein Gott – er hat mich wach gelächelt! Entschwunden mein eintöniges Da-Sein, morgens in der S-Bahn. Er blickt mir tief in die Augen, ich versuche Stand zu halten. Fühle mich zum Kampf aufgefordert. Will mein Sonntagsgesicht zeigen, mein Selbstbewusstsein und meine Lebensfreude aus der Reserve holen. Unsere Blicke werden immer wieder von Lächeln und kurzem Weg-schauen unterbrochen. Darin sind wir beide gut, es steht unentschieden. Ich kann nicht wider-stehen. Ich muss, muss unbedingt direkt in diese Augen sehen. Um mich herum verschwimmt alles.

Die Energie, die er in mir wachgerüttelt hat, fokussiert sich auf seine Augen, seine Gestalt. Und ich erkenne, dass auch sein schlichter hellgrauer Pullover mit V-Ausschnitt und sein dunkelgraues Jackett ihn keineswegs öde wirken lassen. Dass er keinen Schal trägt, unterstreicht seinen schlanken Hals, und es lässt sich erahnen, dass er wenig bis gar keine Brusthaare besitzt.

Im Abteil gibt es gefühlt nur mich und ihn. Wer ist dieser Mann? Warum betrachtet er mich? Er lächelt mich immer noch an, mit schmunzelnden Mundwinkeln und glänzenden Augen. Sind es Sekunden oder Minuten? Ich kann die Zeit nicht anhalten – ein wunderschöner Moment ohne Zeit und Raum, ohne Müdigkeit und die ewigen Selbstzweifel. Als er aufsteht, blicke ich ihm, so tief es geht, in die Augen. Er soll mich in Erinnerung behalten oder ansprechen. Und wie durch ein Wunder drückt er mir seine Visitenkarte in die Hand, lächelt dabei etwas zweideutiger ...

Ich blicke IHM noch hinterher, ohne zu bemerken, dass ich auch hätte aussteigen müssen. Als die Bahn wieder losfährt, ist mein Blick auf die Visitenkarte sehr ernüchternd:

Christian Kammreiter
Hypnose-Therapeut
Gestalten Sie Ihr Leben neu!

Mir ist mulmig zumute. Die herrlichen Minuten verwandeln sich im Nu in Frust, Scham und Enttäuschung. Ich wusste doch, da musste etwas faul sein. So etwas kann doch nur mir passieren. Flugs verlasse ich die Bahn, um nicht noch eine Station zu verpassen. Ratlos stehe ich auf dem Bahnsteig, die Visitenkarte in der Hand. Der Tag ist gelaufen, denke ich bei mir. Doch wie unter Hypnose greife ich in meine Handtasche, zücke mein Smartphone – und wähle die Nummer auf dem Kärtchen.

Kundenfang oder doch Schmetterlinge im Bauch?

Das Vögelchen
– Erzsébet 2

Doris Lettmann

Frühling – die Zeit, in der die Gefühle besonders große Kapriolen schlagen! Und wo können diese Kapriolen größer sein als in der Münchner S-Bahn, diesem segensreichen Vehikel, das Fremde zusammenführt und zarte Bande der Liebe schmiedet. Besonders, wenn man in der ersten Maihitze zusammengepfercht in einem viel zu kleinen Kurzzug auf Tuchfühlung gehen muss, und es weder vor noch zurück geht, weil der Zug mal wieder an einer Weiche festhängt.

Die Weichenstörung, bei der es zwischen Allessandra und Rodrigo gefunkt hat, liegt schon lange zurück, aber immer noch ist der Weg zur Arbeit in den öffentlichen Verkehrsmitteln für beide der morgendliche Höhepunkt.

Die Türen der S-Bahn schließen sich mit einem satten, sicherheitsbekräftigenden Whump, um der Prinzessin den entsprechenden Auftritt zu verschaffen. Alessandra wirft ihre blonden Locken in einer lässigen Bewegung über ihre Schulter und betritt den ersten Wagen. Anmutig schreitet sie in ihrem puderfarbenen Kostümchen den Gang hinunter. Dort wartet er schon: Rodrigo.

„Oh, Rodrigo!", sagt Alessandra mit samtiger Stimme, während sie elegant-lässig das Buch vom Sitz nimmt, mit dem das Schicksal genau den Platz gegenüber von Rodrigo für sie reserviert hat.

„Oh, Allessa!", antwortet Rodrigo, dessen glühend-schwarze Augen keck unter seiner dunklen Lockenmähne hervorblitzen. Alessandra setzt sich, stellt die Füße in ihren zarten Ballerinas züchtig nebeneinander und legt ihre gepflegten Hände auf ihren Oberschenkeln in eine possierliche Position.

„Allessa!"

„Rodrigo!", haucht sie. Oh, wie sie immer wartet, ihm näher zu kommen!

„Nun fahren wir schon seit geraumer Zeit zusammen in der Bahn!"

„Ich weiß, Rodrigo!" Ihre engelsgleiche Stimme bricht, während ihre Fingerkuppen mit den pastellrosa lackierten Nägelchen vor Aufregung auf ihren Knien klopfen. Ihr Herz gleicht einem Kolibri, der, eingefangen in einem Käfig, nach Befreiung dürstet! Er wird doch nicht etwa …

„Ich denke, dass ich mir endlich einen neuen BMW schenken werde."

So lange hat sie sich nach ihm verzehrt. In ihrem Herzen wurde ein winziges Ei gelegt, und unter Rodrigos strahlenden Augen ist daraus ein winziges Vögelchen amerikanischer Herkunft geschlüpft. Sie hat in der Zeit nicht nach rechts, noch nach links geblickt, hat sich gereckt und gestreckt, geschmückt und gepudert und auf den

Richtigen gewartet. Und nun wird der glutäugige Rodrigo endlich die Türe des Käfigs öffnen, und den Kolibri in die Freiheit entlassen!

„Und was hältst du von einer Reise? Ich überlege, ob ich mehr Freude an Tauchurlaub auf den Seychellen oder an einer ruhigen Woche in Cannes haben werde."

Alessandras Blick fällt auf das Buch, das vorher auf ihrem Platz gelegen hat. Rosamunde Pilchers 'Flammende Leidenschaft'. Blass und freudlos sind die Geschichten im Vergleich zur Realität! Ach, wenn sie doch nur auch in die Arme von Rodrigo sinken könnte.

„Ach, schau mal, wir fahren gerade am Infineon-Park vorbei. Aktien von Infineon habe ich auch. Die haben heuer eine ganz nette Dividende ausgezahlt."

Oh, eile dich, glutäugiger Rodrigo, der Kolibri ist schon ganz wirr vor lauter Flattern und Herzklopfen! Was ist schon eine Dividendenzahlung, wenn es um Liebe geht! Rodrigo kontrolliert mit routiniertem Blick Sitz und Schwung seiner Frisur.

„In einem schwarzer Anzug mit weißem Hemd sehe ich wahrscheinlich am stattlichsten aus."

„Ich denke, mir steht ein weißes Kleid auch gut", haucht Alessandra.

„Wirklich? Weiß steht dir doch gar nicht. Du, ich muss aussteigen!"

Der Kolibri platzt. In Form eines fluffigen Federhäufchens sinkt das Vögelchen mit gebrochenem Herzen auf den Boden der Tatsachen. Oh, glutäugiger, hartherziger Rodrigo – was hast du da angerichtet?

Erzsébet ist heute gar nicht wohl in ihrem himmelblauen Plüschpolster. Gestern hat jemand einen Schmachtfetzen von Rosamunde Pilcher auf ihren Sitz liegen gelassen, und das führt offensichtlich zu schlechten Träumen. Flammende Leidenschaft – so ein Schmarrn!

S-Bahn-Training

Peter Veth

Über zehn Jahre ist es her, da bin ich jeden Tag von Taufkirchen bis zum Rosenheimer Platz und nach dem Arbeitsalltag wieder zurück gefahren. 6:15 Uhr war Start am Haltepunkt. Der Bahnsteig erschien mir überbelegt, und als der Zug anhielt, sogen die sich öffnenden Türen die Massen förmlich in die Wagons. Jeder versuchte eine Sitzgelegenheit zu erhaschen, ich natürlich auch. In einem Abteil war ein Platz frei und ich wollte mich setzen.

Da kam mir eine herbe Stimme entgegen: „Halt, besetzt!" Ich schaute um mich und erwiderte: „Ich sehe niemanden." und setzte mich. Sehr murrig und bestimmend wurde ich von den beiden gegenüber Sitzenden aufgefordert: „Wir halten den Platz für einen Kollegen frei. Er steigt in Unterhaching ein und gehört seit Jahren in unsere Runde." Als ich nicht wie gewünscht reagierte, rempelte mich mein Sitznachbar mit seinem Ellbogen in die Rippen und fragte, ob ich denn taub sei und den Platz nicht wie aufgefordert räumen würde?

Lange vor meinem „Taekwondo-Studium" hätte ich ihm wahrscheinlich die Zähne ausgeschlagen, aber mein inzwischen antrainiertes

Disziplinverhalten gebot mir eiserne Zurückhaltung.

Trotzdem gewitterte es in meinem Kopf zum nicht gewollten Gehorsam. Peter, steh halt auf! Fast zeitgleich bedrängte mich mein innerer Schweinehund zum Sitzenbleiben und Finger-Tai-Chi üben.

Inzwischen waren wir in Unterhaching angekommen. Eine ähnliche Sogwirkung zog wieder Menschenmassen in die Abteile. In mir stieg der Adrenalinspiegel um zwei Stufen höher. Ein leicht spürbares Herzklopfen stellte sich ein und im Gehirn ein riesiges Fragezeichen: Was passiert, wenn der vermeintliche Platzinhaber vor mir stehen wird?

Die Türen wurden geschlossen und das eingestiegene Publikum verteilte sich auf die restlichen Stehplätze. Dann stand er vor mir, der legendäre Sitzplatzeigentümer. Mein Blick wand sich, während einer meiner Gegenüber meldete „Der steht nicht auf", am Körper entlang bis zu den Augen. Wie aus einer Pistole geschossen kam aus dessen Mund: „Ja, da Bäda! Ja, griasde nachat, ham uns scho lang nimma gseng, wie geht's da denn und wie geht's im Training?"

Bevor ich antworten konnte, erzählte er den Platzreservierern, wer ich denn sei und woher wir uns kennen. „Mir ham uns lang net gseng, weil i doch wegern Knia im Krankenhaus war und dannat nimmer ins Taekwondo-Training geh hob kenna. Des is ma doch domois beim Fuassboi-spuin bassiert. Hoffentlich habts mein Freind guad behandelt, denn der is a Taekwondo-Moasda."

Mittlerweile waren wir am Rosenheimer Platz angekommen. Beim Aussteigen wünschten wir uns noch alles Gute und ein schönes Wochen-ende.

Am Montag stieg ich wieder in dasselbe Abteil und bemerkte etwas erstaunt, das Blatt hatte sich gewendet. Die Reservierer hatten zwei Plätze frei gehalten. Mit einem überdosierten „Servus" und „Kannst di da hihocka", gehörte ich zur Sitz-gruppe.

So nach und nach führte ich in der Sitzgruppe und schließlich im gesamten Abteil ein belebendes Trainingsprogramm ein, das gute zehn Mona-te zu einem humorigen S-Bahnfahren beitrug.

Drei vergessene Bananenkisten

Victoria Sonblum

Im Tierpark Hellabrunn sollten im Mai zwei neue Affen aufgenommen werden. Sie kamen aus dem Zoo aus Kanada.

Zur Willkommens-Party der neuen Zoo-Mitglieder werden neue Klettergerüste, viele Tonnen Futter und einige Bananen organisiert. Der Lehrling Maximilian bekam den Auftrag, zur Großmarkthalle zu fahren und drei Kisten Bananen zu besorgen. Er nahm sich den Sackkarren und fuhr los.

Max freute sich auf jeden Dienstausflug zur Großmarkthalle, weil er dort schon einige Standlbesitzer kannte und sich dort immer wieder nette Gespräche ergaben.

Zuerst grüßte er die Resi vom Obststand an der Ecke und war bald bei Giovanni aus Florenz, der die besten Bananen weit und breit hatte. Es war ein netter Plausch, und dann bezahlte er die drei Bananenkisten und bekam für den Rückweg noch einen Apfel geschenkt.

Gut gelaunt schob Max den Sackkarren vor sich her und erreichte die U-Bahn. Er setzte sich und beobachtete die Menschen. Bei der Haltestelle Brudermühlstraße stieg eine junge und gut aussehende Frau ein. Sie hatte lockige braune Haare und trug eine Jeans und ein buntes T-Shirt. Sie ging in die Richtung zu Max und setzte sich ihm gegenüber hin. Max grinste und dachte, wie spreche ich sie nur an? Die gefällt mir!

Aber soweit kam es nicht. Die junge Frau, die Lisa hieß, fragte ihn nach der Uhrzeit, weil sie ihre Uhr zu Hause vergessen hatte. Er sagte es ihr, und es ergab sich eine nette Unterhaltung über dies und das. Irgendwie sprang dann der Funke zwischen beiden über. Max schlug ihr vor, doch gemeinsam zum Eisessen zu gehen, weil er noch Zeit für eine Mittagspause hatte. Sie freute sich darüber sehr, und da sie heute einen Tag Urlaub hatte, nahm sie seinen Vorschlag gerne an.

Beide stiegen aus, und Max las das Schild Forstenrieder Allee. Ach du liebe Zeit, sie sind zu weit gefahren. Eigentlich wollte er beim Zoo an der Thalkirchener Straße aussteigen.

Na ja, er hatte noch etwas Zeit, und so gingen sie statt zur Eisdiele in ein Café und ließen sich zwei Eiskaffee mit Sahne schmecken. Sie hatten sich verquatscht und die Zeit verging sehr schnell.

Plötzlich bekam Max einen großen Schrecken. Er hatte den Sackkarren mit den drei Bananenkisten in der U-Bahn vergessen!

In irgendeiner U-Bahn fuhren nun viele viele Bananen ohne Fahrkarte kreuz und quer in der

Gegend umher. Aber keiner wusste, in welcher U-Bahn.

Max und Lisa bezahlten nun die Eisbecher, tauschten noch die Handynummern aus und verabschiedeten sich.

Max rief mit seinem Handy die Verwaltung von der Bahn an und schilderte den Fall. Er kam sich vor wie Buchbinder Wanninger und wurde von einem zum anderen weiter vermittelt, aber keiner fühlte sich zuständig. Leider fuhren so die Bananen weiter ziellos umher.

Als der U-Bahnzug im Depot einfuhr und der diensthabende Fahrer, Herr Huber, die drei Bananenkisten auf dem Sackkarren entdeckte, wunderte er sich nur, dass er keine Meldung von der Zentrale bekam, und so beschloss er, fünf Bananen mit nach Hause zu nehmen für seine Familie.

Am nächsten Morgen stellte Herr Huber die Bananenkisten mit dem Sackkarren in den Abstellraum im Stellwerk, bevor seine Schicht begann.

Als er auch nach zwei Tagen noch keine Mitteilung von der Zentrale bekam, entschied er, eine Bananenparty in der U-Bahn für seinen Enkelsohn Tom zu organisieren. Da gerade Faschingszeit war, schlug seine Frau Uschi vor, Bananenkostüme zu schneidern.

Gesagt getan, und alle Frauen aus dem Schützenverein halfen, viele viele Kostüme mit gelbem Stoff zu nähen, an den Hüften hingen je zwei Plastikbananen.

Es gab viel zu tun und die Zeit war knapp. Aber es entstanden sehr viele unterschiedliche Kostüme für alle. Es war eine außergewöhnliche und lustige Party. Es gab Bananen-Apfel-Salat, Bananen pur, Schokobananen, gebackene Bananen, Bananenquark und Bananensplit.

An diese Party denken Tom und die anderen Gäste noch oft zurück. Aber einige Gäste nicht so gern, weil ihnen von so vielen Bananengerichten schlecht war und sie lange Zeit keine Bananen mehr riechen, sehen und essen konnten.

Auch sehr in Erinnerung blieb Tom das Bananenlied aus dem Kassettenrekorder mit dem Titel 'Zwei Apfelsinen im Haar und an der Hüfte Bananen', gesungen von France Gall.

Pech haben, Glück finden!

Claudia Semmler

Ein Glück. Es gelang mir tatsächlich, keine Ausrede mehr zu finden. Endlich habe ich mein Auto von innen geputzt. Eine Überwindung sag ich Ihnen. Denn im Ausreden-Erfinden bin ich selbsternannter Weltmeister.

Es nieselte sogar an diesem Tag, auch das konnte ich nicht mehr als Ausrede voranstellen, denn es war die Zeit gekommen, dass es mir schon peinlich wurde, mein Auto zu benutzen. Und wie es so passieren musste – nach einem kurzem Glücksgefühl und Freude über mein wie nagelneu wirkendes Auto war der Autoschlüssel weg.

Ein Pech aber auch. Mein Puls raste hoch, Sie können sich das ungefähr so vorstellen, von 0 auf 180 km/h im gelben Ferrari auf der Autobahn.

Mein Gesicht glühte feuerrot und meine Laune war im Keller, dort wo man nie hin will, kurz vor den Tiefen der Weißglut. „Wo ist der verdammte Autoschlüssel?"

Jetzt war guter Rat teuer, ich musste ja dringend und pünktlich um 14 Uhr zu meinem Vorstellungsgespräch nach Laim. Die Zeit wurde immer knapper. Schnell das Auto an der Tank-stelle zur Seite geschoben, im Sauseschritt den einen Kilometer von der Tankstelle nach Hause

hetzen, die schon bereitgestellte Bewerbungs-
kleidung angezogen, Bewerbungsmappe in die
Tasche und los zum Bus.

Dieser hemdsärmelige Busfahrer, wenn ich den
erwische ... Düst einfach vor meiner Nase weg.

Zum Glück ist die S-Bahn nicht weit, und es
fährt diese sogar direkt nach Laim.

Ich ergatterte den letzten Sitzplatz, streifte mir
meine Weißglut ab und langsam wurde mein Puls
auch wieder erträglicher. Zeit, um den letzten
Outfit-Check an sich vorzunehmen: Spiegel aus
der Handtasche, Frisur zurecht zupfen, Kragen
richten, Seidenstrümpfe auf Falten und Löcher
begutachten, ein Spritzer Parfüm, der rote
Lippenstift.

Mein Verhalten fand ein Mann um die 50
anscheinend sehr amüsant, er lächelte mich
freundlich an. Mir war das durchaus aufgefallen,
auch weil er mit mir später dann in Laim ausstieg.
Aber zum Flirten war mir gerade nicht zumute.

Ich wollte diese Anstellung als Vorstands-
sekretärin bei dem Biodünger-Hersteller 'Bio
Humnature' unbedingt bekommen. Sehr bekann-
tes Großunternehmen mit 4600 Arbeitnehmern
weltweit. Wissen Sie, das darf ich Ihnen eigentlich gar nicht sagen, aber die versuchen mit
Biodünger betriebene Verbrennungsmotoren für
Autos und Züge zu erfinden. Da ich ja im Erfinden ganz gut bin und auch Sekretärinnen-Fähig-

keiten besitze, bin ich ganz bestimmt eine Bereicherung für das Unternehmen.

Es blieb mir noch Zeit, einen Kaffee To-Go am Laimer Bahnhof zu trinken und die weltbesten Brezen zu kaufen. Dann betrat ich pünktlich die Eingangshalle des Unternehmens. Überall Video-überwachung. Leider musste ich erfahren, dass mein Vorstellungsgespräch kurzfristig ausfallen musste, weil die Personalchefin unentschuldigt einfach nicht im Büro erschienen war, und der Chef keine Unterlagen von mir hatte. So ein Pech, dachte ich, aber ich blieb hartnäckig und erfand viele gute Gründe, warum der Chef, Herr Tirschner, sich trotzdem Zeit für mich nehmen sollte.

„Wissen Sie", sagte ich zu der Rezeptions-sekretärin, „es gibt immer Gründe etwas abzu-sagen. Aber mal ehrlich: es gibt noch viel mehr Gründe, das Vorstellungsgespräch trotzdem abzu-halten. Erstens bin ich schon da, zweitens war die Zeit schon für das Vorstellungsgespräch termi-niert, drittens habe ich meine Bewerbungs-unterlagen vollständig dabei und viertens habe ich frische Brezen dabei, die besten, die es in München gibt, von denen ich Ihnen gern eine geben möchte, aber auch dem Herrn Tirschner."

Und Sie denken nun, das hat bestimmt nicht geklappt, aber es hat. Immer wieder erstaunlich, dass Naturalien und Hartnäckigkeit sich stets an den Mann bringen lassen.

Und dann hatte ich Glück: Bei der Fahrt mit dem Aufzug in den 12. Stock in die Chefetage fand ich meinen Autoschlüssel in einer Innentasche meines Mantels, dazu einen Glückskeksspruch: 'Ganz oben angekommen, haben Sie das Universum vor sich.'

Für Späßchen war mir gerade nicht zumute, aber erleichtert war ich schon, als der Autoschlüssel wieder auftauchte.

Zuversichtlich klopfte ich an: ein lautes Herein war zu hören.

Ich betrat das Büro und war überwältigt von der Größe des Raumes, bestimmt 40 qm. Als ich näher zum Schreibtisch kam, der an der großen Fensterfront stand, erkannte ich Herrn Tirschner. Es war der Mann aus der S-Bahn. Auweia, dachte ich, jetzt aber nur nichts Falsches sagen.

„Grüß Gott, Frau Körner. Ich wurde jetzt doch neugierig, wer wohl hinter dieser hartnäckig gebliebenen Bewerberin steckt. Sie haben Ihre Bewerbungsunterlagen dabei, kann ich sie bitte einsehen. Bitte nehmen Sie Platz."

Ich reichte ihm die Bewerbungsmappe, und er sagte: „Wir haben uns heute schon in der S-Bahn gesehen. Ich kann mich noch gut erinnern. Sie waren sehr beschäftigt mit Ihrem Aussehen. Ich kann Sie beruhigen, ich habe nichts daran auszusetzen."

Jetzt musste ich ein wenig grinsen. Anscheinend hatte er Humor.

„Warum wollen Sie diese Stelle?"

Und was jetzt passierte, war ein seriöses, hart geführtes 45-minütiges Bewerbungsgespräch. Die Personalchefin kam dann verspätet auch noch dazu.

Meine Argumente, Referenzen und Arbeitszeugnisse überzeugten. Positiv war auch, dass ich sofort anfangen konnte. Herr Tirschner ließ mich gleich die letzten Stunden Probearbeiten. Nach getaner Arbeit bekam ich die mündliche Zusage, zum nächsten Ersten anfangen zu können, zu dem Gehalt, das ich wollte. Bei Bedarf bekomme ich sogar noch einen eigenem PKW-Stellplatz oder Fahrtgeldzuschuss für die öffentlichen Verkehrsmittel.

Auf dem Weg zur S-Bahn aß ich die letzte Breze. Die andern Brezen hatte ich ja bereits an die Rezeptionssekretärin, die Personalchefin und Herrn Tirschner verteilt.

Es stellt sich nun die Frage: Ich bin doch schon so glücklich, was kommt nach dem Universum?

Drachen in Wolfratshausen
– Erzsébet 3

Doris Lettmann

Sommer. Der Sommer ist zu heiß, die Klimaanlage zu kalt und die Leute sind im Allgemeinen
zu schwitzig, wenn sie sich auf Erzsébets Sitz
setzen.

In Giesing steigen ein Mann und vier Kinder in
die Bahn, jeder bepackt mit einem Rucksack, der
seinen Träger sowohl in der Länge wie im
Gewicht beinahe übertrifft. Erzsébet wird misstrauisch. Die Kleider der Gruppe sehen so ...
alternativ aus. Der Mann steckt in einem weißen
Leinenkittel und einer grünen Hose, auf dem
Kopf einen Hörnerhelm, die Kinder in bordeaux-
farbenen Kleidern mit Flatterärmeln, Fellüber-
würfen und einer sogar mit Kettenhemd. Allerdings beginnt gleich, wie bei normalen Familien,
eine Kabbelei um die Sitzplätze.

„Aethelfledh, lass den Balthasar am Fenster
sitzen!" Das Mädel mit den Flatterärmeln schaut
ihren Vater verächtlich an und setzt sich dann
gegenüber.

Jetzt weiß Erzsébet auch, an wen sie die Vier
erinnern: Da war doch mal diese singende Familie aus Irland. Der Vater hat auch eine Gitarre auf
dem Rücken und die Namen klingen ja auch
irisch oder anders ausländisch.

„Boah, Papa, das ist so peinlich! Wenn meine Freundinnen rauskriegen, was wir hier machen, kann ich einpacken."

Aus dem Bündel, das der Wikinger nun auf das Gepäckgitter über dem Fenster legt, schauen ein paar seltsame lange Dinger raus. Erzsébet muss sich anstrengen, um zu erkennen, was da verstaut wird: Gummischwerter! Ein Perverser! Ein singender, perverser Kelly-Family-Imitator, der mit seinen armen Kinder seinen Geschäften auf der Straße nachgehen will!

„Und du machst jetzt mal dein Handy aus, Lancelot!"

Gott-sei-dank hat nicht nur Erzsébet erkannt, dass hier etwas nicht mit rechten Dingen zugeht. Es nähert sich ein älterer Herr, der neugierig fragt: „Sind Sie Schauspieler?"

„Nein, Live-Rollenspieler!" Der Wikinger rückt stolz seinen Hörnerhelm zurecht. „Wir fahren nach Wolfratshausen, wohnen fünf Tage im Wald und töten einen Drachen."

„Der Papa, der will einen Drachen töten", ruft der kleine Junge dazwischen.

„Ich würde sogar lieber meine Hausaufgaben machen …", grummelt sein pickeliger Bruder.

„Wissen Sie, es ist pädagogisch wertvoll, wenn die Kinder mal vom Sofa runter kommen und nicht immer vor dem Computer hängen, wo sie dann in der virtuellen Welt Leute umbringen", erklärt der Wikinger dem Neugierigen.

Erzsébet schnaubt fassungslos eine Wolke Ektoplasma aus. Was sich die Leute alles Gspinnertes einfallen lassen: Drachen in Wolfratshausen …

Fünf Tage später geht's von Wolfratshausen zurück, als die Drachentötertruppe wieder einsteigt. Diesmal allerdings in Begleitung einer ganz normal gekleideten Frau, die ihren offensichtlich derangierten Mann untergehakt hat. Erzsébets Neugier wird gestillt: die Gruppe setzt sich wieder in ihr Revier und verbreitet einen intensiven Geruch von Rauch und Mangel an Waschgelegenheiten. Das werden schöne Wochen, wenn dieser Gestank sich in ihrem Polster festsetzt.

Vorsichtig lässt sich der Anführer der Truppe auf einem Sitz nieder. Der Wikinger sieht auf jeden Fall aus, als hätte sich der Drache jedem Tötungsversuch erfolgreich widersetzt: An seinem Helm ist ein Horn abgebrochen, und so richtig sitzen kann er anscheinend auch nicht.

„Schatz, ich glaub das ist ein Bandscheibenvorfall", erklärt er schwer atmend. Sein Schatz ist allerdings damit beschäftigt, Gepäck und Kinder zu verstauen. Und die Kinder sind deutlich begeisterter als vor ein paar Tagen.

„Mama, wann dürfen wir wieder auf so ein LARP?", fragt der Kleinste der Truppe, um dessen Hals ein abgetrenntes Gummiohr baumelt.

„Schatz, und einen Meniskusriss habe ich auch!" Der Wikinger reibt sein Knie.

„Mama, es war so toll! Ich habe einen Ork gejagt, ihm ein Ohr abgehackt und die ganze Zeit kein Asthmaspray gebraucht!"

„Und der Ritter Kunibert ist soooo süß", fügt das Mädchen in seinem Burgfräuleinkleid hinzu. Sie hat ihr Smartphone wieder und schreibt eine WhatsApp an Ritter Kunibert.

„Schatz, und außerdem habe ich eine Lungenentzündung ..."

„Weißt du, Papa, wenn du nicht unsere Handies einkassiert hättest, dann hätten wir Hilfe rufen können und du hättest nicht die ganze Nacht verletzt im Wald liegen müssen", erklärt ihm seine Tochter mitleidslos.

Der Wikinger ächzt, nimmt den Helm ab und rückt den Eisbeutel an seinem Knie zurecht.

„Kinder, sobald wir daheim sind, lade ich uns das neue Add-on für World of Warcraft runter. Drachen werden nur noch am Computer gejagt."

Drei Stationen

Andrea Herlbauer

Das Spiegeln der Scheinwerfer auf den Geleisen war das erste Zeichen des heran rollenden Zuges aus dem gebogenen Tunnel. Ein heißer Luftstoß begleitete die einfahrende S-Bahn, die quietschend und mit rauschender Klimaanlage zum Stehen kam. Türen glitten auseinander, Menschen stiegen aus, andere stiegen ein. Ein paar Schulkinder stürmten zuerst in den Wagen und stürzten auf einige freie Fensterplätze.

Eine junge Frau, die vorhin mit laut klappernden Absätzen den Bahnsteig auf und ab geschlendert war, blieb neben der Tür stehen und lehnte sich an die Trennwand. Sie war ziemlich groß und kaum noch als vollschlank zu bezeichnen. Die langen, blonden Haare trug sie offen, bekleidet war sie mit einem khakifarbenen T-Shirt und einem roten Rock, der so eng war, dass es ohne Zweifel eine beachtliche Leistung gewesen war, ihn anzuziehen. Außerdem war er so kurz, dass er die Beine in voller Länge sehen ließ, von den stattlichen Oberschenkeln bis zu den schwarzen, klappernden Schuhen.

Eine ältere Frau in einem karierten Kleid mit einem großen Beutel in der Hand war ebenfalls eingestiegen, lehnte sich gegenüber der Kurzberockten an die Trennwand und bemühte sich, an ihr vorbei zu sehen. Ein Mann in mittleren Jahren war im letzten Augenblick in den Wagen gesprungen.

Auf einem der Plätze am Gang saß eine Frau und las die Zeitung. Sie saß schräg auf ihrem Sitz und hielt die Zeitung so weit ausladend vor sich, dass sie einen Teil des Ganges blockierte. Der Mann, der zuletzt hereingesprungen war, achtete auf seinem Weg durch den Gang nicht weiter darauf und stieß an die Zeitung, die dabei etwas knitterte. Die Frau sah vorwurfsvoll auf, der Mann beachtete sie jedoch nicht. Dabei fiel ihr Blick auf die Frau im Minirock. Nach kurzem Kopfschütteln wandte sie sich wieder ihrer Zeitung zu.

Ein schwarzhaariger Mann auf einem Fensterplatz hatte einen guten Blick auf die Kurzberockte und ließ diesen nicht von ihrer unteren Körperhälfte.

Einzig die Schulkinder waren lärmend mit sich selbst beschäftigt und achteten nicht auf den Gegenstand der Aufmerksamkeit der anderen Fahrgäste.

Der Gegenstand der Aufmerksamkeit selbst hingegen sah gleichgültig zum Fenster hinaus.

Der Mann, der zuletzt hereingesprungen war, hatte nach einem kurzen, uninteressierten Blick auf die Frau im Minirock einen Platz gefunden und widmete sich seinem Smartphone, das er aus der Gesäßtasche seiner Bermuda gezogen hatte.

Es war kühl im Wagen; am frühen Nachmittag waren nicht viele mit der S-Bahn unterwegs; die Klimaanlage war noch nicht überfordert mit den überhitzten Leibern zahlloser Menschen und verbreitete rauschend ihre künstliche Luft.

Nach kurzer Fahrt durch die Dunkelheit blendete gleißender Sonnenschein die Fahrgäste, ehe die S-Bahn wiederum quietschend zum Stehen kam.

Zwei der Schulkinder stiegen nach lautstarker Verabschiedung aus, eines von ihnen stieß beim Hinausstürmen an den Beutel der Frau im karierten Kleid, die einen ärgerlichen Blick hinter den Kindern her sandte. Für eine Bemerkung war es schon zu spät, die Ursache ihrer Missbilligung war längst auf und davon.

Ein älterer Mann mit Strohhut stieg dafür ein, warf im Vorbeigehen einen amüsierten Blick auf die Kurzberockte und setzte sich gegenüber dem schwarzhaarigen Mann, der kurz zu Boden sah, seine Augen, inzwischen verdeckt von einer Sonnenbrille, aber schon bald wieder auf den nackten Oberschenkeln ruhen ließ.

Beim Öffnen der Türen war mit der Hitze des Julinachmittags ein leichter Geruch von Zigarettenrauch in den Wagen gedrungen. Die S-Bahn stand noch immer im Bahnhof. Ein junger Mann war eingenickt, ein Ohrstöpsel seines Smartphones war ihm aus dem Ohr gerutscht und er beglückte mit der daraus deutlich hörbaren Musik seinen Nachbarn, einen eleganten Mann in reifen Jahren, der auf seinem Tablet arbeitete. Sein Jackett hatte er sorgfältig an den Haken gehängt, ein frischer, herber Duft ging offenbar von ihm aus.

Der junge Mann schreckte auf, als die S-Bahn nun in der anderen Richtung weit erfuhr und suchte nach seinem verlorenen Ohrstöpsel.

Die junge Frau in dem kurzen Rock hatte inzwischen ihr Smartphone in der Hand, flink tippten ihre Daumen über das Display.

Wieder kam der Zug zum Stehen. Die großen Bäume eines Friedhofs unterhalb des Bahnhofs schienen ein wenig Kühlung zu versprechen. Auf den Bahnsteig glühte die Sonne unerbittlich von einem milchig-hellblauen Himmel. Ein wenig der drückenden Sommerschwüle strömte in den Wagen, als die ältere Frau im karierten Kleid nach einem kurzen Seitenblick zu ihrem aufreizenden Gegenüber ausstieg. Die Tür schloss sich und die Klimaanlage rauschte mit verstärkter Energie gegen den heißen Eindringling an.

Der schwarzhaarige Mann beobachtete hinter seiner Sonnenbrille ungestört die Kurzberockte, während der Mann mit der Bermuda sein Smartphone wieder darin verstaut hatte und bei der Weiterfahrt gelangweilt die alten, mehrstöckigen Häuser betrachtete. Der elegante Mann mit dem Tablet hatte noch nicht von seinem Gerät aufgesehen, während der junge Mann mit den Ohrstöpseln wieder eingenickt war.

Ruckelnd kam die S-Bahn erneut zum Stehen.

Der Wagenlautsprecher knackte laut, ehe der Fahrer sagte: „Bitte alles aussteigen. Die Strecke ist wegen der Entschärfung einer Fliegerbombe für die nächsten drei Stunden unterbrochen."

Langzug

Bananen bremsen nicht

Kilian Winter

Das himmlische Kind war heute besonders launisch. Kräftige Windböen zerrten an Haaren, Zeitungen und Schirmen, kalte Regenschauer trieben die Menschen in ihre Häuser, heiße Sonnenstrahlen und weiß-blauer Himmel zogen sie wieder in die Biergärten. Die ersten Ausläufer der Herbststürme kündigten den Wechsel der Jahreszeit an.

Erwin blickte durch die Glasscheiben seines warmen Büros auf die ein- und ausfahrenden Züge. Regentropfen liefen die Fenster hinab. Seit vielen Jahren arbeitete er als oberster Aufsichtsbeamter am Ostbahnhof und genoss bei einem Sauwetter wie diesem jede Sekunde, die er bei warmem Kaffee und nicht draußen bei den Fahrgästen auf dem Bahnsteig verbringen durfte. Es versprach, ein Tag wie jeder andere zu werden. Die S-Bahnen fuhren heute planmäßig, das schlechte Wetter konnte ihnen wie immer nichts anhaben. In den nächsten Stunden kämen noch ein paar Güter- und Fernzüge dazu, ab fünf war dann Feierabend.

Weiter südwestlich war die Stimmung deutlich schlechter. Tierpflegerin Gisela telefonierte besorgt mit der Tierparkleitung Hellabrunn: „Wann kommt denn endlich das neue Futter? Die Affen knabbern vor Hunger schon an den Seilen."

„…"

„Was, der Güterzug mit der Großlieferung kommt erst heute Nachmittag in München an? Gut, wir warten, aber wenn der Leidensdruck der Tiere weiter steigt, kann ich für nichts garantieren!"

Von Osten steuerte Francesca Maria, eine temperamentvolle Italienerin, den sehnlichst erwarteten Güterzug im Führerstand einer Bombardier-Traxx-Lokomotive nach München. Neben einigen Industriegütern hatte der Zug Unmengen an Obst und Gemüse geladen. Endlich sah sie am Horizont die Silhouette von München, das lang ersehnte Ende ihrer Fahrt. Kräftiger Wind rüttelte an der Zugmaschine und blies die Regenwand zur Seite. Als Francesca den Ostbahnhof erreichte, hatte Erwin bereits die Signale auf Grün geschaltet und die Weichen für die Durchfahrt gestellt.

Plötzlich fegte eine Orkanböe wie aus dem Nichts über die Hauptstadt und riss alles mit, was nicht niet- und nagelfest war: Plakatwände kippten um, Menschen stolperten unsanft zu Boden, sogar Kleintransporter wurden aus Parklücken in den fließenden Verkehr gedrückt. Am Ostbahnhof traf es ein Baugerüst mit voller Härte: Das dort großflächig angebrachte Werbebanner gefiel der

Orkanböe so sehr, dass sie es mit euphorischer Begeisterung samt Gerüst aus der Fassade riss. Holzbretter, Kunststoffbahnen und Eisenstangen wirbelten wie eine dunkle Wolke durch die Luft. Doch nach wenigen Sekunden verlor die Böe die Lust an dem Spiel. Mit einem lauten Scheppern kippte sie ihre Beute launisch vor den einfahrenden Güterzug von Francesca.

Die Stangen und Bretter keilten sich blitzartig zwischen Räder, Achsen und Schienen. „Jesses Maria!", stieß Francesca entsetzt aus und leitete sofort die Notbremsung ein. Mit schrillem Quietschen versuchten die Bremsbacken das lange Ungetüm zu bändigen, leider nur mit mäßigem Erfolg. Die Wagons wurden wie von Geisterhand weitergeschoben, bis plötzlich mehrere Eisenstangen eine Doppelachse blockierten und sich schlagartig senkrecht aufstellten. Metall splitterte, die Achse brach auseinander und schleuderte den Wagon aus der Spur. Mit Getöse stürzten die aufliegenden Container herab und versperrten den nachfolgenden Wagons den Weg. Masse und Trägheit siegten: Der Rest des Zuges folgte und wurde knirschend zu einem großen Metallknäuel zusammen geschoben.

Als die Feuerwehr eintraf, zeigte sich das Wetter wieder von seiner besten Seite: Die Herbstsonne schien unschuldig auf das charmante Chaos. Feuerwehrhauptmann Florian, Fahrdienstleiter

Erwin und Francesca überlegten, was nun am besten zu tun wäre. „Erstens ist mir wichtig", betonte Erwin, „dass der S-Bahn-Betrieb weitergeht. Der wird schon zu oft gestört! Zweitens schlage ich vor, dass die Feuerwehr zusammen mit unserem 'S-Bahn-Taskforce-Team' und einem großen Schienenkran die entgleisten Wagons und Container aufräumt."

Florian nickte zustimmend, doch Francesca bestand darauf, dass möglichst viel von der Ladung vorher abtransportiert werden müsse, um wenigstens etwas zu retten. Erwin beratschlagte mit dem 'Task-Force-Team' und sie beschlossen, den Inhalt der Container auf Kipploren umzuladen, die für Streckenarbeiten reichlich im nahegelegenen S-Bahn-Depot bereitstanden. An der äußeren Laderampe könnte dann der Abtransport per Lastwagen zu den Kunden geschehen.

Doch bereits der erste Container war eine Herausforderung für das 'Task-Force-Team', lag doch ein Teil der Ladung bereits zerquetscht unter ihm. Die warme Sonne entlockte der gelben Masse einen intensiven süßen Bananenduft. Zum Glück gab es noch genügend unversehrte Stauden. Das Team machte sich an die Arbeit und belud die erste Kipplore mit Bananen.

Kurze Zeit vor dem geschilderten Chaos schleppten sich die Schimpansen, Gorillas und Mantelpaviane mit knurrendem Magen durch die Innenräume ihrer Gehege und blickten verärgert nach draußen in den Regen. Sie wussten, dass ihre Pflegerin Gisela alles für sie tat, aber alleine schien sie nichts gegen den Affenhunger ausrichten zu können. Plötzlich vibrierte der Boden, dann hörten sie ein lautes Pfeifen und Grummeln, dann splitterten Unmengen von Ästen: Eine Orkanböe fegte rabiat über den Tierpark und warf einen Baum nach dem anderen um. Mit Hingabe ergriff sie auch die großen Baukräne und schleuderte sie in die Luft. Einer landete krachend im neu errichteten Urwaldhaus, der andere im Paviangehege.

Beide lagen nun quer über Zaun und Wassergraben: Wege in die Freiheit. Verunsichert blickten die Schimpansen und Gorillas aus dem Urwaldhaus auf das gelbe Stahlmonster und kletterten neugierig auf ihm herum. Auch die Paviane sprangen von den Felsen auf einen Ausleger und überschritten mutig den Wassergraben.

Dann hob der erste seine feuchte Nase und wurde unruhig: Bananen! Würzige, süße Bananen! Das sprach sich natürlich schnell unter den hungrigen Affen herum, sie nahmen Witterung auf und stürmten bis zum Flamingo-Eingang, aus dessen Richtung der Geruch zu kommen schien.

Bei den Schimpansen übernahm Entertainer Seppi das Kommando, bei den Gorillas die Strippenzieherin Bagira. Sie wollten mit ihrer

Affenbande dem Bananenduft in nordöstliche Richtung folgen, von Baumwipfel zu Baumwipfel.

Gordo, der Chef der 36 Paviane, zeigte jedoch in Richtung Isar, denn von dort käme ebenfalls der süße Geruch. Er entschied für seine Gruppe und rannte kreischend über die Holzbrücke mit den lustigen roten Laternen, bis sie an eine große Öffnung gelangten. Von dort führte ein hell erleuchteter gefliester Weg in die dunkle Tiefe. „Lustige Tiermotive an der Wand", dachte Gordo und erfreute sich an den vielen Menschen, die bei ihrem Anblick schreiend nach allen Seiten weg sprangen. Der Geruch kam eindeutig aus dem schwarzen Loch. Gordo pfiff einmal schrill, deutete nach vorne, hechtete auf die Gleise und rannte mit seinen Pavianen in die Dunkelheit.

Schimpanse Seppi und Gorilladame Bagira schwangen sich währenddessen mit ihren Artgenossen von Ast zu Ast, immer höher den Hang hinauf. Schließlich erreichten sie eine große lange Straße, die genau in Richtung des Bananengeruchs führte. Ein seltsames eisernes Gefährt fuhr ratternd und quietschend auf einer geraden Spur an ihnen vorbei. Sie galoppierten auf allen Vieren hinterher und nutzten die Haltestelle Geiselgasteig: Seppi sprang mit seinen Schimpansen auf das Dach der Tram, Bagira und ihre Gorillas wählten den bequemeren Weg und stiegen einfach ein.

Die Fahrgäste sprangen schreiend auf und wollten die Flucht ergreifen. „Don't panic!", beruhigte der Tram-Fahrer seine Fahrgäste. „Wir sind hier bei den Bavaria Filmstudios, da sind wir sowas gewohnt."

Während also die Paviane durch das unterirdische U-Bahn-Labyrinth in Richtung Nordosten jagten, fuhren Seppi und Bagira mit ihrem Team in der Tram erster Klasse, leider schwarz.

Doch mit der Zeit wurde es ihnen zu fad: auf dem Dach störte Seppi das kalte Blech am Po genauso, wie das ständige Anhalten alle paar hundert Meter. Mit dem verführerischen Bananenduft in der Nase dauerte das eine Ewigkeit. Auch Bagira und ihre Bande hielten es nicht mehr aus, die Luft in der Tram wurde ihnen einfach zu schlecht.

„Dort entlang!", kommandierte Seppi in der Nähe des Ostfriedhofs, sprang auf den ersten Baum und hangelte sich von Ast zu Ast. Auch der Rest der Gruppe folgte mit eleganter Schwungtechnik. Der Bananenduft wurde immer intensiver. Vom höchsten Baum hatten sie schließlich einen guten Überblick und entdeckten die duftende gelbe Stelle inmitten der Gleise. Das 'S-Bahn-Taskforce-Team' hatte bereits gute Arbeit geleistet: Eine große Kipplore war bis zum Rand mit Bananenstauden beladen und wartete auf den Abtransport. Seppi und Bagira schauten sich kurz an, dann brüllte die ganze Affenbande: „Attacke!"

Erwin und Feuerwehrhauptmann Florian waren mit dem Verlauf der Aufräumarbeiten zufrieden. Sie saßen im Aufsichtsbüro und tranken einen Kaffee. Bis zum Dienstschluss um fünf Uhr könnte es geschafft sein.

„Was ist das?", stieß Erwin erschreckt aus und deutete auf die große, schwarzbraune Fellwolke, die kreischend auf allen Vieren über die Gleise zum verunglückten Zug galoppierte. Die Arbeiter ließen vor Schreck alles fallen und flüchteten. Seppi und Bagira eroberten die Kipplore mit den Bananenstauden, der Rest der Gorillas sicherte das Gelände.

„Alle S-Bahnen Stopp!", brüllte Erwin in das Mikrofon. „Kein Zug fährt mehr in den Tunnel rein! An alle Stationen: Wegen eines Feuerwehreinsatzes am Ostbahnhof verkehren bis auf weiteres keine Züge mehr auf der Stammstrecke!"

Justus, der Stationsvorsteher am Marienplatz, wollte es aber genauer wissen. „Sagen sie unseren verehrten Fahrgästen, wir hätten Affen im Gleis!" Ein Raunen ging durch die Reihen, mit so viel Offenheit hatte keiner gerechnet.

Seppi hatte seinen Bärenhunger mittlerweile mit einem Dutzend Bananen gestillt und beratschlagte mit Bagira, wie es denn weitergehen sollte. Instinktiv koppelte die Affenbande die gekaperte Kipplore vom Rest des Zuges ab. Sie schoben und zogen sie mit allen Kräften über die Weichen auf das S-Bahn-Gleis, um die Bananen an einem ruhigen Ort sicherzustellen. Das 'S-Bahn-Taskforce-Team' folgte ihnen respektvoll in gebührendem Abstand. Mit bissigen Gorillas und Schimpansen wollte es keiner aufnehmen.

Plötzlich ertöne ein lautes Hupen. Die Flughafen-S-Bahn mit Fahrer Uwe verschaffte sich auf ihrem Weg zur Innenstadt nachdrücklich Gehör. Die Affen sprangen vor Schreck auf die Kipplore und klammerten sich an die Bananenstauden. Der Schrei blieb Erwin in der Kehle stecken: Der Langzug der S8 rauschte ungebremst gegen die Kipplore und katapultierte sie in die Röhre der Stammstrecke. „Bitte zurücktreten, ein Zug fährt durch!", murmelte er ins Mikrophon.

Am Marienplatz stellten verärgerte Fahrgäste Justus zur Rede, warum keine S-Bahnen mehr kämen, aber trotzdem Züge durchfahren dürften. Justus stand auf dem Bahnsteig und deutete blass zur Röhrenöffnung. Ein unheimliches Scheppern, Quietschen und Kreischen war zu hören – und es kam immer näher. „Das ist der Grund!", rief er und warf sich zu Boden.

Im gleichen Moment sauste die Kipplore an den Augen der Fahrgäste vorbei, voll beladen mit Bananenstauden und winkenden Affen. Mit großem Gebrüll warfen sie glibberige Bananenschalen auf den Bahnsteig und verschwanden wenige Augenblicke später wieder in der Röhre.

Das gleiche Bild an den nächsten Stationen. Dann, nach dem Hauptbahnhof, schoss das Gefährt ungebremst aus der Stammstrecke und mit voller Wucht krachend auf die letzte S-Bahn an der Hackerbrücke. Der elastische Stoß katapultierte die Kipplore samt Affen und Bananenstauden zurück in die Röhre. Mit vollem Tempo sausten sie wieder am Hauptbahnhof und am Stachus vorbei, winkten ungeniert den Fahrgästen zu und futterten eine Banane nach der anderen. Am Marienplatz brach Panik aus, doch die umherliegenden glitschigen Bananenschalen rissen alle zu Boden. Auch ein langhaariger Hippie rutschte in der Nähe der Bahnsteigkante aus und verlor das Gleichgewicht. Bagira nutzte ihre Chance, ergriff im Vorbeifahren seinen roten Ghettoblaster und fingerte an Knöpfen und Tasten herum. Sogleich erfüllte ein fetter Beat die Station: 'Atemlos, durch die Nacht!' Mit wehendem Fell und rhythmischem Kopfnicken verschwanden die Affen in der dunklen Röhre der Stammstrecke.

Die Flughafen-S-Bahn hatte mittlerweile ihre Fahrt in Richtung Innenstadt fortgesetzt. Ihr Fahrzeugführer Uwe genoss noch die antiautoritäre Erziehung der 70er Jahre und ignorierte daher gelassen den allgemein verfügten S-Bahn-Stopp. Lässig hatte er das Fenster der Fahrerkabine heruntergekurbelt und lauschte erfreut dem fetzigen Sound, der aus den Tiefen der Stammstrecke erschallte. Er schloss die Augen, träumte von Helene und genoss die friedliche Einfahrt am Rosenheimer Platz.

Plötzlich schoss die Kipplore samt Bananenstauden und ausgelassenen Affen rasant und atemlos auf ihn zu. Kein Entkommen. In der Bahnsteigmitte krachten sie frontal zusammen, Funken sprühten, die Wucht komprimierte die Prallflächen der Puffer und ließ sie wieder schlagartig expandieren: Der Massenunterschied beschleunigte den Abprall der Kipplore in Richtung Westen und verdoppelte die Geschwindigkeit der Affen. Ihre Fahrt wurde nun sehr ungemütlich, denn das Gefährt war nicht für eine Achterbahnfahrt ausgelegt. Gleiches galt auch für die Insassen, die sich komplett mit Bananen vollgestopft hatten.

Als die Kipplore auf feuersprühenden Rädern wieder durch die S-Bahn-Station Marienplatz schoss, wurde Seppi bleich, würgte zweimal, zollte Tribut und verteilte seinen Mageninhalt großzügig auf dem Bahnsteig. Der Refrain setzte ein und sie verschwanden wieder atemlos in der dunklen Röhre der Nacht.

Während also Schimpansen und Gorillas mit Kipplore, Ghettoblaster und Bananen schunkelnd durch die Röhre der Stammstrecke sausten, hörte man plötzlich aus den Tiefen der U-Bahn unheimliche Gesänge, gefolgt von ungeduldigem Scharren und lauten Schreien. Es drohte neues Ungemach. Schwarze Fellknäuel mit rotem Hinterteil kletterten den Schacht herauf und kamen immer näher. Plötzlich sprangen über dreißig brüllende Paviane die letzten Treppenstufen hinauf und besetzten den Bahnsteig. Gordo und seine Paviane wussten, dass sie ihrem Ziel schon sehr nahe waren, denn die ganze Stammstrecke war geflutet mit würzigem Bananenduft.

Als die Kipplore wieder aus Richtung Hackerbrücke im Anflug war, witterten die Paviane ihre Chance, die Bananen zu erbeuten. Sie klammerten sich fest aneinander, kletterten an den Säulen der Station hinauf und verhakten sich am überdimensionalen Projektor. Das so entstandene Affen-Fangnetz brachte das heran schießende Gefährt samt Ladung sofort und elegant zum Stehen.

Seppi, Bagira und ihre Affenbande atmeten durch. Die Achterbahnfahrt hatte endlich ein Ende. Doch nun mussten die Bananenstauden schnell in Sicherheit gebracht werden.

Gesagt getan. Schimpansen, Gorillas und die Paviane packten gemeinsam an, kletterten auf die Kipplore, schnappten sich die Bananenstauden und schleiften sie hinab in die Tiefe. Den Ghettoblaster nahmen sie natürlich auch mit. Glücklicherweise fuhr gerade eine U-Bahn in Richtung

Thalkirchen ein. Seppi und Bagira setzten dem Fahrer freundlich die Banane auf die Brust und überzeugten ihn mit Körperfülle und frechem Grinsen, ihnen das Steuer zu überlassen. Auch die Fahrgäste räumten freiwillig ihre Sitzplätze. Die Türen schlossen sich, Bagira hängte noch eine Duftbanane an den Rückspiegel, dann gab Seppi Gas. Ohne Zwischenhalt raste die U-Bahn durch die Röhre bis zur Heimatstation Hellabrunn, wo sie mit einer rutschenden Vollbremsung zum Stehen kam. Die Affenbande stieg unter den rhythmischen Beats von Helene aus, schlug die Türen zu und zog zufrieden mit den köstlichen Bananenstauden zum Tierpark. Seppi, Bagira und Gordo blickten zufrieden auf die Affen-Prozession und grinsten: 'Bananen bremsen nicht!'

Verloren und wiedergefunden

Claudia Semmler

Elly hat ihren Stoffteddybär in der S-Bahn verloren oder vergessen, den Teddy namens Einstein, der sie schon bei Zahnschmerzen und Bauchweh tröstete, den Teddy, dem sie alle ihre Geschichten erzählte, den Teddy, der ihr bester Freund war und sie bis ins Detail kannte. Er wusste, wann sie traurig war, wann glücklich und wann sie träumte, wie sie sich fühlte zu jeder Tageszeit. Die beiden waren unzertrennlich. Sollte das nun ein Ende haben? Die Not war groß!

„Komm schon Elly!", sagt ihre Mutter und zerrt sie am Arm die Donnersbergerbrücke entlang. „Wir kommen zu spät!" Unter jämmerlichem, lautem Weinen stolpert Elly bockig an Mutters Hand dahin. Immer noch traurig, wütend und völlig verheult kommen sie im Wartezimmer von Dr. Dengler an. Hier sitzen viele Kinder mit einem Elternteil. Spielsachen, die in der Ecke im Zimmer darauf warten, von Kinderhänden liebkost und berührt zu werden, langweilen sich so vor sich hin.

Jedes Kind hat sein Lieblingsstofftier dabei, nur Elly nicht. Allmählich hat Elly vor Erschöpfung aufgehört zu weinen und findet Gefallen daran, mit ihrem zweitbesten Freund – der Luft –

zu sprechen. Sie phantasiert Geschichten und erzählt geradewegs heraus, so als stünde dort eine Person, mit der sie sich unterhielte und amüsierte.

„Zeitabschnittsfehler,
großes Chaos,
die Welt ist ein einziger Denkfehler.
Die Prinzessin mit den fliegenden Fischen
müssen wir finden,
dann kann uns nichts passieren. Sie wird uns
retten und Einstein finden.
Die Blumen sind für dich".

Die Tür vom Wartezimmer öffnet sich und die tiefe Männerstimme eines Arztes sagt: „Elly und Einstein bitte." Elly fängt wieder an zu weinen. Sie folgen dem Arzt. „Elly, warum weinst du heute denn so bitterlich?", fragt der Arzt für Kinderseelen.

Schluchzend und mit abgehackten Sätzen vertraut Elly dem Arzt an, dass sie Einstein in der S-Bahn verloren hat und die Prinzessin mit den fliegenden Fischen ihr helfen wird, Einstein wieder zu finden. „Teddy friert und wird verhungern, wenn wir ihn nicht finden."

„Dein Teddy verhungert nicht und bestimmt findest du Einstein wieder. Wie geht es dir in der Vorschule?"

„Dort sind lauter Ungeheuer, Kinder mit Feuer in den Augen. Das sind Monster, die mag ich nicht. Die Aufpasser sind auch doof und alt, die stören mich nur."

„Warum stören sie dich?"

„Die wollen, dass ich esse, brav bin, spiele, auch mit den Monstern spiele, aber das will ich nicht. Ich will träumen und den Zeitabschnittsfehler besiegen, der uns quält, uns leitet wie eine Marionette und keinem Zeit gibt, glücklich zu sein."

„Ach so", sagt der Arzt und wendet sich zu Ellys Mutter. „Frau Kaiser, Ihre Tochter ist ihrem Alter weit voraus, sie sollte in eine Hochbegabtenschule gehen, das würde ich befürworten. Dort, hoffe ich, findet sie Gleichgesinnte. Wichtig ist, dass sie Einstein wieder findet und die tägliche Einnahme einer dieser Tabletten. Sie wissen schon, wegen ihren Phantasien. Bitte kommen Sie in zwei Wochen wieder, weil da die Prinzessin mit den fliegenden Fischen auch einen Termin hat. Ich finde, Sie sollten sich kennenlernen."

Ellys Mutter und Elly gehen wieder Richtung S-Bahn.

„Wir fahren nun ins Fundbüro, vielleicht ist Einstein schon dort abgegeben worden."

„Aber Mama, Einstein findet doch allein ins Fundbüro."

Am Hauptbahnhof im Fundbüro, gibt es leider keine Spur von Einstein. Sie hinterlassen ihre Adresse und eine Beschreibung von Einstein in der Hoffnung, er würde noch abgegeben. Ellys

Laune ist noch schlechter als sonst. Auch den Vorschlag, einen neuen Einstein in der Stadt zu kaufen, lehnt sie ab.

Zwei Wochen später ist Elly wieder bei Dr. Dengler. Das Wartezimmer ist fast voll, und die Sonne scheint mit schwachem Strahl direkt die Yucca Palme an, die im Eck gegenüber den Spielsachen steht. Im Sonnenlicht wabern kleinste Staubelemente immer um sich selbst herum. Ein Mann schaut auf die Armbanduhr, steht auf und wechselt seine Zeitschrift. Eine Frau hustet und tippt in ihr Handy. Eine andere kaut kräftig auf ihrem Kaugummi herum. Eine weitere Frau steht auf und geht im Raum umher, andere schauen ihr verwundert beim Rumgehen nach oder schauen zum x-ten Mal auf die Armbanduhr, obwohl es auch eine Wanduhr oberhalb der Wartezimmertür gäbe. Im Sonnenlicht wabern kleinste Staubelemente immer noch um sich selbst herum. Elly und den anwesenden Kindern mit ihren Stofftieren ist rein gar nicht langweilig, sie äffen die Erwachsenen nach oder erzählen sich phantasievolle Geschichten. Die Tür geht auf, eine neue Patientin kommt herein: Die Prinzessin mit den fliegenden Fischen und ihre Mutter. Es dauert nicht lange, und schon sind Elly und die Prinzessin mit den fliegenden Fischen und deren Mütter gemeinsam im Arztzimmer.

Die Kinder verstehen sich auf Anhieb wunderbar. Die Prinzessin meint, sie sei Herrscherin über die fliegenden Fische, die auf sie und die Menschheit aufpassen. Und Elly will die Welt retten und den Zeitabschnittsfehler finden. Die Mütter, Frau Kaiser und Frau Neubert, sind schon sehr mit ihren Kindern beansprucht, aber sie finden ein gemeinsames Ziel: sie planen die Rückkehr von Einstein. Das ist auch das große Anliegen von Dr. Dengler.

Einige Tage später gehen sie gemeinsam wieder ins Fundbüro, und siehe da, Einstein ist auch angekommen. Elly strahlt vor Freude übers ganze Gesicht. „Siehst du Mama, Einstein hat fast allein ins Fundbüro gefunden. Stell dir vor, ich habe Einstein nicht vergessen oder verloren, er wurde entführt. Tobias aus der Vorschule hat mir Einstein in der S-Bahn einfach gestohlen. Nur mit Hilfe eines Ablenkmanövers konnte Einstein sich aus den Klauen von Tobias, dem Rüpel, wieder befreien. Dann hat er sich im Restaurant eines Möbelhauses einschließen lassen, um sich Essen zu beschaffen. Am nächsten Morgen begegnete er noch dem Zeitabschnittsfehler, aber er hat seine mathematische Formel eingesetzt, die kurz die Zeit einfrieren lässt. Der Zeitabschnittsfehler war kurz außer Gefecht gesetzt, und Einstein lief um sein Leben. Und dann fanden ihn die fliegenden Fische in einer Wäscherei. Dort hat er sich zum

Aufwärmen in der Schmutzwäsche versteckt. Die Prinzessin und Frau Neubert holten ein Jackett ab, und da ist er schnell hinein gekrochen, so wie es die fliegenden Fische sagten. Und weil die fliegenden Fische ihm dann den Weg zum Fundbüro zeigten, hat er sich auf den richtigen Weg gemacht."

„Das ist ja super", sagt Ellys Mutter. „Was der Einstein alles erlebt hat! Gott sei Dank hast du ihn wieder. Aber glaubst du ihm das alles, was er erzählt? Das klingt ja schon sehr abenteuerlich." „Ach Mama, das ist doch egal. Glaubst du alles, was du hörst? Ich will das glauben, was meine Wahrheit ist."

20 Jahre später ist Elly erfolgreiche Blumengeschäftsinhaberin in Geiselhöring und Traumdeuterin in München. Sie hat, seit damals nie wieder etwas in der S-Bahn vergessen, hat kein S- Bahn Trauma erlitten und besitzt eine S-Bahn Jahreskarte als Chip im Ohrläppchen. Einstein, der bereits in die Jahre gekommen ist, macht ab und zu Ausflüge im Streckennetz. Mittlerweile ist der 4-Minuten Takt die Normalität. Ooder er benutzt die Konkurentin "DFD" -- die Fahrgast Drohne -- für längere Strecken. Meistens sitzt er aber glücklich und zufrieden zwischen Palmen und Rosen in Ellys Schaufenster. Nur wenige können ihn aber auch wirklich sehen.

Die verschwundene S-Bahn

Gertraud Schubert

Hier ist der bayrische Rundfunk mit Nachrichten.

München: Spurlos verschwunden ist seit heute Morgen 8.07 Uhr ein Zug der Linie S3. Fahrgäste berichteten, dass die S-Bahn wie jeden Tag am Ostbahnhof in den Tunnel unter der Innenstadt hineingefahren ist. Aber die Fahrgäste am Rosenheimer Platz warteten vergebens – der Zug, der schon auf den Bildschirmen angezeigt wurde, kam nicht an.

Weitere Nachrichten …

Hier ist der bayrische Rundfunk. Wir unterbrechen die Sendung für eine wichtige Meldung:

Heute früh verschwand eine S-Bahn der Linie S3 spurlos. Der Fahrdienstleiter erklärte, er habe das Abfahrtssignal erteilt, die S-Bahn fuhr an und verschwand kurze Zeit später vom Bildschirm. Vermisst werden auch ca. 300 Personen, die in dieser S-Bahn auf dem Weg zu ihrer Arbeitsstätte waren.

Hier ist der bayrische Rundfunk mit aktuellen Meldungen zu der verschwundenen S-Bahn:

Bis jetzt hat man keine Spuren von ihr entdeckt. Vermutungen, dass sie von Terroristen entführt wurde, konnten bis jetzt nicht bestätigt werden. Ein Erpresserbrief ist noch nicht eingegangen.

Hier ist der bayrische Rundfunk mit Nachrichten.

München: Spurlos verschwunden ist seit heute Morgen 8.07 Uhr eine S-Bahn der Linie S3. Mittlerweile sind 17 Erpresserschreiben eingegangen. Vier sind von bekannten Gegnern des neuen Tunnels, 8 von Befürwortern. Diese Personen konnten bereits vernommen werden, wussten aber nichts über den Verbleib der S-Bahn und ihrer Passagiere zu sagen. Sie nutzten nur die Gelegenheit, um auf ihre Anliegen aufmerksam zu machen. Die Staatsanwaltschaft hat gegen sie Anzeige wegen groben Unfugs erstattet. Drei der Erpresserschreiben sind von einem bisher nicht in Erscheinung getretenen Aktionsbündnis 'Schienenfreie Bahnen' unterzeichnet. Welche Personen dahinter stecken, ist unbekannt. Die weiteren Schreiben konnten noch nicht zugeordnet werden. Es treffen praktisch viertelstündlich neue Erpresserbriefe ein, in denen zum Teil horrende Summen als Lösegeld gefordert werden für die Freilassung der S-Bahn.

Eilmeldung der Polizei:

Alle verfügbaren Einsatzkräfte sind auf der Suche nach der verschwundenen S-Bahn. Die Fahndung wurde auf ganz Bayern ausgeweitet.

Bisher konnte die verschwundene S-Bahn nirgends geortet werden.

Hier ist der Bayrische Rundfunk. Wir unterbrechen die Sendung für eine wichtige Meldung:

München: Die seit den frühen Morgenstunden verschwundene S-Bahn ist wieder aufgetaucht. Um 11:31 Uhr fuhr sie an der Station Hackerbrücke ein. Ob Lösegeld bezahlt wurde, ist nicht bekannt.

Hier ist der bayrische Rundfunk mit einer Sondersendung zur S-Bahn-Affäre.

Unsere Reporter haben einige der Fahrgäste befragt:

„Ich finde es unverschämt. Erst hält die S-Bahn nirgends und dann müssen wir an der Hackerbrücke alle aussteigen."

„Ab morgen fahre ich wieder mit dem Auto. Der S-Bahn-Verkehr ist einfach eine Zumutung. Da rast dieser Trottel von Zugführer einfach durch alle Stationen ohne anzuhalten. Und keiner erklärt den Fahrgästen, was los ist."

„Ich fahre jetzt schon seit über 40 Jahren täglich mit der S-Bahn von Deisenhofen nach München, und ich habe einiges an Pannen und Scherereien erlebt, das dürfen Sie mir glauben. Aber das, was heute passiert ist, das schlägt dem Fass die Krone ins Gesicht."

„Ich weiß nicht, was ich sagen soll. Die ist einfach durch alle Stationen durchgefahren. Einfach durch. Nur durch."

„Ich hab gar nichts mitgekriegt. Ich war eingeschlafen und bin an der Hackerbrücke aufgewacht."

„Ja, die bei den Verkehrsbetrieben, die haben ja keine Ahnung, was so eine Verspätung für unsereinen bedeutet. Jetzt darf ich es meinem Chef erklären. Und dann natürlich reinarbeiten. Eine Sauerei ist das."

Hier ist der bayrische Rundfunk mit seiner Sondersendung zur S-Bahn-Affäre:

Wie sich bei Befragungen herausstellte, ist für die Fahrgäste die normale Fahrzeit vergangen. Sie fielen aus allen Wolken, als sie feststellen mussten, dass mehr als drei Stunden vergangen waren statt der üblichen 13 Minuten für diese Strecke. Wir befragten den Physiker Herrn Professor Doktor Dreifels, ob es dafür eine physikalische Erklärung gibt.

„Ja, ähem, das ist die Zeitdilatation, ein relativistischer Effekt, den schon Albert Einstein vor etlichen Jahrzehnten beschrieben hat, und der mittlerweile durch Experimente vollauf bestätigt wurde. Man kann das kurz so beschreiben: Bewegte Uhren gehen langsamer. Wenn sich der Zug mit annähernd Lichtgeschwindigkeit bewegt, vergeht für den ruhenden Beobachter mehr Zeit als für den Beobachter im Zug."

„Herr Professor, vielen Dank für das Gespräch."

Verehrte Zuhörer, wie Sie soeben gehört haben, besteht kein Grund zur Beunruhigung. Dieser Effekt, dass am Bahnhof Hackerbrücke 3 Stunden und 24 Minuten bis zum Eintreffen der S-Bahn vergangen sind, während die Fahrgäste nur eine Fahrt von 13 Minuten hinter sich gebracht haben, ist durch die Relativitätstheorie hinreichend erklärt. Was trotzdem die Frage aufwirft, wieso der Fahrer der S-Bahn die Geschwindigkeit nicht rechtzeitig gedrosselt hat. Wie uns die Polizei mitteilte, befindet sich der Fahrer an einem geheim gehaltenen Ort in der Löwengrube und wird pausenlos vernommen. Bis jetzt hat er keine Erklärung für sein verantwortungsloses Verhalten abgeben können.

Nachfolgend hören Sie ein Interview unseres Mitarbeiters Hermann Kleinlich mit der Staatssekretärin im bayrischen Wissenschaftsministerium, Frau Doktor Gerda Tschlutschenbacher-Röhrlmoser-Leiblich.

„Frau Doktor Tschlutschenbacher-Röhrlmoser-Leiblich, relativistische Effekte bei der Münchner S-Bahn – überrascht Sie das?"

„Sehr geehrter Herr Kleinlich, die bayrische Staatsregierung wird alles im Rahmen ihrer Möglichkeiten stehende tun, um den Vorfall möglichst schnell aufzuklären. Insbesondere möchte ich darauf hinweisen, dass wir die Anschaffung neuer und schnellerer S-Bahnzüge stets wohlwollend verfolgt haben."

„Frau Doktor Tschlutschenbacher-Röhrlmoser-Leiblich, wie stehen Sie dazu, dass den Fahrgästen der bewussten S-Bahn fast dreieinhalb Stunden ihres Lebens ersatzlos gestrichen wurden?"

„Lieber Herr Kleinlich, sehen Sie es doch positiv. Die Menschen, die in der S-Bahn waren, sind dreieinhalb Stunden lang nicht gealtert. Angesichts des demografischen Faktors ist das ein äußerst positiver Effekt."

„Nun eine andere Frage. Werden die Schüler im G8, also im achtstufigen Gymnasium im Physikunterricht auf diese Situationen vorbereitet?"

„Im Curriculum der 10. Klasse wird in einer zweistündigen Phase das Werk von Albert Einstein hinreichend gewürdigt und die Schüler an die Grundbegriffe der Speziellen und allgemeinen Relativitivitätätätstheorie herangeführt. Vertieft werden kann das Thema in der 11. und 12. Klasse im Rahmen eines wissenschaftspropädeutischen Seminars, das zum kritischen Umgang mit den Hypothesen der modernen Gesellschaft anregt."

„Obwohl mittlerweile 80 % der Bevölkerung das Gymnasium besuchen und Abitur machen, gibt es doch immer noch Menschen mit einem niedrigeren Schulabschluss. Was wird getan, um diesen die Erkenntnisse der modernen Physik näher zu bringen?"

„Herr Kleinlich, das bayrische Abitur gilt als das anspruchsvollste in Europa. Sollte ein Kind in kritischen Lebensphasen den Anschluss am Gymnasium verpassen, besteht immer die Möglichkeit auf anderen Wegen sich die Bildungsinhalte anzueignen und das Abitur nachzuholen. Abitur ist heute für alle möglich. Man muss nur wollen."

„Noch einmal zurück zum Thema Relativitätstheorie. Wie sieht es mit Geldern für die entsprechende Forschung aus?"

„Die Universitäten bestehen auf ihrer Unabhängigkeit und die muss respektiert und geachtet werden. Welche Gelder für welche Forschungen ausgegeben werden, überlassen wir der universitären Selbstverwaltung. Da mischen wir uns nicht ein. Niemand kann uns vorwerfen, dass wir die Forscher durch Vergabe von Geldern in bestimmte Richtungen drängen, wenn Sie das in Ihrer Frage implizieren. Vielen Dank für dieses wundervolle Gespräch, Herr Kleinlich."

Hier ist der bayrische Rundfunk:

Der Hörer hat das Wort! Rufen Sie uns an, stellen Sie uns die Fragen, die Ihnen auf der Zunge brennen. Wir haben hier im Studio Experten versammelt, die im Stande sind, auf alle Ihre Fragen einzugehen. Ich stelle vor: Herr Professor Mössinger vom Institut für extraterrestrische Physik, Frau Dr. Dr. Mannscheu, freiberufliche Psychologin und Lebensberaterin, Herr Dr. Glabmanix, Landtagsabgeordneter von Bündnis 20/die Schwarzen, Herr Markus Weiß von der deutschen Bahn, und als persönlich Betroffener Herr Tobias Fachler aus Unterhaching.

„Herr Fachler, wie geht es Ihnen?"

„Schlecht. Weil die Manuela, die war in dem Zug und jetzt ist sie nicht mehr drin gewesen."

„Hat man schon Hinweise auf ihren Verbleib gefunden?"

„Naa, und die Polizei hat nur gesagt, dass sie das untersuchen wird, sobald die anderen Untersuchungen abgeschlossen sind."

„Angeblich sind weitere vier Personen verschwunden."

„Ich weiß nur, dass meine Manuela weg ist. Und die soll wieder kommen. Das ist mein sehnlichster Wunsch."

Ah, der erste Anrufer in der Leitung. Mit wem spreche ich?

„Hallo, hier ist die Elke Hammerstein aus Zorneding. Wann gibt es die nächste Relativ-Fahrt bei der S-Bahn? Aber bitte diesmal nicht wieder die S3!"

„Herr Markus Weiß, von der deutschen Bahn. Gibt es schon einen neuen Termin? Weiß man schon, welche S-Bahnlinie diesmal dran ist?"

„Wir werden zeitnah über mehr oder weniger gravierende Zeitverschiebungen, relativ zum Fahrplan gesehen, informieren. Bis jetzt gibt es noch keinen Termin."

„Steht das dann auch im Hallo? Weil, eine Zeitung will ich mir deswegen nicht kaufen müssen."

Sicher wird auch der bayrische Rundfunk den Termin ankündigen. Hören Sie nur immer unseren Sender 83,8 auf UKW.

Jetzt der nächste Anrufer. Wer ist am Apparat?

„Hier ist der Maier Schorsch. Maier mit ai. I hea allaaweil, die Lichtgeschwindigkeit ist auf 300 000 Sekundenkilometer begrenzt. Warum eigentlich? Warum deaf ma ned schnella fahrn? Mia san doch ein freies Land. Da muss nicht alles reglementiert sein."

„Das ist eine ausgezeichnete Frage, Herr Meier. Ich übergebe an Herrn Professor Mössinger."

„Ja, Herr Maier, Sie sprechen da eine der großen Fragen nicht nur der Physik sondern auch der Philosophie an. Die Lichtgeschwindigkeit als die höchste zulässige Geschwindigkeit – das hat Albert Einstein postuliert. Natürlich gibt es Bestrebungen innerhalb der EU, auch höhere

Geschwindigkeiten zuzulassen. Das Problem dabei ist, dass Sie dann ankommen, bevor Sie abgefahren sind."

„Oiso, des muass ja ned sei. Wia kimmt denn der Herr Einstein dazua, zu sagen, bei 300 000 is Schluss. Wia kimmt dea dazua, uns so bevormunden zu wollen. Erklären Sie mir das mal, Herr Professer."

„Die Mathematik ist in diesem Punkt ganz eindeutig. Die Gleichungen der Relativitätstheorie ergeben, dass höhere..."

„I hea oiwei nua Gleichungen, und der Herr Einstein hat gsagt, und mathematisch gesehen. Wissens was, mit Mathematik ko ma alles, alles beweisen! Des war doch amal was für eanane Partei, Herr Abgeordneter. Setzen Sie sich doch dafür ein, dass das abgeschafft wird. Das Volk will es. Jawohl, wir sind das Volk."

„Herr Maier, meine Partei setzt sich schon von jeher dafür ein, dass freie Bürger freie Fahrt haben. Aber Sie wissen sicher, dass die EU-Behörden manchmal etwas schwerfällig sind. Aber wir bleiben dran. Das verspreche ich Ihnen."

So, der nächste Anrufer. Wer ist dran? Moment, der Herr Fachler will noch was sagen.

„Die Manuela soll wieder heim kommen. Was wollt ihr mit Relativitätstheorie und Quantenphysik und dem ganzen Scheißdreck. Das interessiert mich nicht. Die Manuela soll wieder heim kommen!"

„Lieber Herr Fachler, erklären Sie uns doch bitte, was es mit Ihrer verschwundenen Manuela auf sich hat."

„Oiso, i hab die Manuela zur S-Bahn bracht. Hab auch gesehen, wie sie eingestiegen ist. Danach hamma nix mehr von ihr gehört. Sie is ned in ihrana Arbeit angekommen und sie is auch auf die Nacht ned heimgekommen."

„Sie sind sich sicher, dass es bewusste S-Bahn war."

„Total sicher!"

„Herr Professor Mössinger, wie erklären Sie das Verschwinden von Manuela?"

„Sie ist im Raum-Zeit-Kontinuum verloren gegangen."

„Und des heißt? Kommt sie wieder? Und wann?"

„Das kann ich nicht sagen. Wahrscheinlich erst in der Zukunft."

„Herr Weiß? Was sagt die deutsche Bahn dazu?"

„Verluste von Personen sind durch unsere Beförderungsbedingungen nicht abgedeckt."

„Frau Dr. Dr. Mannscheu? Was raten Sie Herrn Fachler?"

„Die Verarbeitung von Verlusten ist nur möglich, indem man sich den Tatsachen stellt. Natürlich ist es ein langwieriger Prozess, der aber gelingen kann, wenn man die nötige Geduld aufbringt und ein fähiger Psychologe als Revisor im Hintergrund steht. Ich würde Herrn Fachler empfehlen, kompetente tiefenpsychologisch geschulte Ärzte aufzusuchen."

„Ja, liebe Zuhörer, das ist ein großes Problem. Wer hat Manuela gesehen? Wer weiß, wo sie steckt? Sie können uns telefonisch weiterhin erreichen, auch wenn unsere Sendezeit nun zu Ende ist. Herzlichen Dank fürs Mitmachen und auf Wiederhören!"

Fortsetzung: Manuelas Geschichte

Manuelas Geschichte

Gertraud Schubert

Manuela saß mit Tobias am Frühstückstisch, vor sich einen Becher Kaffee, Grapefruit, Croissants, Schinken, Käse, Honig. Manuela stopfte immer noch etwas in sich hinein. Tobias hatte den Arm um sie gelegt und hielt sie ganz fest. „Ich bin so froh, dass du wieder da bist", wiederholte er immer wieder.

Allmählich ließ Manuelas Heißhunger nach. Sie spülte den letzten Bissen mit Karottensaft hinunter. Jetzt endlich war sie bereit zu erzählen.

Bis dahin hatte Tobias nicht mehr erfahren als „Ich war in der Zukunft. In einer ganz schrecklichen Zukunft."

„Du weißt ja, ich war wieder so spät dran. Wenn nicht der Fahrer noch die Tür offengelassen hätte, wäre ich dumm dagestanden.

Also saß ich ganz vorne, direkt an der Fahrerkabine. Mir gegenüber saß ein Mann. Der war irgendwie komisch: Er hatte einen Hut auf, einen Regenmantel an und vor sich auf den Knien eine Aktentasche. So eine alte Lederaktentasche mit zwei Schlössern vorne, kein Businesscase, kein Samsonite, sondern eine alte Lederaktentasche, wie sie der Opa hat. Und er saß völlig regungslos da.

Naja, ich hab ihn dann nicht weiter beachtet. Regen prasselt an die Fensterscheiben, richtiges Sauwetter. Ich hab meinen Reader genommen um weiterzulesen, wo ich gestern Nacht aufgehört habe.

Am Ostbahnhof kam der Fahrer aus der Kabine und schloss sie ab. Da plötzlich kam Leben in den Mann mir gegenüber. Er fummelte an den Schlössern seiner Tasche herum, machte die Klappe auf und holte ein schwarzes Kästchen heraus. Das presste er eine Weile an die Fahrertür.

Ich muss dann eingeschlafen sein. Wahrscheinlich weil ich gestern Nacht so lange gelesen hab. Auf einmal werde ich wach, weil ein Wecker klingelt. Vor mir auf den Stufen kniet eine Frau und hat einen großen alten Wecker in der Hand. Auf dem stellt sie eine Zeit ein, dann stellt sie den Wecker auf die Stufen vor der Fahrerkabine und geht weg. Ich stell fest, die S-Bahn steht. Ist das schon der Marienplatz?

Ich spring auf, weil ich denk, ich hab meinen Bahnhof verpasst. Die Leute in der Bahn scheinen alle zu schlafen. Aber ich hab keine Zeit, ich muss doch zur Arbeit. Auch draußen ist es menschenleer. Überhaupt ein komischer Bahnhof, so viele Gleise! Gleise links, Gleise rechts, lange Gleise, graues Licht, ein unterirdischer Bahnhof, aber ein riesiger. Mensch, denk ich, haben sie mich am Ostbahnhof ins Depot geschoben. Ich muss hier raus. Und ich renne den Bahnsteig entlang zur nächsten Treppe. Eine endlos lange Treppe. Oben scheint eine Tür zu sein, die steht einen Spalt offen. Schwer ist sie, die Tür, aber ich krieg sie auf. Da steh ich doch glatt im Untergeschoss vom Marienplatz, da wo die Treppe zum Beck am Rathauseck hinauf führt. Bin ich vielleicht froh! Und dann schlägt hinter mir mit einem Bumm die Tür zu. Ich seh noch den Holzkeil liegen, der sie offen halten sollte. Den hab ich wohl weggeschoben. Aber das ist mir erst einmal wurscht.

Ich renne zur Treppe. Wo kommt denn der viele Sand her? Die Schaufensterscheiben haben Sprünge und dahinter sind nur nackerte Schaufensterpuppen, liegen ganz durcheinander am Boden, Beine und Arme ragen in die Luft. Ich steige die Treppe hinauf. Oben muss ich den Sand aus meinen Schuhen leeren. Ein heißer Wind weht mir Sand in die Augen und ich such ein Taschentuch. Erst dann hab ich gesehen, wo ich war: der ganze Marienplatz ein Trümmerhaufen. Das gibt's doch nicht, denk ich. Steinbrocken, Sand, zerbrochene Mauern.

Auf der Stelle bin ich umgedreht, das darfst du mir glauben und hinunter zur S-Bahn, zur richtigen S-Bahn natürlich. Oder wollte ich. Aber statt der Rolltreppen waren da nur Betonrampen, statt der Fahrstühle leere Schächte, die Anzeigetafeln heruntergefallen, die Geschäfte mit eingeschmissenen Scheiben. Und überall Sand, Scherben, zerbrochene Fliesen. Ich hab das Treppenhaus gefunden und bin hinunter zu den Gleisen. Aber da konnte keine S-Bahn mehr fahren!

Nein, mich hat die Verzweiflung nicht gepackt. Aufwachen, hab ich gedacht, ich will aufwachen, ich träum das doch nur. Aber ich bin nicht aufgewacht. Ich hab mich selber gezwickt und das hat wehgetan! Da kam dann allmählich schon so etwas wie Ratlosigkeit. Dann hab ich die Tür gesucht, durch die ich heraufgekommen bin. Ich hab die Stelle gefunden, da lag noch der Holzkeil. Aber es war keine Tür da. Nur eine geflieste Wand und keine Ritzen, keine Fugen, nichts. Ich hab mich gegen die Wand geschmissen, aber die Tür ist ja nach heraußen aufgegangen, also kann das Gegen-die-Wand-Schmeißen gar nichts helfen. Ich war so in Panik, dass es gedauert hat, bis mir das aufgegangen ist. Dann hab ich mit den Fingern die Fugen abgetastet. Aber selbst wenn ich die Tür gefunden hätte, wie hätte ich sie aufgebracht?

Ich hab mir dann überlegt, ich geh zum Stachus. Aber da hats nicht besser ausgesehen. Trümmer, Dreck, Chaos. Also bin ich wieder zurück. Hab nach dieser verdammten Tür gesucht und sie nicht gefunden. Schließlich hab ich mich auf die Treppe gesetzt.

Scheiße, hab ich mir gedacht, große Scheiße, jetzt bist du aufgeschmissen. Drei Tage hält man das angeblich ohne trinken aus. Also hab ich noch zweieinhalb, bis ich weg bin. Hier will ich ja ohnehin nicht bleiben. Dann lieber sterben. Aber sterben will ich ja auch nicht. Irgendwie muss ich zurück kommen. Irgendwie. Wenn ich jemals wieder zurück kommen sollte, dann, dann – du glaubst nicht, was ich mir alles vorgenommen habe, für den Fall, dass ich … aber wie sollte das klappen?

Vielleicht sucht mich der Tobi, hab ich gedacht. Aber erst heute Abend, wenn ich nicht heimkomme. So lange muss ich warten. Der Tobi vermisst mich bestimmt. Der hetzt alle, dass sie mich suchen. Den ganzen Forst und den Landschaftspark werden sie absuchen, Polizisten mit Hunden und Hubschrauber mit Wärmebildkameras und so weiter. Doch die werden mich nicht finden. Dann wird der Tobi denken, ich will nichts mehr von ihm wissen. Und das stimmt gar nicht. Ich will zum Tobi zurück, hab ich gedacht. Und dann schieb ich ihn nicht weg, nur weil ich in meinem Krimi weiterlesen will. Dann leg ich das Buch weg, wenn der Tobi mit mir schmusen will und so. Ja, das ist mir alles durch den Kopf gegangen.

Auf einmal hör ich Stimmen. Schnell bin ich ums Eck gesprungen, dahin, wo es dunkel war, und hab mich ganz still gehalten. Nicht einmal zu schnaufen hab ich mich getraut.

Es waren der Mann mit der Aktentasche und die Frau, die den Wecker gestellt hat.

„Die Tür", sagte der Mann.

„Nur noch eine Viertelstunde, dann fährt die S-Bahn", sagte die Frau.

„Da liegt der Keil."

„Ich hab ihn richtig drinnen gehabt."

„Aber warum ist dann die Tür zugefallen?"

„Psst!"

Da haben die zwei mich gepackt. Blitzschnell. Drei Schritte, weiter bin ich nicht gekommen, da hatten sie mich und drehten mir den Arm auf den Rücken.

„Du! Wo kommst du her? Was suchst du hier?", haben sie geschrien.

„Wer schickt dich? Wie bist du hierher gekommen?"

Geschüttelt haben sie mich. So sehr geschüttelt, dass dem Mann sein Hut vom Kopf gefallen ist.

„Du hast die Tür zugeknallt!"

„Du bist uns nach geschlichen!"

„Du hast uns hier eingesperrt."

Ich hab gedacht, die bringen mich noch um.

Erst hab ich mich noch gewehrt. Hab geschrien, hab mit den Füßen getreten. Aber dann hab ich aufgegeben. Hab nur noch geheult, bin zusammengesackt. Da haben sie mich zur Treppe geschoben.

„Hör mit der Trenzerei auf!", hat mich die Frau angeherrscht. „Sag lieber, was du hier suchst. Und wer dich geschickt hat."

Dann hab ich erzählt, dass ich aus Versehen hier bin, dass ich gar nicht hier sein will, dass ich die ganze Zeit hier gesessen bin, abgesehen von dem Weg zum Stachus, wo ich aber dann gleich umgedreht bin. Und überhaupt, dass mir das ganz egal ist, was sie hier treiben und suchen, dass ich nur noch nach Hause will. Dass das Ganze nur ein blödes Versehen ist, weil ich eingeschlafen war und dann in Panik aus dem Wagen gerannt bin.

Sie haben mir tatsächlich geglaubt. Die Frau hat mir ein Taschentuch gegeben, damit ich mir die Tränen abwischen und mich schnäuzen konnte. Der Mann hat einen Apfel aus seiner Tasche geholt und mir gegeben.

„Vielleicht kriegen wir ja die Tür auf?", hab ich nach einer Weile ganz leise gefragt.

Die Frau den Kopf geschüttelt.

„Und wenn schon", hat der Mann gesagt, „die S-Bahn ist weg."

„Kommt doch gleich eine andere", hab ich gemeint.

„Mädchen, du hast wirklich keine Ahnung. Wo soll sie herkommen?"

„Wozu denn die vielen Gleise?"

„Verschiedene Zugänge", sagt die Frau.

„Zugänge? Dann suchen wir doch so einen anderen Zugang."

„Zugänge zu anderen, hmm, anderen Zuständen, aber nicht hierher."

Dann schweigen wir wieder.

„Können Sie denn nichts machen mit Ihrem schwarzen Kästchen?", frage ich schließlich.

Der Mann runzelt die Stirn.

„Welches schwarze Kästchen?"

„Na, das, das Sie in ihrer Tasche haben. Damit haben Sie doch die S-Bahn umprogrammiert."

„Wirkt nur auf Fahrzeuge", sagt der Mann. „Hier gibt es keine Fahrzeuge und keine Energie."

Damit ist auch dieser Punkt erledigt. Wieder sitzen wir da und stieren vor uns hin.

Es ist unerträglich. Einfach da sitzen und nichts tun. Die zwei, die haben vielleicht Nerven.

„Wir werden verhungern und verdursten. Hier gibt es ja nichts", sage ich

„Zuerst verdursten, dann verhungern", sagt die Frau. „Aber das ist das wenigste. Du wirst auch noch total verstrahlt."

„Verstrahlt? Ist deswegen hier kein Mensch mehr?"

Die Frau nickte. „No-go-Area. Verstrahlt vom größten Super-Gau. Evakuiert und gesperrt."

„Todeszone", fügt der Mann hinzu.

„Wie können Sie das einfach so hinnehmen. Wieso wollen Sie nichts unternehmen?" Allmählich packt mich die Wut auf die zwei. Da bringen die mich in so eine vertrackte Lage und dann sitzen sie seelenruhig da und sagen „Weil wir nichts machen können."

„Sie wollen einfach hier sitzen bleiben und auf den Tod warten?"

Ich bin aufgesprungen und hin und her gelaufen.

„Wollt ihr nichts tun? Wollen wir nicht wenigstens woanders hingehen? Vielleicht aus der Stadt raus. Am Land finden wir vielleicht Wasser und Essen, Äpfel aus alten Gärten, Brombeeren."

„Komm, setz dich wieder, Mädchen. Beruhige dich."

„Ich will nicht auf den Tod warten", hab ich geschrien. „Ich will nicht sterben. Ich will wieder heim." Und dann sind mir wieder die Tränen in die Augen geschossen und ich hab mich wieder auf die Stufen setzen müssen.

„Komm", sagt die Frau, „Spätestens morgen Abend schickt uns die Zentrale jemanden. Die merken auch, dass wir hier festsitzen. Dann holen sie uns hier raus."

„Euch, ja. Aber mich? Mich lasst ihr hier, das weiß ich genau."

„Nein, keine Angst, wir lassen dich nicht hier. Allerdings ..."

„Was allerdings?" Ich hab mir keine Hoffnung gemacht, dass sie mich mitnehmen würden. Warum sollten sie? Sie brauchen mich nicht.

„Wir nehmen dich mit unter der Bedingung, dass du für uns arbeitest."

Ich hätte beinahe gelacht. Dass ich für sie arbeite? Wer waren sie überhaupt? Aber egal. Ich hätte alles, wirklich alles getan, um hier raus zu kommen. Für sie arbeiten. Als was? Egal, ich will hier raus. Und wenn sie mich in einen Puff verfrachten. Hauptsache ich bleib am Leben und der Rest wird sich schon finden.

Es hat aber noch bis zur übernächsten Nacht gedauert, bis die Tür aufgegangen ist. Noch so ein Mann mit Hut hat sie uns aufgemacht. Unten bei den vielen Gleisen hat tatsächlich eine S-Bahn gewartet. Wir sind eingestiegen und sie ist losgefahren. In Unterhaching haben sie mich raus gelassen. Da stand ich dann um dreiviertel Vier am Bahnsteig. Der Akku vom Handy war leer, sonst hätte ich dich angerufen. So bin ich zu Fuß nach Hause, zu dir. Und jetzt bin ich wieder da."

Tobias drückte sie fest an sich.

„Du bist wieder da. Aber wer waren sie? Und was musst du tun, um für sie zu arbeiten?"

„Sie haben es mir erklärt. In den zwei Tagen, die wir gewartet haben, haben sie mir einiges erzählt. Sie sind Zukunftsforscher. Es gibt ja viele mögliche Zukünfte. Wollen heraus kriegen, was man tun muss, dass so eine schreckliche Zukunft, wie ich da erlebt habe, nicht stattfindet. Da helf ich gerne mit."

Tobias schüttelte den Kopf. „Klingt für mich alles seltsam, sehr seltsam. Überhaupt, mit der S-Bahn in die Zukunft? Mit annähernd Lichtgeschwindigkeit? Ist schon schräg."

„Ist doch vernünftig. Du natürlich, du willst mit dem Auto in die Zukunft fahren. In einen Tunnel fahren und dann in einem leeren Parkhaus ankommen. Durch irgendeine Tür gehen und schon bist du in der Zukunft. S-Bahn ist umweltfreundlicher, jedenfalls."

Tobias schaute sie nur an, sagte aber nichts. Manuela umarmte ihn.

„Morgen wollen sie sich melden. Aber heute, heute mach ich mir darüber keine Gedanken. Heute bin ich nur froh, dass ich wieder da bin."

Fiepsies Erlebnisse

Victoria Sonblum

Es war Frühlingsanfang. Die Bäume trieben fast schon alle aus und die ersten Blumen wie Narzissen, Schneeglöckchen, Tulpen und Krokusse standen in voller Pracht auf den Wiesen. Wie fast immer zu dieser Zeit kampierte der Zirkus La Lie Lu auf der Dorfwiese neben der S-Bahn. Die Kinder freuten sich immer wieder auf spannende Zirkusnummern, so auch dieses Jahr. Zwei Wochen war der Zirkus hier vor Ort.

Auch die Familie Muck war heute mit ihren zwei kleinen Kindern Michaela und Sebastian in der Nachmittagsvorstellung. Es gab lustige Clowns, Tiger und Elefanten und Hunde, die Seiltänzer, zwei Seelöwen und viele weitere Attraktionen.

Dann aber trat der Zirkusdirektor ans Mikrofon und sagte, dass heute leider die Nummer mit Fiepsi ausfallen müsse, weil sie gestern abends vom Zirkus weggelaufen war. Er bedauere es sehr, aber die Suche nach Fiepsi liefe noch und er hoffe, dass man sie noch vor Ablauf der zwei Wochen finde, ehe der Zirkus weiter zöge in eine andere Stadt. Etwas traurig verließ er die Manege, ehe die weiteren Nummern folgten. Ein Zauberer, drei Jongleure, noch einmal die Clowns und zum

Abschluss das große Finale mit allen Mitwirkenden.

Eines Tages fuhr Familie Muck in die Stadt zum Einkaufsbummel. Sie fuhren von Aying zum Stachus in die Innenstadt. Bei Giesing ungefähr kreischte auf einmal eine ältere Dame laut auf und sprang vom ihrem Sitzplatz hoch. Hilfe, Hilfe, Hilfe, eine Maus sitzt auf der Sitzlehne. Einige Passanten richteten ihren Blick vom Zeitunglesen zu dieser Frau. Auch Michaela und Sebastian. Aber keiner sah weit und breit eine Maus. Als sich die Situation wieder etwas beruhigt hatte, verlief die Weiterfahrt normal.

Kann das wirklich sein, dass eine Maus auf der Sitzlehne sitzt, fragte Michaela etwas erschrocken ihre Mutter. Mama Uschi sagte, eigentlich nein, so etwas hatte sie noch nie erlebt.

Es wurde Abend und alle Züge fuhren ins Depot ein. Das Licht erlosch und es wurde Nacht. Eine kleine Maus kroch aus ihrem Versteck aus der hinteren Sitzecke und suchte nach letzten Krümeln, die eventuell von den Fahrgästen bei dem Fastfood-Essen in der S-Bahn auf den Boden gefallen waren. Auch noch zwei weitere Mäuse gesellten sich dazu. Die kleine Maus hieß Fiepsie und war aus dem Zirkus entwischt, weil die kleine Emma, die Tochter vom Zirkusdirektor, die Türe zum Mäusehaus offen stehen gelassen hatte. Eigentlich wollte Fiepsie sich nur kurz die kleinen Beinchen vertreten und etwas frische Luft schnappen. Aber irgendwie hatte sie sich verlaufen und sprang dann am Abend in eine einfahrende S-Bahn und versteckte sich hinter einem Sitz. Wo sie nun genau war, wusste sie nicht. Eine Besonderheit hatte aber Fiepsie: Sie konnte hören und verstehen, was sich die Menschen erzählten. Das wäre auch die Zirkusattraktion gewesen!

So erzählte sie jeden Abend den anderen Mäusen, was sie heute im Zug erlebt hatte. Aber die anderen verstanden sie leider nicht. Wie komme ich denn jemals wieder zurück zu meinem Zirkus, fragte Fiepsie sich jeden Abend, fand aber bisher noch keine befriedigende Antwort.

In einem Zugabteil ein paar Reihen vor Fiepsies Versteck saßen zwei Frauen und unterhielten sich über die neuen aktuellen Ernährungstipps. Die etwas jüngere der Frauen erzählte von Low-carb, sprich weniger Kohlenhydrate, Low-Fat gleich weniger Fett, Metabolic-Methode, Brigitte-Diät, Glyx-Methode, weniger Fett und weniger Zucker, Steinzeit-Methode und abends Dinner-Cancelling. Sie musste schon fast eine ausgebildete Ernährungsberaterin sein, so wie die alles ausschmückend erzählte.

Die ältere Frau verstand nur Bahnhof bei so vielen Fachausdrücken und hörte aufmerksam zu, nickte dann und wann mit dem Kopf und sagte mmmh interessant, aber mehr nicht.

Fiepsie überlegte jeden Abend vor dem Schlafengehen, wie sie wieder nach Hause zu ihrem geliebten Zirkus kommen könnte, aber so sehr sie ihren kleinen Mausekopf auch anstrengte, sie kam zu keinem Ergebnis. Also erzählte sie jeden Abend neue Geschichten über unterschiedliche Menschen.

Die letzte Woche war auch sehr interessant. Eine ältere Dame fuhr mit ihrer kleinen süßen Enkelin zum Tierpark. Die Kleine hatte blonde, lockige Haare und las in ihrem Buch über die Tiere im Zoo. Sie zählte ganz stolz alle Tiere auf, die sie kannte, und die Oma erklärte ihr die anderen Tiere. Elefanten, Giraffen, Affen, Seelöwen, Papageien, Tiger, Bären, Flamingos usw.

Zwei Sitzreihen vor ihnen saß eine Familie, Vater, Mutter und zwei Kinder. Sie fuhren zum Einkaufsbummel in die Stadt und überlegten, was sie so alles einkaufen wollten. Michaela wollte eine neue Puppe, die spricht, und Sebastian wollte eine neue Rennbahn mit zwei bunten Rennautos. Mutter Uschi wollte einen neuen Mantel und Papa Olaf wollte eine Jeans und ein Polo-Shirt. Sie liefen mehrere Kaufhäuser auf und ab, Rolltreppe auf und ab, bis sie alle ihre gewünschten Artikel gefunden hatten. Als Belohnung gab es dann noch in einer nahe gelegenen Eisdiele Eisbecher mit Erdbeeren für die Kinder und für die Erwachsenen zwei Cappuccino.

Und zum Schluss erzählte Sebastian noch von ihrem letzten Zirkusbesuch, der zwar sehr schön war, aber bei dem eine Zirkusnummer ausfiel, weil die Hauptdarstellerin weggelaufen war. Er meinte, sie hatte einen so komischen Namen wie Fliep oder so ähnlich, aber genau wusste er es nicht mehr.

Noch am selben Abend überlegte Fiepsie, ob sie mit diesem komischen Namen gemeint war und dachte, das könnte sein und dabei liefen ihr einige kleine Mäusetränchen aus den Augen.

Einige Tage vergingen, und Fiepsie fiel in einer Sitzreihe wieder diese Mutter Uschi mit Sohn Sebastian auf. Beide unterhielten sich über den Zirkus im Ort, der bald weiterzog. Fiepsie kam eine Idee. Sie nahm all ihren Mut zusammen und lief aus ihrem Versteck direkt vor die Füße von Sebastian. Dieser erschrak gar nicht und sah die kleine Maus mit großen Augen an. Fiepsie hatte Herzrasen aber irgendwie ein gutes Gefühl und Vertrauen zu Uschi und Sebastian. Mutter Uschi zuckte kurz zusammen und sah auch die Maus. Sebastian meinte, das ist aber keine gewöhnliche Maus, die läuft gar nicht weg und bleibt sitzen und schaut uns so traurig an. Mama, meinst du, die ist die Zirkusmaus? Mama Uschi, die heute neue Schuhe in der Stadt gekauft hatte, nahm die Schuhe aus der Schachtel und setzte die Maus in die Schuhschachtel. Wir können es ja mal ver-

suchen, lass uns am Rückweg beim Zirkusdirektor vorbeischauen und fragen, ob das seine
Maus ist.

Fiepsie ängstigte sich im Schuhkarton, aber hoffte
ganz arg in guten Händen zu sein und bald wieder
bei ihrem geliebten Zirkus sein zu können. Nach
gefühlter langer Zeit öffnete sich der Deckel des
Schuhkartons, und Fiepsie erblickte die glück-
lichen Augen vom Zirkusdirektor. Dieser nahm
seine Kleine vorsichtig auf seine Hand und war
überglücklich über die gute Rückkehr seiner
Fiepsie. Zum Dank bekam die Familie Muck für
die nächsten vier Zirkusbesuche Freikarten und
einen besonderen Logenplatz.

Aufenthalt

Andrea Herlbauer

Mit lautem Quietschen und einem heftigen Ruck kam der Zug zum Stehen. Der Reisende, eben über seiner Lektüre eingenickt, schreckte hoch. Draußen Dunkelheit, schwach erhellt von matten Lampen. Ein schmaler Bahnsteig, ein kleines, etwas heruntergekommenes Bahnhofsgebäude, umnebelt vom Dampf der Lokomotive. Kein Schild, aus dem man hätte schließen können, wo sie sich befanden. Aber bei einem so schäbigen Bahnhof konnte es sich nur um eine unbedeutende Ortschaft handeln. Warum um alles in der Welt hielt der Zug hier an?

Der gut angezogene, schon etwas ältere Reisende trat auf den Gang hinaus und hielt Ausschau nach dem Schaffner, der langsam herankam, von weiteren Fahrgästen befragt. In der Lokomotive müsse eine kleine Reparatur durchgeführt werden, höchstens eine halbe Stunde.

Der Reisende setzte sich wieder, nahm seinen Roman zur Hand und las weiter. Von plötzlicher Unruhe erfasst, ließ er das Buch jedoch bald sinken und verließ den Zug. Er spazierte den Bahnsteig entlang bis zur Lokomotive. Niemand war zu sehen, von Reparaturarbeiten keine Spur.

Auf erneute Nachfrage teilte der Schaffner mit, dass ein Ersatzteil besorgt werden müsse. Leider würde das nicht so schnell gehen, hier in dieser abgelegenen Gegend ließe man sich Zeit. Ohne Zweifel würden bis zur Weiterfahrt noch eineinhalb Stunden vergehen. Der Reisende vergewisserte sich, ob der Zug wirklich nicht früher abfahren würde. Er habe die Absicht, sich etwas in der Stadt umzusehen. Der Schaffner bestätigte die zuletzt genannte Frist, äußerte sich aber, mit Verlaub, skeptisch gegenüber dem Exkursionsplan. Für einen Ausländer, der mit den örtlichen Gepflogenheiten nicht vertraut war, sei ein Zurechtfinden vielleicht schwierig.

Doch gerade die Fremdartigkeit der Umgebung reizte den Reisenden zu einem Ausflug. Er beruhigte den Schaffner, er werde unversehrt in spätestens eininhalb Stunden zurück sein.

Zwischen den eng beieinander stehenden, meist zwei- oder dreistöckigen Häusern herrschte trotz der späten Stunde noch ein Rest der Tagesschwüle, vermischt mit unbekannten Gerüchen. Matte Lampen spendeten auch hier nur spärliches Licht. Nur wenige Menschen waren unterwegs, in fremdartigen Gewändern, den Besucher musternd, mit erstaunten, neugierigen oder misstrauischen Blicken.

Ein Händler näherte sich, ihn mit unverständlichen Worten ansprechend. Der Reisende ging rasch weiter, da der Händler, allzu geschäftseifrig, nicht von ihm abließ.

Er kam immer weiter in die Stadt hinein, folgte den gebogenen Gassen und Winkeln, hielt jedoch in etwa immer die gleiche Richtung. So brauchte er sich nur umzuwenden, um auf gleichem Weg zum Bahnhof zurückzufinden. Eine gute halbe Stunde war vergangen, es war Zeit zur Umkehr.

Eine junge Frau, verschleiert bis auf die Augen, glitt lautlos an ihm vorüber und betrat eines der Gebäude. Der Reisende erkannte an einem kleinen Auslagenfenster, dass es sich um einen Laden handelte. Angelockt durch fremdartige Figuren im Fenster kam er näher. Er zögerte. Er sollte jetzt den Rückweg antreten, warum dachte er an die verschleierte Frau? Eine Erinnerung tauchte auf, vage, aus der Tiefe einer weit entfernten Vergangenheit. Er wusste nicht, was ihn bewog, den Laden zu betreten.

Im Inneren herrschte Zwielicht, es roch süßlich. Niemand war zu sehen. Zahlreiche Regale, kreuz und quer im Raum aufgestellt, waren eng befüllt: Schatullen, Vasen, Schmuck, Teller, Schalen ...

Auch seltsame Figuren waren hier zu finden; sie muteten an wie aus einer anderen Zeit, aus einer anderen Welt. Der Reisende nahm eine der Figuren aus einem Regal. Ein alter Mann tauchte lächelnd neben ihm auf und sagte etwas in fremder Sprache. Der Reisende versuchte, ihm klar zu machen, dass er ihn nicht verstand. Er wollte die Figur auf das Regal zurückstellen, als er dicht neben sich die Anwesenheit der Frau fühlte. Die Figur stand erst halb auf dem Fach, als er sie losließ, verwirrt durch die plötzliche Nähe. Das Klirren hallte durch den Raum. Die Statue lag zu seinen Füßen, in unzähligen Scherben.

Der alte Mann lächelte nicht mehr. Der Reisende setzte zu einer Erklärung an, wies auf die Frau, doch sie war nicht mehr da. Die Augen des Alten funkelten. Der Reisende versuchte erneut, sein Bedauern auszudrücken und wollte seine Brieftasche ziehen, um den Schaden zu bezahlen, wich aber zurück, als der Händler drohend näher kam, und gelangte zur Tür. Er stürzte ins Freie und hörte die wütenden Rufe des alten Mannes unter der Ladentür. Einige Umstehende wurden aufmerksam. Der Reisende beschleunigte seine Schritte, er spürte bohrende Blicke auf sich gerichtet und hatte plötzlich das Gefühl, verfolgt zu werden. Er bog in die nächste Seitengasse ab und begann zu laufen. Hinter sich glaubte er Stimmen zu vernehmen. Er lief schneller, versteckte sich dann in einem schmalen, völlig dunklen Hauseingang und wartete. Es kam niemand. Schweiß stand auf seiner Stirn. Nur langsam beruhigten sich sein heftiger Atem und sein Herzschlag. Niemand kam.

Er wurde wütend auf sich selbst. Wie konnte er sich nur so idiotisch benehmen? Wegzurennen, wie ein Schuljunge nach einem Streich. Was hatte er schon getan? Aus Versehen irgendeine Figur zerbrochen, die bestimmt nicht so wertvoll gewesen war. Er hätte sie ja bezahlt, aber der Mann hatte ihn nicht gelassen. Lächerlich, deshalb davonzulaufen wie ein flüchtiger Verbrecher. Er rückte seinen Anzug zurecht, wischte sich mit einem Taschentuch das Gesicht und trat wieder auf die Gasse hinaus. Niemand war zu sehen. Er sah auf seine Uhr und erschrak.

Nur noch zwanzig Minuten bis der Zug abfuhr. War er *so* lange in dem Laden gewesen? Er sah sich um. Aus welcher Richtung war er gekommen? Hier von links, aber hatte er bei seiner Flucht aus dem Laden die richtige Richtung zurück zum Bahnhof eingeschlagen? Wie weit war er gelaufen? Wen sollte er nach dem Weg fragen? Egal, das Smartphone würde ihm den Weg weisen. Er griff in die Jackentasche – es war nicht da! Hatte er es wirklich im Abteil liegenlassen? Oder hatte der zudringliche Händler … oder der alte Mann im Laden …? Etwa die Frau …? Erneut bildeten sich Schweißperlen auf seiner Stirn.

Er schlug irgendeine Richtung ein. Doch er kam nur durch kleine, menschenleere, ihm unbekannte Gassen. Der Ort hatte plötzlich seinen eigentümlichen Zauber verloren. Der Zug, er *musste* ihn erreichen.

Ein Mann kam ihm entgegen. Der Reisende trat auf ihn zu und fragte ihn nach dem Weg zum Bahnhof. Der Mann schüttelte nur den Kopf. Der Reisende versuchte, das Geräusch eines fahrenden Zuges nachzuahmen und kam sich lächerlich dabei vor. Es war zwecklos. Der Gefragte zuckte nur mit den Achseln und ging weiter. Noch zwei Minuten bis zur Abfahrt.

Aber der Zug würde keinesfalls ohne ihn fahren, wenn der Schaffner sah, dass er noch nicht da war – oder doch? Und der Zug würde pfeifen, wenn er zur Abfahrt bereit war, das tat doch jeder Zug – oder nicht? Obwohl, hier in den engen Straßen, konnte man da die Richtung eines Geräusches genau lokalisieren?

Das Gewirr der Gassen erschien immer unentrinnbarer und verzweigter. Es war drei Minuten über die Zeit. Bestimmt würde die Reparatur ohnehin nicht pünktlich abgeschlossen sein. Er durfte jetzt nicht in Panik geraten. Er bog um eine Ecke und starrte auf das, was vor ihm lag: ein Gleis! Der sicherste Weg zum Bahnhof. Doch in welcher Richtung lag er? Links oder rechts? Egal, wenn er in die falsche Richtung lief, würde ihn der Zug bei der Weiterfahrt einholen, er konnte ihn auf der Strecke stoppen. Doch nein, wenn er hier hinter dem Zug war und in die falsche Richtung ging, war er verloren. Er hatte keine Orientierung mehr. An die verschleierte Frau dachte er nicht mehr.

Der verirrte Reisende stand auf den Schwellen. Er musste sich für eine Richtung entscheiden. Er ging nach links. Immer zwei Schwellen auf einmal nehmend lief er zwischen den Schienen entlang. Er begegnete niemandem. Das Gleis machte einen sanften Bogen. Die Gassen links und rechts wurden nicht belebter, die Häuser wurden aber auch nicht spärlicher. Er sah sich immer wieder um und wäre dabei beinahe gefallen, weil er zwischen zwei Schwellen trat.

Er hatte das Ende der Kurve erreicht, vor ihm lag in geringer Entfernung – der Bahnhof! Die Lokomotive pfiff laut und vernehmlich, als er das hintere Ende des Zuges erreicht hatte, und er fragte sich, ob der Zug jetzt wohl ohne ihn gefahren wäre.

Er wischte sich mit dem Taschentuch sorgfältig das Gesicht, klopfte seinen Anzug ab und stieg auf den Bahnsteig hinauf. Der Schaffner stand in der Mitte des Zuges und hielt nach der Straße hin Ausschau. Der Reisende ging an ihm vorüber und grüßte höflich. Es war 20 Minuten über die Zeit. Der Schaffner musterte ihn und brachte seine Sorge über sein langes Fernbleiben zum Ausdruck. Der Reisende entschuldigte sich für die Verspätung, aber dies sei wirklich ein ganz reizender und interessanter Ort.

Mambo in Gelb

Kilian Winter

Marienplatz

„Bis gleich mein Schatz, der Zug kommt!" Frank Ehrlich stolperte die letzten Stufen hinauf und erreichte den Bahnsteig gerade noch rechtzeitig. Seine S-Bahn bremste mit schrillem Quietschen und hielt direkt vor ihm. Als die Türen aufgingen, bemerkte er, dass ihn die verschlungenen Gänge und Treppen wieder einmal auf die falsche Seite geführt hatten. Die Menschen strömten im Feierabendtrott wie ferngesteuert durch das Nadelöhr der Türen, schoben verbrauchte Luft vor sich her und drängelten sich unachtsam an ihm vorbei. Wie ein Eisbrecher schritt er mutig und gebückt voran.

Er wusste: würde er warten, bis alle Fahrgäste ausgestiegen sind, wäre das Vakuum freier Sitzplätze bereits durch die von der anderen Seite einsteigenden gefüllt. „Schatz, ich liebe dich!", rief er laut in sein Handy. Die Menschen sprangen erschrocken zur Seite und legten eine Schneise in Richtung Sitzplätze frei. „Na also, geht doch", lachte er verschmitzt. Aufgelegt hatte er schon vor einer Minute.

Isartor

Frank fand einen komfortablen Platz am Ende des Wagens, ließ sich erleichtert hineinfallen und parkte Rollkoffer samt duftendem Blumenstrauß. Die S-Bahn fuhr mit leisem Surren in Richtung Osten.

Bald würde er seine Freundin wiedersehen. Unter Umständen könnte er sich mit ihr auch so etwas wie Familie vorstellen, war er doch bereits Mitte 50. Doch als Dozent für psychotherapeutische Kräfte waren seine Vorträge und sein Rat international stark gefragt, insbesondere bei seinen Zuhörerinnen. Sowohl in Theorie, als auch in Praxis. Seine Freundin Mechthild wurde heute 40, eigentlich ein Tag zum Feiern, doch seine offiziell bevorzugte Zielgruppe bewegte sich seit Jahren immer zwischen 30 und 40 Jahren. Daher besaß er auch ein zweites, geheimes Handy. Auf die Frage 'Was passiert, wenn ich 40 Jahre alt werde?' hatte er immer schwammig geantwortet, sie sei dann eben nicht mehr zwischen 30 und 40.

In Gedanken an seine letzte Reise versunken nahm er den nächsten Halt kaum wahr, auch nicht die verärgerten Rufe einzelner Fahrgäste, die sich mit beherzten Kräften an schwergängigen Türen zu schaffen machten.

Rosenheimer Platz

Die S-Bahn beschleunigte wieder, doch nicht alle hatten es hinaus geschafft. Gelbe Zettel mit einer durchgestrichenen Tür klebten dort, wo sie aussteigen wollten. Frank Ehrlich grinste, er konnte es nie verstehen, warum intelligente Menschen von innen und außen an Türen rüttelten, wenn direkt vor ihrer Nase ein gelber Zettel auf der Scheibe klebte.

Sein Handy vibrierte. Eine SMS von Mechthild: „Freue mich auf Dich und Deine Entscheidung, sehen uns St.-Martin-Str." Was für eine Entscheidung?

Ostbahnhof

Die Sonne stand schon tief an diesem Nachmittag und färbte die Häuser in warme Rottöne.

Als sie aus dem Tunnel fuhren, klingelte plötzlich sein geheimes Handy: „Kannst du sprechen?"

„Ja, aber nur kurz!" Frank hielt intuitiv seine zweite Hand vor die Sprechmuschel und drehte sich von den Fahrgästen weg.

„Wann werde ich dich wiedersehen, du bist schon wieder viel zu lange weg?", hauchte eine weit entfernte Stimme.

„Sandra, ich bin doch heute erst weggeflogen, lass mich kurz überlegen ..."

Seine Gedanken drehten sich im Kreis. Mit einem Fuß war er schon bei Mechthild, der andere zog ihn wieder zurück in die wilden Erlebnisse der letzten Tage mit Sandra. Während Frank über eine nette unverbindliche Antwort nachdachte, verließen die meisten Fahrgäste den Triebwagen. Fokussiert auf sein Telefonat schlenderte er zum Prospekthalter im Einstiegsbereich, entnahm einen Flyer, zerknüllte ihn vor dem Mikrofon und verlegte seine Entscheidung auf später: „Schatz … Verbindung … schlecht …"

St.-Martin-Str.

Eine kurze Lautsprecherdurchsage, dann fuhr die S-Bahn weiter nach Süden. Frank verstaute seine Handys, griff nach dem Blumenstrauß, stand auf und schritt mit seinem Rollkoffer zur nächstgelegenen Tür. Die Bäume des Friedhofs zogen vor den Fenstern vorbei und der Bahnsteig näherte sich. Dann sah er Mechthild, die dort bereits auf ihn wartete. Heute mit Strickmantel und großer Brille, das schien modern zu sein.

Als der Zug hielt, drückte er den Türöffner und es passierte – nichts. Er drückte und rüttelte, doch es half nichts. Mechthild ruderte mit den Armen und zeigte in Richtung des vorderen Zugteils. „Bin ich ein Esel! Stehe seit einer Minute vor dieser Tür und sehe den gelben Zettel nicht!"

Er lief zur nächsten Tür. Hier klebte ebenfalls ein gelber Zettel. Mechthild rannte auf dem Bahnsteig weiter, Frank folgte ihr auf gleicher Höhe. Plötzlich wurde sie seiner Sicht entrissen. Er stürzte zum Fenster und erstarrte: Mechthild lag wie ein Käfer auf einem Berg Koffer, den ungeduldige Fahrgäste vorsorglich an der Bahnsteigkante gestapelt hatten.

Bevor Frank seine Gedanken sortieren konnte, schlossen sich die Türen unter einem fröhlichen Piepen. Ruckartig nahm die S-Bahn Fahrt auf. Er taumelte rückwärts, suchte Halt, verfing sich im Rollkoffer und kippte langsam in Schräglage. Der Triebwagen kam jetzt richtig auf Touren, bäumte sich mit aller Kraft auf und entschied die Situation für sich. Unsanft landete Frank Ehrlich auf dem grauen Kunststoffboden zwischen den blauen Sitzen. Aua, das tat weh. Mühsam hob er den brummenden Kopf und versuchte sich zu orientieren. Zwei rote High Heels versperrten seine Sicht. High Heels, in denen lange, sehr lange Beine steckten. Er folgte ihnen bis zu einem wohlgeformten Oberkörper, dessen Schultern von ebenholzfarbenen Haaren umspielt wurden. Ein verführerisches Gesicht blickte zu ihm hinab. „13", hauchte die Schöne durch ihre vollen, roten Lippen, „diese S-Bahn hat auf jeder Seite 13 Türen. Eine biblische Zahl. Steht sie doch für die Zahl der Sünden und den Satan."

Dann schritt sie leichtfüßig davon. Frank stockte der Atem. Er schätzte sie auf Mitte Dreißig.

Giesing

Verwirrt stand er auf, klopfte sich den Staub von seinem Mantel und blickte durch den Wagen. Sie war genauso schnell verschwunden, wie sie aus dem Nichts erschienen war. Ein Traum? Aber warum darüber nachdenken, er musste sowieso an der nächsten Station aussteigen und zurückfahren. Er stellte sich erneut in einen Ausstiegsbereich. Auf seiner Tür klebte dieses Mal kein gelber Zettel. Auch eine Sektion weiter standen mehrere Fahrgäste erwartungsvoll vor ihrer Tür. Er konnte sich das Grinsen nicht verkneifen, sah er doch aus dem Augenwinkel etwas Gelbes an ihrer Tür kleben. Er sagte nichts, sollten auch sie ihre Freude haben.

Die S-Bahn rollte langsam in die Station ein, als plötzlich die schöne Unbekannte wieder hinter ihm erschien und flüsterte: „8 – Die Zahl des Neuanfangs und der Auferstehung."

Frank wurde es langsam unheimlich und er drückte schnell den Türöffner. Keine Reaktion, die Tür bewegte sich nicht. Panik stieg in ihm hoch und er hämmerte mit Nachdruck auf den Taster: „Jetzt geh' schon auf, hier ist kein gelber Zettel!"

Er versuchte es weiter.

In der Zwischenzeit riss ein Bahnbediensteter den gelben Zettel von der Nachbartür ab, klebte ihn vor seiner Nase auf die Tür, stieg nebenan wieder aus, schloss die Türflügel und gab das Abfahrtsignal. Es ging weiter.

Fasangarten

Sein Handy klingelte: „Liebster, den Sturz habe ich überlebt, wo bist du?"

Frank Ehrlich antwortete verlegen, er sei in der S-Bahn und käme nicht heraus, es wäre wie verhext.

„Dann lass' dir doch von den anderen Fahrgästen beim Aussteigen helfen!", flötete Mechthild durchs Telefon.

Frank Ehrlich drückte wütend das Gespräch weg, er war doch kein kleines Kind mehr. Doch insgeheim gestand er sich ein, dass die Idee vielleicht doch nicht so schlecht war.

Auf der Suche nach einer potenziellen Ausstiegshilfe fand er eine junge Frau mit Zwillingskinderwagen, die ihn um Unterstützung bat. Mit Kindern und Einkäufen in der unteren Etage wäre ein starker Mann gefragt, um das Verlassen an der nächsten Haltestelle zu meistern. Sein Stolz mit Sternzeichen Löwe und der auf die Hüfte verrutschte Scheinheiligenschein ließen sich das nicht zweimal sagen.

War sie die Mutter oder das Kindermädchen? Beide Zwillinge grinsten ihn mit verschmiertem Nuss-Nougat-Mund erwartungsvoll an. Die junge Frau erzählte, dass sie von einem Wassergewöhnungskurs kämen.

„Aha", bemerkte Frank trocken und bemühte sich um vertiefende Konversation, „aber bis zum Gesicht ist das Wasser wohl noch nicht gekommen?"

Betretenes Schweigen. Jegliche weitere Annäherung konnte er sich wohl abschminken. Zum Glück kündigten quietschende Bremsen den nächsten Halt an. Pflichtbewusst und ohne ein weiteres Wort zu wechseln, hoben sie mit vereinten Kräften den Zwillingskinderwagen auf den Bahnsteig. Frank zog noch seinen Koffer aus der S-Bahn und wollte gerade zur Treppe eilen, als ihm siedend heiß einfiel: „Der Blumenstrauß ist noch drin!"

In hohem Bogen warf er den Koffer zurück in den Triebwagen und stürzte hinterher. Begleitet vom Piepen der Türelektronik durchsuchte er hektisch die naheliegenden Sitze, ergriff den Blumenstrauß und rannte wieder zum Ausstieg zurück. Zu spät! Die Doppeltür verschloss vor seiner Nase die letzten Zentimeter zur Freiheit und präsentierte ihm einen neuen gelben Zettel. Mit gequältem Lächeln las er den Text: „6 – Die Zahl der menschlichen Arbeit und Mühsal."

Fasanenpark

Während die S-Bahn dahinfuhr, liefen immer mehr Fahrgäste auf und ab, offensichtlich ebenfalls auf der Suche nach einer funktionsfähigen Ausstiegsmöglichkeit. Da sah er, dass die letzte Tür im hinteren Zugteil erfolgversprechend sein musste. Auch die anderen Menschen strömten in diese Richtung. Jetzt musste er schnell handeln, um die Pole Position zu erobern. Geschafft! Kurz vor der Haltestelle stand Frank als erster in der Menschenschlange und beobachtete entspannt den näher kommenden Bahnsteig.

Plötzlich bremste die S-Bahn abrupt ab und blieb stehen, bevor sie vollständig eingefahren war.

„Verehrte Fahrgäste, wegen Bauarbeiten an dieser Haltestelle können Sie heute nur im vorderen Bereich aussteigen."

Alle Fahrgäste drehten sich schlagartig auf dem Absatz um 180 Grad und rannten im Laufschritt zu besagter Tür. Frank war nun nicht mehr in der Pole Position. Er kämpfte um jeden Meter, aber vergeblich. Der Zehn-Minuten-Takt ließ die Türen vor seiner Nase zuschnappen. Die S-Bahn setzte sich wieder in Bewegung – mit ihm.

Unterhaching

Leicht angesäuert, aber mit der optimistischen Hoffnung, dass beim nächsten Halt die gelben Schilder wieder korrekt platziert wären, stellte Frank sich samt Rollkoffer in die Mitte des Triebwagens vor eine offensichtlich intakte Tür. In seiner Jackentasche fand er zufällig eine aufgerissene Packung Ingwerdrops, die er übersichtlich auf dem Koffer ausbreitete. Beherzt griff er zu, die Schärfe wärmte angenehm seinen Gaumen.

Plötzlich klingelte das geheime Handy: „Schatz, hier Sandra, warum hast du mir eben nicht geantwortet, es war doch so eine schöne Zeit?"

Sein anderes Handy klingelte ebenfalls: „Frank, bist du nun endlich ausgestiegen? Hast du schon eine Entscheidung getroffen?"

Verstört schaute er beide Handys an: Sandra in der linken, Mechthild in der rechten Hand. Warum hatte er bloß beide Telefonate gleichzeitig angenommen? „Schatz, ich liebe dich!", rief er panikartig in beide Mikrofone und legte auf.

In diesem Moment bremste die S-Bahn scharf ab, sein Rollkoffer setzte sich in Bewegung und sauste den Gang hinab. Die klebrigen Ingwerdrops verteilten sich auf dem Boden und vermischten sich mit dem Staub der Woche. Seine Handys flogen in hohem Bogen durch die Luft.

Eine Haltestange konnte gerade noch verhindern, dass er zum zweiten Mal an diesem Tag einen Kniefall vor der Schwerkraft machte.

Schnell tänzelte er durch die Ingwerdrops zu seinem Rollkoffer, hob im Vorbeilaufen beide Handys auf und dachte sogar an den Blumenstrauß. Jetzt nichts wie raus hier. Er stürzte weiter von Tür zu Tür, aber es war wie verhext: Ein gelber Zettel reihte sich an den nächsten. Plötzlich öffnete sich wie durch ein Wunder eine Tür nur wenige Meter voraus. Er beschleunigte seine Schritte. Doch bevor er den Ausstiegsbereich erreichte, drängte eine ältere Dame mit fünf angeleinten Pekinesen in die S-Bahn, vergeblich bemüht, diese in Zaum zu halten. Die Hunde witterten die Ingwerdrops, entrissen ihr die verknoteten Leinen, überrannten ihn, verhakten sich im Rollkoffer und jagten mit ihm wie mit einem Streitwagen den Gang hinab. Bitte zurücktreten.

Taufkirchen

Frank stand langsam auf und klopfte sich frustriert den Staub von Mantel und Hose. Als er schließlich seinen Koffer erreichte, vernahm er zwei Sitzreihen weiter ein lautes Röcheln, gefolgt von einem Hilferuf: „Ist ein Arzt anwesend?" Frank meldete sich spontan, denn als psychotherapeutischer Dozent und mit frisch absolviertem Erste-Hilfe-Kurs besaß er sicherlich die nötige Kompetenz.

„Meine Wilhelmine ist blau angelaufen!", schrie die alte Frau.

Frank handelte sofort, riss die Schnauze des Pekinesen auf und erblickte einen seiner scharfen Ingwerdrops nahe der Luftröhre. Der Blumenstrauß wurde kurzerhand zweckentfremdet und sperrte die sabbernde Schnauze, während er mit seinen langen Fingern das Corpus Delicti heraus zog. Sofort kläffte der Pekinese wieder und ließ sich von seinem Frauchen kraulen.

Frank zog intuitiv ein Bündel flacher Medikamenten-Riegel aus seiner Manteltasche hervor, wählte das silberne Blister-Pack mit den grünen Kapseln und reichte es der alten Frau: „Zäpfchen zur Beruhigung, geben Sie jedem Hund eins, um das Gruppentrauma zu verarbeiten."

Dann schlenderte er zu seinem Koffer zurück. Es dämmerte bereits und Frank blickte erwartungsvoll in Richtung der nächsten Haltestelle. Er konnte die nahenden Lichter bereits sehen, atmete tief durch und bewegte seine Hand in Richtung Türöffner.

„Grüß Gott, die Fahrscheine bitte!"

„Ja gerne, aber ich möchte hier aussteigen."

„Das kennen wir schon. Immer wenn wir kommen, wollen einige sofort aussteigen."

Frank tastete seine Jacke ab. Wo zum Teufel hatte er nur seinen Fahrschein eingesteckt? Innentasche links oder rechts?

„Hören Sie, ich versuche seit fünf Stationen auszusteigen und es klappt nie. Die Türen sind kaputt, überall gelbe Schilder und ich werde über den Haufen gerannt. Ich will endlich hier raus!"

„Natürlich, wir glauben Ihnen. Wir sind auch nur in dieser S-Bahn, weil wir wie Gespenster durch Wände diffundieren können. Türen hin oder her, ohne Fahrschein kommt hier jeder rein, aber nicht raus!" Kein Erbarmen. Als er endlich sein Ticket in der Gesäßtasche fand, hatte er zwar die Erlaubnis auszusteigen, aber leider an dieser Station nicht mehr die Möglichkeit.

Furth

Vom vielen Diskutieren war sein Mund trocken geworden. Er griff in die Manteltasche, drückte ein Bonbon aus der Verpackung und begann zu lutschen. Es klebte zwischen den Zähnen und schmeckte nach altem Wachs. Igitt! Dann schweifte sein Blick nach draußen, wo fünf Pekinesen ihr altes Frauchen mit lautem Kläffen wild und aggressiv über den Bahnsteig jagten. Wo waren nur seine grünen Menthol-Bonbons? Kurz vor dem nächsten Halt winkten die Kontrolleure ihm zu und boten mit breitem Grinsen an, er könne ja versuchen, gemeinsam mit ihnen auszusteigen. Frank nahm den Vorschlag gerne an und wartete mit ihnen im Ausstiegsbereich.

Die S-Bahn hielt, sie drückten auf den Türöffner, und mit leisem Zischen bewegten sich die Türflügel zur Seite. Die Kontrolleure stiegen aus. Frank blickte noch einmal kurz in den Gang: So sah also die S-Bahn aus, die ihm so viel Kummer bereitet hatte. Er wandte sich dem Ausgang zu.

„Vorsicht!"

Ein großes schlammverschmiertes Mountainbike wurde schwungvoll und hemmungslos vor seine Füße in den Eingangsbereich geworfen, gefolgt von einem vollschlanken Radler, Mitte 60, in grellbuntem Wurstlook. Frank sprang erschrocken zurück und protestierte.

Doch der Radler ließ sich nicht einschüchtern: „Jetzt stellen Sie sich nicht so an, hier ist der Fahrrad-Einstiegsbereich, nehmen Sie halt eine andere Tür, der Berufsverkehr ist seit 5 Minuten beendet und jetzt sind wir Radler wieder dran!"

Keine Gnade, kein Vorbeikommen. Frank lief verzweifelt den Gang hinauf, um kurzfristig doch noch eine offene Tür zu finden, aber vergeblich. Wie schon vermutet, reihte sich ein gelber Zettel an den anderen.

Deisenhofen

Er setzte sich frustriert auf die Bank am Ende des Triebwagens und fühlte sich hilflos. Seit 5 Stationen versuchte er auszusteigen, 5 Pekinesen fielen über ihn her, mindestens 5 gelbe Zettel klebten an den Türen. Sein Handy vibrierte. Eine SMS, Absender unbekannt: „5 – Die Zahl des von Gott abhängigen Menschen."

Lautes Grölen und verzerrte Rap-Musik aus gequälten Handylautsprechern zerrten ihn aus seinen Gedanken. Eine größere Gruppe von Jugendlichen hatte es geschafft, an der vorherigen Haltestelle in diesen Wagen einzusteigen.

Frank dachte an seine wilde Jugend, gesellte sich zu ihnen, schnorrte fünf Feiglinge und drei Bier, prostete zu, klopfte mit, stapelte Flaschen und zelebrierte die U-Boot-Variante. Beim Würfelspiel Mäxchen ließ er die feuchtfröhliche Runde älter aussehen als er war, jedoch immer mit dem unguten Gefühl, schon wieder eine Haltestelle verpasst zu haben.

Sauerlach

Leicht angetrunken schwankte er durch den Wagen. Die vorletzte Tür sah verheißungsvoll aus, jetzt musste er nur noch seinen Rollkoffer aus dem mittleren Zugteil holen. Die letzte Bierflasche unter der Achsel eingeklemmt, hangelte er sich wie ein Affe von Haltestange zu Haltestange. Dann platzierte er seinen Rollkoffer in der Gangmitte, warf sich auf ihn und schob mit den Füßen an. Das gab den ersten Schwung, die abbremsende S-Bahn beschleunigte ihn zusätzlich.

Als diese dann beim nächsten Halt mit einem Ruck stehenblieb, sauste er mit hohem Tempo am Ausstieg vorbei und krachte in die letzte Sitzbank. Benommen krabbelte Frank auf allen Vieren in den Einstiegsbereich zurück, wo sich die Türflügel bereits schließen wollten. Im letzten Augenblick konnte er die schäumende Bierflasche dazwischen klemmen.

„Na also, Zeit gewonnen", lallte er und stand angeschlagen auf. Dann humpelte er zu seinem Koffer und zog ihn mühevoll vor die blockierte Tür. Um sie zu öffnen, stemmte er sich mit aller Kraft dagegen, rutschte dabei aber in der Bierpfütze aus und gaben im freien Fall der Flasche einen kräftigen Tritt. Diese schoss wie eine Rakete aus der S-Bahn hinaus und zerbarst mit lautem Getöse auf dem Bahnsteig. Die Tür nutzte ihre Chance, schnappte zu und die Fahrt wurde fortgesetzt.

Otterfing

Mit den Nerven am Ende setzte er sich auf die nächstgelegene Sitzbank, schloss die Augen und träumte von der geheimnisvollen Schönen. Oder doch lieber von Sandra? Warum hatte er Mechthild die ganze Zeit nicht zurückgerufen? Der Tag war gelaufen, morgen würde er die nächste Reise planen und allem entfliehen.

Eine Durchsage unterbrach seine Träume: „Wegen massiver Probleme mit den Türen fährt dieser Zug ohne Zwischenhalt weiter bis zur Endstation. Schienenersatzverkehr wird in den nächsten drei Stunden bereitgestellt." Frank lächelte gequält, sie hatten es mittlerweile auch gemerkt.

Holzkirchen

Die S-Bahn erreichte die Endstation pünktlich: „Verehrte Fahrgäste, dieser Zug endet hier. Bitte an allen Türen aussteigen."

Die Fahrgäste lachten laut auf und bildeten eine lange Schlange vor der einzigen funktionsfähigen Tür. Auch Frank stieg aus, blickte in den klaren Sternenhimmel und atmete die frische Abendluft ein. Da stand er nun auf einem verlassenen Bahnsteig im Nirgendwo mit leicht verschlissener

Kleidung, in der linken Hand den Rollkoffer und in der rechten den ramponierten Blumenstrauß.

„Mein lieber Frank Ehrlich, na endlich, da bist du ja!"

„Mechthild? Was machst du denn hier? Ich dachte, du liegst noch im Kofferstapel?"

„Frank, hast du nicht etwas vergessen?"

„Stimmt", seufzte er, umarmte sie und überreichte den Blumenstrauß: „Happy Birthday zum Vierzigsten!"

„War da nicht noch etwas?"

Frank zuckte zusammen. Irgendwie erinnerte er sich, dass Mechthild von ihm eine Entscheidung wollte. Aber nach dieser S-Bahn-Fahrt war er überhaupt nicht in Stimmung für eine komplizierte Antwort, schon gar nicht für Beziehungsfragen.

Mechthild sah ihn scharf an: „Heute ist mein vierzigster Geburtstag. Du hattest 40 Minuten. Das ist die Fahrzeit vom Marienplatz bis zu dieser Endstation! Zeit genug zum Überlegen und um eine Entscheidung zu treffen!"

Frank wurde bleich und taumelte in den Eingangsbereich der S-Bahn zurück. Das war zu viel für ihn, er sackte kraftlos zu Boden. Ein bedrohliches Piepen ertönte. Mechthild trat einen Schritt vor und warf ihm den angebissenen Blumenstrauß durch die sich schließende Tür hinterher. Mit verschwommenen Augen sah er, wie ein letzter gelber Zettel von außen auf die Scheibe geklebt wurde.

In diesem Moment der Verzweiflung erschien die unbekannte Schöne wie aus dem Nichts, kniete sich neben ihn und hauchte leise: „40 – Die Zahl der vollen Reife, der Prüfung und Erziehung."

Sie küsste ihn leidenschaftlich.

Als das Licht im Wagen ausging, freute sich Frank ausnahmsweise über eine bekannte Stimme: „Verehrte Fahrgäste, dieser Wagen wird nun abgestellt."

Krachbumm – die drei Hexen 1

Gertraud Schubert

"Wann treffen wir drei wieder zusamm'?"
"Um die siebente Stund', am Brückendamm."
"Am Mittelpfeiler."
"Ich lösch die Flamm'."
"Ich mit."
"Ich komme vom Norden her."
"Und ich vom Süden."
"Und ich vom Meer."
(aus „Die Brücke am Tay" von Theodor Fontane)

„Na, da kommen wir drei doch wieder einmal zamm", sagte Gundl und zog die weiten Falten ihres Mantels zu sich heran. Gundl war von Natur aus ziemlich umfangreich, und wenn sie ihren Kamelhaarmantel über den Nebensitz ausbreitete, wagte es niemand, sich neben sie zu setzen. Anni nahm ihre voluminöse Tasche vom Sitz, damit Lizzy Platz neben ihr fand. Neben der dürren Anni saß es sich besser. Mit Schwung legte Anni die Tasche auf den Platz neben Gundl. Lizzy ließ den Rucksack von den Schultern gleiten, riss sich den Schal vom Hals, die Mütze vom Kopf und öffnete den Reißverschluss ihres Anoraks.

„Warm ist es", sagte sie.

„Ja, viel zu warm für die S-Bahn", bestätigte Gundl.

„Es kann doch nicht jedes Mal die Heizung ausfallen, wenn wir fahren."

Alle drei lachten.

„Tand, Tand, ist das Gebilde von Menschenhand!"

Lizzy stopfte Mütze und Schal in den Rucksack und zog eine große Papiertüte heraus.

„Mmmh", fing Anni an, „euer Bäcker macht einfach die besten Krapfen."

„Ich sollte ja eigentlich keinen essen", meinte Gundl.

„Ach geh, vergiss doch heute einmal deine Diät. Nutzt ja eh nichts."

Anni holte eine Thermoskanne und drei Becher aus ihrer Tasche und goss Kaffee ein.

Zwischen Martinstraße und Ostbahnhof hielt die S-Bahn plötzlich an.

„Wird doch nicht schon wieder eine Computerstörung in der Leitstelle sein?", fragte Anni und schleckte Aprikosenmarmelade von ihren Lippen.

„Das hatten wir doch erst letzte Woche. Nicht immer den gleichen Ringelreih'n", nuschelte Lizzy zwischen zwei Bissen.

„Ja, das ist langweilig, da habt ihr recht." Gundl hatte Puderzucker auf der Nasenspitze. Sie fischte in den Falten ihres Mantels, fand ein Taschentuch und wischte ihn ab.

„Einmal was Neues!"

„Etwas mit richtig Krach."

„Ja, mit Bummbumm und Schepperdischepper."

Sie griffen nach ihren Kaffeebechern, tranken und lachten.

Die S-Bahn fuhr wieder an.

Am Ostbahnhof stiegen die drei aus, Kaffeebecher, angebissene Krapfen in der Hand, die Taschen und den Rucksack über die linke Schulter gehängt.

„Warum steigen wir denn schon aus? Wo fahren wir denn heute hin?"

„Maisach, Mammendorf, Tutzing, da waren wir schon so oft. Ich hab gedacht, heute schauen wir uns mal Ismaning an."

„Nicht schlecht. Aber wie wärs mit Kreuzstraße?"

„Ja, Kreuzstraße, Kreuzstraße ist gut."

„Da gibt's doch diesen Wirt ..."

„Man kann dort wunderbare Wanderungen machen, zum Taubenstein, zum Mangfallknie", sagte Lizzy.

„Du mit deinem Wanderspleen."

„Und ihr denkt immer nur an Essen."

„Wir wollen Krach-Bumm!"

„Die Strecke eignet sich hervorragend dafür. Man fährt ein ganzes Stück durch den Wald."

Anni sammelte die Kaffeebecher ein und versenkte sie in ihrer Tasche.

„Was soll ein Krachbumm so weit draußen!"

„Hier drinnen im Tunnel, da wär so ein Schepperer doch gleich viel wirkungsvoller."

Anni kramte in ihrer großen Tasche und zog schließlich einen kleinen Ast heraus.

„Ich hätte da eine Idee ..."

Die andern zwei klatschten in die Hände.

„Wütend ist der Winde Spiel,
und jetzt, als ob Feuer vom Himmel fiel,
erglüht es in niederschießender Pracht",
zitierte Gundl.

„Gebt acht, gebt acht."

Anni warf den Zweig in die Luft. Er landete auf dem Dach der S-Bahn – niemand sah es.

„Was wird das?"

„Mit ein bisschen Pusten ..."

„Und ein bisschen Magie ..."

„Kommt, wir steigen wieder ein."

„Fahren mit in die Stadt hinein."

„Hei, das wird ein Ringelreih'n!"

Bei der Rückfahrt vier Stunden später war die S-Bahn voll, sehr voll, aber die drei hatten Sitzplätze ergattert.

Gesprächsfetzen rundum: „Das war vielleicht ein Knall." – „Ich hab gedacht, ein Terrorist hat uns in die Luft gesprengt." – „So schnell bin ich noch nie die lange Treppe am Rosenheimer Platz hinauf gerannt." – „Richtig unheimlich wars, wie da schlagartig alle Lichter ausgegangen sind."

„Gut, gell?", sagte Gundl und zwinkerte den beiden anderen zu.

„Was so ein kleines Ästchen doch bewirken kann", sagte Lizzy, „unglaublich."

„Ich liebe diese Feuerwehrmänner in ihren Anzügen und mit ihren Sauerstoffflaschen auf dem Rücken, wenn sie aus dem Wagen hüpfen und losrennen", sagte Anni und verdrehte die Augen.

„Dabei war es doch ganz harmlos. Hat nur ein bisschen die Oberleitung gestreift."

„War aber ein kompletter Kurzschluss."

Lizzy stand auf und schulterte ihren Rucksack.

„Ich muss gleich aussteigen."

Anni fischte eine Flasche Prosecco aus ihrer Tasche und drehte den Verschluss auf.

„Da, Lizzy, anstoßen auf den Erfolg musst du schon noch. Dreieinhalb Stunden Tunnelsperre! Das ist der Rekord."

Lizzy nahm einen Schluck und reichte die Flasche zu Gundl.

„Ja, wir werden immer besser."

„Dabei üben wir doch nur. Für später."

„Für den ganz großen Schepperer."

„Für das ganz große Krachwumm."

„Im ganz großen, ganz neuen Tunnel."

139

Lizzy schulterte ihren Rucksack, setzte sich die Mütze auf und zog die Handschuhe an.

„Wann treffen wir drei wieder zamm?", fragte sie.

„Ich setz ein Doodle auf für in drei Wochen", sagte Gundl.

(Am Montag, den 1. Februar 2016 führte ein Ast in der Oberleitung der S-Bahn zu einem Kurzschluss in der Station Rosenheimer Platz und legte den S-Bahn-Verkehr für mehrere Stunden lahm.)

Süßigkeiten – die drei Hexen 2

Gertraud Schubert

Grad dass ich meine S-Bahn noch erwischt habe!
Mein üblicher Café Latte und die Butterbrezn
beim Bäcker am Bahnhof mussten leider ausfallen. Ich würde es gerade noch schaffen bis
zehn ins Büro zu kommen zur Kernzeit. Voraus-
gesetzt, die S-Bahn machte keine Mucken, was
ich inständig hoffte.

In der S-Bahn waren schon die Frauen, die zum
Shoppen und Proseccotrinken in die Stadt fuhren.
Auf dem Vierer nebenan hatten zwei besondere
Exemplare Platz genommen und schauten gelangweilt aus dem Fenster. Die eine, ziemlich umfangreich in einen voluminösen Kamelhaarmantel
gehüllt, der in weiten Falten über beide Sitze fiel
und wohl verbergen sollte, dass ihr Fett auch über
beide Sitze quoll. Die andere das pure Gegenteil:
zart und zerbrechlich und in lila gekleidet. Sogar
Schuhe und die Riesentasche für die Einkäufe
waren lila. Womöglich auch Lippenstift und
Lidschatten. Aber so genau wollte ich gar nicht
schauen. Nicht der Typ Frau, auf den ich steh.
Und schon gar nicht das richtige Alter.

An der nächsten Station gesellte sich noch eine
zu ihnen, eher der knackige sportliche Typ mit
Anorak, Wanderschuhen und Rucksack. Die drei

kannten sich offensichtlich, denn sie begrüßten sich überschwänglich, Bussi links, Bussi rechts.

Warum hatte ich heute keine Zeitung, um das Getue ausblenden zu können? Naja, weil ich keine Zeit mehr gehabt hatte, eine zu kaufen. Aber es kam noch schlimmer. Die eine holte aus ihrer lila Tasche eine Thermoskanne und drei Becher und füllte diese mit Kaffee. Grausam! Mein Schlund und mein Herz und mein Hirn lechzten nach Koffein. Dieser roch sogar besonders gut. Oder kam es mir nur so vor? Die neue holte aus dem Rucksack etliche Tüten.

„Mmm, Mandelhörnchen! Mmm, Rosinen-Nuss-Schnecken! Mmmm, Schokocroissants!"

Es war Marter! Mein Magen knurrte. Vor zehn Minuten noch war mir so schlecht gewesen, dass ich glaubte, nie mehr essen zu können. Jetzt verlangte mein Körper nach Zucker, nach Süßem, und wie! Aufstehen, die drei niederschlagen und ihnen die Tüten entreißen? Ich war nahe dran. Nur meine Selbstdisziplin hinderte mich. Aber das Tüten-Rascheln, das Schmatzen, Schlürfen und die wiederholten Ausrufe des Entzückens nervten, nervten gewaltig. Meinen Ipod hatte ich auch vergessen, konnte also die Geräusche nicht mit Musik ausblenden. Scheiß Tag!

Ich schloss die Augen und tat als ob ich schliefe.

Am Nachbarplatz wurde es auf einmal ganz still. Ich blinzelte ein bisschen, ohne die Augen ganz aufzumachen: Die Blicke der drei ruhten auf mir.

„Süß!", sagte die Lila und schob sich ein letztes Stück Mandelhörnchen, das Ende mit der Bitterschokolade, in den Mund.

„Ganz süß!", stimmte die Dicke zu.

Die dritte schleckte sich die Finger ab.

„Sieht aber mitgenommen aus. Hat eine anstrengende Nacht hinter sich."

„Trotzdem süß."

„Gundl, kannst du nicht mal ..."

„Was?"

„Das Signal auf Rot stellen."

„Zu süß!"

„Diese Wuschelhaare."

Grrr! Wuschelhaare! Wie ich das hasse! Normalerweise gele ich sie, bis sie glatt sind. Nur heute früh hatte ich keine Zeit mehr dazu. Spätestens hier hätte ich aufstehen und mir einen anderen Platz suchen sollen.

„Wirklich süß."

„Kleiner Ansatz von Bierbauch."

„Macht nichts. Ist süß."

„Ich wette, der hat die ganze Nacht mit seiner Freundin ..."

„Neinneinnein, der hat die ganze Nacht mit dem Burschenverein den Maibaum bewacht."

„Und sich schön feucht gehalten mit Bier."

„Das Signal, schnell, bitte schnell!"

Aha, so lief der Hase. Burschen-Bashing. Die saufen doch Tag und Nacht. Dass wir unsere Freizeit fürs Brauchtum opfern, wird nicht gesehen. Jeder will einen Maibaum haben; was das für eine Arbeit ist, den herzurichten, das interessiert nicht. Aber ich kann damit leben. Am Ostbahnhof würde ich aussteigen und in mein Büro wandern. Und die alten Hexen vergessen. Mir unterwegs am Kiosk eine Apfeltasche und einen Coffee-to-go kaufen. Da wurde die S-Bahn langsamer. Und langsamer. Und blieb stehen, auf freier Strecke, auf der Brücke über die Rosenheimer Straße.

„Verehrte Fahrgäste, die Einfahrt in den Ostbahnhof ist zur Zeit wegen einer Signal-störung nicht möglich. Wir bitten um Verständnis." Auch das noch! Heute ging auch alles schief.

„Aufwachen!"

Ich öffnete die Augen. Vor mir stand die Sportliche, hielt mir einen Becher Kaffee und eine Quarktasche hin. Ich war total überrascht.

„Na, nimm schon!", forderte sie mich auf.

„Keine Hemmungen", sagte die Dicke und lehnte sich über den Gang, „schadet mir nicht, wenn ich die nicht esse."

Madame Lila kicherte und prostete mir mit dem Kaffeebecher zu.

„Na dann, danke vielmals", sagte ich und griff zu.

Die Quarktasche schmeckte sehr gut und der Kaffee war auch nicht schlecht. Genau das, was ich brauchte.

Die Sportliche setzte sich mir gegenüber hin.

„Schmeckt gut, gell?", sagte sie und schaute mir in die Augen. Madame Lila stand auf und setzte sich neben sie.

Sie wühlte in ihrer Tasche und brachte ein Fläschchen Prosecco zum Vorschein.

„Dann wollen wir doch mal ..."

„Nein, nein, danke", unterbrach ich sie. „Nicht schon in aller Früh. Ich muss in die Arbeit."

„Brav, brav", sagte sie und tätschelte mein Knie.

Die S-Bahn fuhr an. „Verdammt", sagte die im Kamelhaarmantel, „heute haben sie es aber schnell wieder hingekriegt."

Da war schon der Ostbahnhof. Ich gab den Becher zurück, bedankte mich nochmals und stieg aus. Die drei winkten mir vom Fenster aus nach. Ich war froh, dass ich draußen war an der frischen Luft. Nie und nimmer wäre ich auch nur eine Station weiter gefahren.

Die drei sind mir nach etlichen Wochen wieder begegnet, genauer gesagt, am Abend nach dem großen S-Bahn-Chaos. Ich wollte gerade das Büro verlassen, da rief meine Kollegin vom

Ostbahnhof aus an: „Du, hier herrscht totales Durcheinander. Bleib, wo du bist. Keine S-Bahn fährt. Ich hab noch eines der letzten Leihräder ergattert und mach mich damit auf den Heimweg."

Also blieb ich im Büro, eine Weile zumindest noch. Dann setzte ich mich in das Bistro unten an der Straße und trank ein Bier und noch eins oder auch zwei. Aber das Bistro schloss um 9 Uhr – nachdem alle aus den umliegenden Büros ihr Feierabendbier geleert hatten.

Ich spazierte zum Bahnhof und siehe da, die S-Bahnen fuhren wieder. Sie waren allerdings sehr voll. Die Leute waren ziemlich angefressen, hatten sie doch Stunden gewartet. „Wir sollen den Meridian nach Holzkirchen nehmen, haben sie am Ostbahnhof gesagt, also sind wir wieder zurück zum Hauptbahnhof, da war der Meridian grad weg." Dann sah ich Madame Lila, dank ihrem kessen lila Sommerhütchen. Die anderen zwei waren auch da, die habe ich nur nicht so schnell erkannt. Mittlerweile war Sommer und die Stattliche trug statt Kamelhaarmantel ein weites helles Flatterkleid. Die Sportliche saß auf der Armlehne des Sitzes und hielt ein Glas Sekt in der Hand. Die drei waren sehr vergnügt, im Gegensatz zu den anderen Fahrgästen. Madame Lila zog eine Proseccoflasche aus der Tasche, öffnete sie gekonnt und goss den anderen nach.

„Na, das war wieder einmal ein Ringelreih'n."

Sie prusteten los.

„Computer-Absturz! Wer macht denn so was während der Hauptverkehrszeit!" Sie stießen an, dass der Sekt aus den Gläsern schwappte. Die drei waren wohl ein bisschen angeschickert.

„Hei", sagte die Sportliche und schaute zu mir herüber, „dich kennen wir doch. Anni, hol noch ein Glas für unseren Burschi."

Schon drückte sie mir ein Glas Prosecco in die Hand und nötigte mich, mit ihr anzustoßen.

„Ich bin Lizzy, wie heißt du?"

„Michael."

„Prost, Michael, das hier sind Anni und Gundl." Ich stieß auch mit den beiden an.

Der Prosecco war süß und pappig. Trinke ich normalerweise nicht.

„Wann ist denn euer Sonnwendfeuer?", wollte eine wissen.

„Am nächsten Samstag."

„Da kommen wir. Gibts wieder Steckerlfisch?"

„Wir kommen, bei Nacht und Sturmesflug, wir, mit dem Deisenhofner Zug."

So plauderten wir eine Weile über das Fest, sie schenkten fleißig Prosecco nach, bis erst die Sportliche, dann ich aussteigen mussten.

"Wann treffen wir drei wieder zusamm'?"
„Nächsten Samstag, beim Birker Stamm."
„Am Mittelpfeiler."
„Ich entzünd die Flamm'."

„Ich mit."

„Das wird fein."

„So viele Bürschelein."

Ich war froh, wie ich draußen war. Von mir aus können sie gerne zum Sonnwendfeuer kommen. Sie werden mich in dem Trubel bestimmt nicht finden.

Der Prosecco hatte mir den Rest gegeben. Zusammen mit den drei Bieren, die ich in dem Bistro schon getrunken hatte. Ich kam grad noch heim und ins Bett.

In der Nacht träumte ich von ihnen. Lizzy zog aus ihrem Rucksack bunte Windrädchen und verteilte sie im Wagen. Die drehten sich und drehten sich – Wind pfiff durch den Wagon. Gundls Kleiderzipfel flatterten, stiegen auf, breiteten sich aus. Die lila Anni balancierte auf den Armlehnen durch den Wagon und hangelte sich an der Gepäckablage wieder zurück.

„Unheilsschwestern, Hand in Hand
Schwärmen über Meer und Land,
Ziehen so rundum, rundum.
Dreimal dein und dreimal mein,
Und dreimal noch, so macht es neun!",

sangen die drei.

„Nur dass du's weißt, Michael, das ist aus Macbeth", flüsterte mir die eine ins Ohr. Dabei knöpfte sie mir das Hemd auf und kraulte mir die Brusthaare. Stoffbahnen flatterten um mich herum, dazwischen Arme und Finger und Lippen.

Doch auf einmal: „Schluss mit lustig", ordnete eine an. Sie warfen die Sektgläser in die Tasche, die geleerten Flaschen hinterher. Die Windrädchen hörten auf, sich zu drehen und flogen zurück in die Tasche. Die Stoffbahnen legten sich in ordentlichen Falten auf den Sitz.

Die dicke Gundl tippte und wischte auf ihrem Smartphone herum.

„Ha!", rief sie, „ich habs geschafft. Ich hab mich in die S-Bahnleitstelle gehäckt."

„Hei, das gibt ein Ringelreih'n,
fährt der Zug in den Tunnel hinein.
Der von Norden her.
Und der vom Süden.
Und der nächste hinterher.
Tand, Tand ist das Gebilde von
 Menschenhand."

Dann wachte ich endlich auf. Ich hörte die drei noch kichern. Ich hätte gewettet, dass es direkt vor meinem Fenster war. Ich stand auf, öffnete das Fenster und beugte mich hinaus. Natürlich war da nichts. Der Wind wehte frische Luft ins Zimmer. Das ferne Lachen kam bestimmt von feiernden Nachbarn. Auf einmal wischte mir ein Stück Stoff über den Hinterkopf und die Schulter. Mich hat es gerissen. Aber es war nur der Vorhang. Das Fenster habe ich dann ganz fest zugemacht und den Rollladen herunter gelassen.

Stürmisch – die drei Hexen 3

Gertraud Schubert

Lizzy kam mit großen Schritten den Wagon entlang, schleuderte ihren Rucksack auf den Sitz neben Gundl und ließ sich dann auf den Platz neben Anni fallen.

„Ich hab kein Süßzeugs dabei heute", erklärte sie und streckte die Beine aus.

„Macht nichts", sagte Gundl, „ich will eh abnehmen."

„Ist recht", sagte Anni, „mir ist heute auch mehr nach Wurstbrot."

„Hab auch kein Wurstbrot dabei, hab gar nichts dabei."

Lizzy lehnte sich betont entspannt zurück und schloss die Augen. Steckte die Hände in die Hosentaschen.

Gundl schaute zum Fenster hinaus. Anni wühlte in ihrer Tasche.

„Ich brauch auch keinen Kaffee", erklärte Lizzy.

Anni schaute Lizzy prüfend an. „Könnte es sein, dass du sauer auf uns bist?"

„Ja, das könnte sein."

Wieder Schweigen. Draußen zogen die Häuser des Vorortes vorbei, sechs, sieben Stockwerke hoch, rosa und hellgrün getüncht.

Dann sprudelte es aus Lizzy heraus: „Auf dem Sonnwendfeuer, da habt ihr zwei euch ja dermaßen daneben benommen, kaum zu glauben."

„Aber geh, Lizzy, was hat dir denn nicht gepasst?"

„Erstens euer Aufzug, Anni, dein lila Dirndl, das war so was von geschmacklos." Lizzys Augen blitzten.

„Was hast du denn? Changierende fliederfarbene Seide, war irr teuer damals."

„Ja, damals, aber heute trägt man so etwas nicht mehr. Und du erst, Gundl. Dein Dirndl, so was von billig. Und wie dir dann sogar der Busen rausgehüpft ist ..."

„Bist ja nur neidisch, Lizzy, weil bei dir nichts hüpfen kann."

„Quatsch, ich bin nicht neidisch! Muss ich gar nicht sein. Aber das höchste war ja, wie ihr mit den Burschen über die Friedhofsmauer geklettert seid und euch dort im Gras gewälzt habt. Also, wirklich, im Friedhof!"

„Ach, die Burschen waren wirklich süß. Den einen haben wir mal in der S-Bahn kennen gelernt. Erinnerst du dich? Er hat uns doch so nett eingeladen."

„Jedenfalls, es war oberpeinlich und ich hab mich für euch geschämt."

Anni und Gundl schauten sich an und grinsten.

Gundl holte schließlich tief Luft und verkündete: „Ich brauch das ab und zu."

„Ich auch", piepste Anni.

„Und überhaupt", sagte Gundl, „du musst grad reden! Du hast auch deinen Spaß gehabt."

Lizzy richtete sich auf und sang:

„Glühende Funken
sprühn aus lodernden Flammen,
schwingen sich mit unsern Liedern
    sternenwärts."

Sie strahlte übers ganze Gesicht.

„Das war eine Schau! Hab doch nur ihr Feuerlein ein bisschen angeblasen, damit es besser brennt. Und dann gleich Panik.

Alles rennet, rettet, flüchtet,
taghell war die Nacht gelichtet."

„Das war nicht witzig! Es hat sogar Verletzte gegeben."

„Hab doch gleich Gegenmaßnahmen ergriffen. Der Regenguss hat alles wieder gelöscht. Seid ihr etwa nass geworden?"

„Das kann man wohl sagen", knurrte Gundl. „Nass bis auf die Haut."

„Ich nicht. Ich bin ins Leichenhaus geflüchtet." Anni begann zu kichern. „Die beiden Bürschchen hat das nicht gestört."

„Mich hat zum Glück einer von der Feuerwehr gerettet." Lizzy gluckste, weil sie das Lachen unterdrückte. Das sollten die anderen nicht mitkriegen, dass sie noch mehr Spaß gehabt hatte.

„Ruhe, meine Damen", unterbrach Gundl mit strenger Stimme. „Wir haben wichtigeres zu tun. Was machen wir heute?"

„Macht doch, was ihr wollt", sagte Lizzy. „Kurzschlüsse, Computerabsturz im Stellwerk, verschmorte Leitungen, blockierende Bremsen, Weichenstörungen – keine Lust drauf. Tipptipptipp und Wischwischwisch auf deinem Smartphone, Gundl – mir egal. Ihr glaubt nicht, wie mir das egal ist, dieses ganze Strom- und Elektronikzeugs."

„Man muss mit der Zeit gehen", sagte Gundl.

Lizzy zuckte mit den Schultern und machte einen Schmollmund.

„Schön ist wüst,
und wüst ist schön.
Wirbelt der Sturm
durch Nebel und Wolkenhöhn!",
murmelte sie leise.

Anni holte eine Thermoskanne und drei Becher aus der Tasche und schenkte Kaffee ein. Aber nur einen Schluck für jede.

„Wir sind schon am Ostbahnhof. Es wird Zeit, dass wir handeln. Was ist, Gundl? Alle Anzeigetafeln ausschalten. Ein bisschen dalli."

Gundl fischte in den Falten ihres Kleides nach dem Handy, wischte und tippte auf dem Bildschirm herum.

„Soll ich die Lautsprecher auf tot legen?"

„Nein, die lass. Die Durchsagen tragen doch noch mehr zur Verwirrung bei."

Anni stand auf und ging hinaus auf den Bahnsteig und deklamierte:

„So muss es gehn!
Aus Linie Eins mach Zehn,
die Zwei lass stehn,
und Drei bleibt gleich.
S'ist unser Reich.
Aus Fünf und Sechs,
so sagt die Hex,
mach Sieben und Acht.
Gleich ist's vollbracht.
Und Acht wird Eins,
und Sieben wird keins.
Die Neun rückt ein,
das muss so sein.
Die Vier fährt da drüben
statt der Linie sieben.
Und die Acht fährt nicht.
Das ist das S-Bahn-Hexen-Gedicht."

Gundl wischte und tippte und wischte. Anni stieg wieder ein. Lizzy wippte mit dem Fuß.

„Hei, das gibt ein Ringelreih'n", juchzte sie.

„Na also", sagte Gundl, „und damit unsere stürmische Lizzy wieder vergnügt wird, helfen wir ihr beim nächsten Mal ein richtig schönes Unwetter auszurichten, das die S-Bahn lahmlegt."

Die kleine S-Bahn

Kilian Winter

Alles schlief, nur in der Ferne fiel eine graue
Stahltür dumpf in ihren Rahmen und ließ die dün-
nen Wellblechwände leicht erzittern. Es roch
nach alten Arbeitskitteln, feuchten Metallspänen
und verbrannten Schweißnähten. Eine Hand
tastete unsicher im Dunkeln an der Wand entlang,
dann klickte es hörbar. Ein erleichtertes Seufzen
mischte sich mit ungestümem Summen
zündender Leuchtstoffröhren, die den Lokschup-
pen am Ende der Stadt mit hellem Licht fluteten.

Es war früh am Morgen und die kleine S-Bahn
wachte langsam auf. Heute war ihr großer Tag.
Frisch in rot und weiß lackiert durfte sie als erste
im Berufsverkehr fahren.

Lokführer Walter schlurfte auf sie zu, grum-
melte so etwas wie „Guten Morgen", schloss die
quietschende Fahrertür auf, kletterte in das
Führerhaus und ließ sich auf seinem bequemen
Stuhl nieder. Dann öffnete er die mitgebrachte
Thermoskanne und ließ das Heißgetränk dampf-
end in seine Tasse plätschern. Im Nu war die
Fahrerkabine erfüllt vom warmen Duft frisch
gemahlener Kaffeebohnen.

Ein paar Handgriffe am Steuerpult und das
Flügeltor des Lokschuppens rumpelte langsam
zur Seite. Frischer kalter Winterwind blies in die

Halle hinein und vertrieb den muffigen Werkstattgeruch. Die kleine S-Bahn sog die klare feuchte Luft ein, reingewaschen von herabfallendem kristallisierten Wasser.

Fröhliche Schneeflocken staubten durch das Tor, umspielten ihre Nase und forderten auf zum Tanz. Dicke Schneepolster bedeckten Bäume, Wege, Häuser, ja sogar die Schienen lagen versteckt unter der weißen Fläche. Das Haltesignal sprang von Rot auf Grün, die runden Scheinwerfer der kleinen S-Bahn strahlten auf und schnitten eine helle Schneise in die morgendliche Winterlandschaft.

Walter trank noch einen Schluck dampfenden Kaffees, dann ging die Fahrt los. Die kleine S-Bahn sog kräftig Strom aus der Oberleitung und ließ ihn in den Antrieb fließen. Sie musste kurz auflachen, denn der Strom kitzelte unter den Achsen und Rädern. Sie beschleunigte und glitt gut gelaunt durch den unberührten Schnee. Ihre Räder schnitten die erste scharfe Spur und wirbelten das weiße Pulver hoch in die Luft. Sie fühlte sich wie ein fliegender Komet mit hellem Schweif. Was für ein Erlebnis!

Nach kurzer Fahrzeit tauchte ein langgezogener Lichtstreifen in der Ferne auf. Dicht gedrängt standen die ersten Fahrgäste auf dem kalten Bahnsteig und warteten. Die Atemluft kondensierte vor ihren verschlafenen Gesichtern. Daher heizte die kleine S-Bahn den Fahrgastraum noch einmal kräftig ein und hielt mit einem fröhlichen „Guten Morgen" an. Die Türen öffneten sich langsam und die Menschen drängten behäbig in den Triebwagen. Jeder war bestrebt, einen der bequemen blauen Sitzplätze ohne Nachbarn oder mit Nachbarin zu ergattern. Knisternd entfalteten sich die ersten Zeitungen und verbreiteten eine gemütliche Stille.

Das Signal sprang wieder auf grün, und der Antrieb der kleinen S-Bahn gab sich alle Mühe, den nun mit Fahrgästen gefüllten Triebwagen auf volle Geschwindigkeit zu bringen. Doch kaum war sie aus der Haltestelle ausgefahren, schreckte Walter auf und drückte den roten Not-Halt-Taster. Die kleine S-Bahn presste ihre Bremsbacken so fest sie konnte auf die Räder und blieb verdattert stehen. Über Lautsprecher verkündete Walter, dass eine Signal- und Weichenstörung vorläge und sich die Weiterfahrt auf unbestimmte Zeit verzögern würde. Dann schenkte er sich gut hörbar einen frischen Kaffee ein. Die gemütliche Ruhe der Fahrgäste wich einem genervten Aufstöhnen, doch sie ergaben sich ihrem Schicksal.

Die kleine S-Bahn nutzte die Zeit, um dem fröhlichen Schneetreiben zuzusehen. Doch allmählich wurde es ihr langweilig und sie fragte sich, wann es denn dem Signal und der Weiche endlich genehm wäre, wieder zu funktionieren.

Auch im Fahrgastraum kippte die Stimmung. Es gab keine Durchsagen, wie es weitergehen würde, die ersten mussten dringend zur Toilette, um ihren Coffee-to-go wegzubringen, andere wollten ein Fenster öffnen und frische Luft hereinlassen, weil jemand einen zwiebeligen Döner gefrühstückt und ein anderer sich wohl nicht geduscht hatte. Viele Fahrgäste waren damit überhaupt nicht einverstanden, denn erstunken sei schließlich noch niemand. Die kleine S-Bahn brachte es auf den Punkt: „Die Winde sie wehen, von oben nach unten, erfroren sind viele, doch niemand erstunken."

Sie fragte Walter, ob sie denn nicht die fünfzig Meter zurück zur Station fahren könne, da wäre zumindest ein WC. Doch Walter winkte ab. Nicht erlaubt, nur Vorwärtsfahren sei möglich. Er trank einen Schluck warmen Kaffee und ergänzte, die Fahrgäste sollten sich nicht so anstellen. Außerdem würden die Weichen im Winter immer streiken, um einen höheren Arbeitslohn und somit höhere Fahrkartenpreise durchzusetzen. Da würde nur noch der Motivations-Enteisungstrupp mit dem Flammenwerfer helfen, aber der sei nur im Sommer rechtzeitig zur Stelle. Man müsse sich also gedulden.

Da wurde die kleine S-Bahn wütend: Sie wollte zufriedene Fahrgäste und sich ihre morgendliche Fahrt durch eine schneebedeckte Traumlandschaft nicht von einer faulen und störrischen

Weiche zerstören lassen. Beherzt löste sie die Bremsen und rollte langsam vor. Walter ließ vor Schreck seine Kaffeetasse fallen und hämmerte wild auf den Not-Halt-Taster. Aber die kleine S-Bahn ließ sich nicht beirren und hielt erst an, als sie auf besagter Weiche stand.

Auf die Frage, ob sie sich denn nicht in die richtige Position stellen möge, damit es weitergehen könnte, bekam die kleine S-Bahn nur ein hämisches Grinsen zur Antwort. Das war zu viel! Ihr Öldruck stieg rapide an und die Bremsbacken pressten sich auf die Räder. Dann gab sie Vollgas und zog über die Oberleitung fast den gesamten Strom des nahegelegenen Kraftwerks. Die Lichter der soeben verlassenen S-Bahn-Station flackerten und die Handy-Gespräche der Fahrgäste brachen ab. Der starke Strom brannte unter ihren Rädern und ließ die Spurkränze dunkelrot aufglühen. Es wurde so heiß, dass die kleine S-Bahn ihre Achsen immer schneller links und rechts hochheben musste, um sich nicht die Laufflächen zu verbrennen. Walter fiel durch das Hüpfen fluchend in seine eigene Kaffeelache und versuchte im Liegen die Zentrale über Funk zu erreichen. Auch die Fahrgäste wurden kräftig durchgeschüttelt, sie klammerten sich an Haltestangen und aneinander fest. Der Innenraum nahm tropische Temperaturen an, Schweiß dampfte aus allen Poren und verlieh der Luft eine gewisse Würze.

Gleichzeitig wurde aber auch der vorlauten Weiche eingeheizt. Eis und Schnee schmolzen dahin. Ihr wurde es so ungemütlich, dass sie zähneknirschend aufgab und die Schiene schließlich auf das richtige Gleis umschaltete. Die Fahrt konnte weitergehen!

Stolz fuhr die kleine S-Bahn in die nächste Haltestelle ein, hatte sie es doch der Weiche gezeigt und den morgendlichen Zugverkehr gerettet. Die Fahrgäste würden jubeln und ihr danken. Das dachte sie zumindest. Doch als die Türen aufgingen, stürzten viele der Insassen kreidebleich hinaus, knieten zu Boden und küssten erleichtert den Bahnsteig. Sie hatten das Schüttel- und Hitzeinferno überlebt.

Irritiert zwängten sich die Wartenden an ihnen vorbei, kämpften um frische Sitzplätze und beschwerten sich, dass eine Verspätung bei so einem nasskalten Wetter ein Unding sei, sie seien schließlich auch pünktlich erschienen. Immerhin wurde positiv erwähnt, dass der Fahrgastraum heute gut geheizt sei. Doch die kleine S-Bahn war sauer. Man konnte es wohl keinem recht machen. Aber warum bekam sie eigentlich den ganzen Frust ab? Schuld war schließlich die Weiche!

Je näher sie an die große Stadt kamen, desto wärmer wurde es. Die tanzenden Flocken verwandelten sich mehr und mehr in dicke kalte Regentropfen. Die Fahrgäste standen dicht an dicht mit ihren nassen Jacken und wurden umso mürrischer, je länger die Fahrt dauerte. Sie jammerten über zu kurze S-Bahn-Züge: Vorne wäre es zu heiß, hinten zu kalt und grundsätzlich immer zu eng. Schließlich quetschte sich auch noch ein Fahrkartenkontrolleur frohlockend mit „Die Fahrscheine bitte!" Millimeter für Millimeter zwischen den Menschen hindurch. In der Enge schwappten zwangsläufig mehrere Coffee-to-go auf seine Uniform, sogar Frühstücksbrote und Apfeltaschen riss er auf seinem Weg mit sich. Das heizte die Stimmung weiter auf. Einem Fahrgast platzte schließlich der Kragen, als die klebrige Uniform auf ihn zukam. Er zerriss wutentbrannt seine eigene Daunenjacke und bewarf ihn mit den flauschigen Federn.

Als sich an der nächsten Haltestelle die Türen öffneten, staunten die Wartenden nicht schlecht. Ein menschengroßes, nach Kaffee und Frühstück riechendes Federvieh taumelte aus der kleinen S-Bahn, begleitet von lauten Gesängen der Fahrgäste: „Ein Huhn, ein Huhn, …"

Der kleinen S-Bahn reichte es. Der Tag hatte so schön angefangen und nun drehten alle durch. Beherzt schaltete sie die immer helfende Lautsprecher-Durchsage für hoffnungslose Fälle ein. Walter zog sich entsetzt am Fahrerpult hoch, doch er konnte sie nicht mehr verhindern: „Verehrte Fahrgäste, diese S-Bahn endet hier. Bitte alle aussteigen."

Die Fahrgäste stöhnten auf und verließen fluchend die kleine S-Bahn. „Nun können sie ihren Frust in der Station abladen und ich habe endlich meine Ruhe", dachte sie, „auch die Luft im Fahrgastraum wird sicher deutlich besser." Sie überlegte weiter: „Wenn ich aber so weiterfahre wie bisher, werden an der nächsten Station erneut genervte Menschen einsteigen, denn ich habe ja noch immer Verspätung."

Da entdeckte sie, dass die voraus liegende Weiche noch falsch gestellt war. Die kleine S-Bahn sah ihre Chance und beschleunigte spontan in Richtung Außengleis. Walter war verzweifelt, wollte er doch an dieser Haltestelle eine dringende Pause einlegen, um seinen Kaffee wegzubringen. Doch die kleine S-Bahn hörte sein Flehen nicht und fuhr mit Vollgas und ohne Halt auf den äußeren Schienenkreis, der in einem großen Bogen um die Stadt herum führte, vorbei an Wäldern und Seen. Sie genoss den kühlen Fahrtwind und beim Überqueren des Flusses überkam sie eine tiefe innere Zufriedenheit. Ihre Entscheidung fühlte sich richtig an, sogar die Türme der Frauenkirche winkten aus der Ferne. Frei und sorglos fuhr sie erst wieder auf der anderen Seite der Stadt in die richtige Spur zurück.

Dort lachte ihr die aufgehende Sonne entgegen, die den weißen Schnee wie ein Meer aus Diamanten funkeln ließ. Noch besser war jedoch, dass sie durch ihren beherzten Entschluss gut 15 Minuten Zeit gewonnen hatte und wieder pünktlich war! Mit einem erfrischenden Signalton begrüßte die kleine S-Bahn die Fahrgäste an der nächsten Haltestelle. Diese waren gut gelaunt und lobten ihre Pünktlichkeit, das sei bei so einem Wetter eine tolle Leistung.

Fröhlich fuhr sie nun weiter von Station zu Station, über aufgetaute Weichen und an eleganten Signalen vorbei, die sich in der Wintersonne wärmten. Ihr Tag war gerettet.

Walter war jedoch mit seinen Nerven am Ende, wie sollte er das der Leitstelle erklären? Doch er musste zugeben, dass die Idee der kleinen S-Bahn recht pfiffig war. Und die freute sich schon auf den nächsten Tag. Was er wohl für Erlebnisse und Abenteuer bringen würde?

Andenken mit Augustiner
– Erzsébet 4

Doris Lettmann

In Minga geht's zua: Oktoberfest. Und da ist die Erzsébet noch grantiger als sonst.

Ein Jahr kommt und geht, kurz ist die Bahn kalt und nass vom Schneematsch, dann wieder heiß und stickig, und schon ist wieder Wiesnzeit. Immer dasselbe, eigentlich erkennt man nur, dass die Zeit vergeht, weil die Röcke mal länger, mal kürzer werden und weil die Blusen mal schwarz, dann weiß und schulterfrei, oder, ganz geschmacklos, in farbigem Organza getragen werden. Und in diesem Jahr sind auch noch die Jägerhütchen hinzugekommen. Als die Erzsébet noch auf die Wiesn gegangen ist, war die Jugend zu modern, um in Tracht rumzulaufen, aber heute ist altmodisch ja wieder in Mode. Und die Madln haben dann halt entdeckt, dass man im Dirndl doch eine Bella Figura macht, wie ein Italiener das wohl ausdrücken würde.

Erzsébet wird's langsam fad. Sie denkt an ihren Alois, mit dem sie in den Siebzigern in den Englischen Garten gegangen ist. Am chinesischen Turm war es damals immer ruhiger und die Maß hat auch weniger als zwei Mark gekostet, weil die Preißn waren ja auf der Theresienwiese. Ja, der Alois, wie er sie immer abgeholt hat, nach der

Arbeit bei der Post, und dann sind sie unter den Kastanien gesessen und haben sich eine Maß Bier geteilt. Das ist schon was anderes, gemütlich auf so einer Bierbank am Chinesischen Turm zu sitzen statt in einem Polster in der Münchner S-Bahn zu stecken. Auf das dann die Amerikaner ihre Breznreste bröseln, bevor sie nachher Wiesnhits grölen! Die sind ganz anders als der Alois. Der Alois, der war ein Kavalier: Der hat ihr mal einen roten Zuckerapfel mitgebracht, weil das fast das Einzige war, das sie auf der Wiesn gemocht hat. So ein schöner Mann! Ist jetzt auch schon vor acht Jahren gestorben.

Die anderen Dinge, die, die sie früher schon nicht mögen hat, die sind geblieben. Kinder mit Lebkuchenherzen – die eine Hälfte hängt noch um den Hals, die andere verklebt mit ihrem Zuckerdekor den Schlund. Der eine oder andere Fratz muss speiben, wegen zu viel Süßem auf der Wiesn. Und von den Erwachsenen, da muss auch der ein oder andere speiben – wenn auch nicht wegen eines verklebten Magens.

Dann sind da die mit Helium gefüllten Luftballons, die jedes Jahr größer und prächtiger werden! Was für ein Geschrei, wenn sich so ein Ballon von einer Kinderhand löst – und was für ein spektakulärer Knall war das doch, als einer mal an die Oberleitung geraten ist! Drei Stunden war die Stammstrecke da wieder verstopft.

Erzsébet wundert sich auch über die Pärchen, wie sie Arm in Arm vom Fest kommen, die Wangen rot und meistens platzen's auch noch fast vor Glück. Aber von den Burschen schaut keiner so fesch aus wie der Alois damals, da helfen auch keine gestrickten Stutzer an den Wadln.

Am Hauptbahnhof, wo die U-Bahn von der Theresienwiese auf die Stammstrecke der S-Bahn trifft, steigt ein Schwall neuer Wiesnbesucher zu. Deutlich derangiert, weil es geht ja weg von der Wiesn nach Hause.

Unter den Zusteigenden ist ein besonderes Exemplar, Mitte fünfzig und ob des Lodenjankers und des kapitalen Gamsbarts wohl doch ein bajuwarisches Urvieh. Hat es irgendwie geschafft, einen halb vollen Maßkrug vom Festgelände zu schmuggeln, den er nun vor sich her balanciert. Neben ihm stehen zwei Damen im Polyesterdirndl, aber des passt dann schon wieder zu den Plastikbusen, die da oben rausschauen.

„Obacht! Ein Prosit ..." Zu mehr Prosit kommt es nicht mehr. Die S-Bahn hält am Stachus, der Joppenträger stolpert, der Bierkrug kippt und der Inhalt ergießt sich über die Sitzreihen. Die Dame auf Erzsébets Sitz kreischt und springt auf, weil ihr neues Dirndl doch vom Lodenfrey ist!

Erzsébet würde sich glatt mit empören, aber dann merkt sie, was da ihren Sitz durchtränkt: Festbier! Vom Augustiner aus dem Holzfass! Und in der nächsten halben Stunde, die das

Polster braucht um zu trocken, da ärgert sich die Erzsébet nicht über die Preißn von der Wiesn. Mit dem Bier überschwemmen sie Erinnerungen an Kastanien, den Chinesischen Turm und an den Alois!

Der Auftrag

Gertraud Schubert

„Schön essen, Oma Hilde", sagte die Pflegerin und verließ das Zimmer.

Oma Hilde schob den Teller mit den zwei Scheiben magerer Wurst, dem Eckerl Schmelzkäse und dem Alutöpfchen mit Diätmarmelade weg. Vom Kaffee trank sie nur einen Schluck. Ungenießbar wie immer.

Sie hörte noch einmal die Nachricht auf ihrem Handy ab. Kein modisches Smartphone, sondern ein Uralt-Handy wie es einer alten Frau zustand. Für die Nachrichten von ihrer Enkelin reichte es. „Oma, kannst du mir helfen folgende Matheaufgaben zu lösen?" Alles klar. Matheaufgabe, eine Ableitung und die Seite in einem Buch. Den Code musste sie gar nicht nachschlagen, den hatte sie im Kopf. Dann löschte sie die Nachricht.

Hilde zog die Jacke an, ein Geschenk ihrer Enkelin, eine Wendejacke mit einer hellen und einer dunklen Seite, und manövrierte ihren Rollator umständlich aus dem Zimmer.

„Ah, Oma Hilde will spazieren gehen", stellte die Putzfrau fest, die gerade den Flur wischte. Die Schwester an der Pforte band Hilde noch ein Kopftuch um, dann half sie ihr nach draußen. Oma Hilde rückte ihre dicken Brillengläser auf der Nase zurecht und schlurfte den Weg entlang. Im Korb des Rollators lag ihre alte Handtasche und ein kleiner Regenschirm. Die Pförtnerin schmunzelte. Auch wenn das Wetter noch so schön war, Oma Hilde hatte einen Schirm dabei.

Die mühsam erkämpfte Freiheit einer leicht dementen Patientin: ein Spaziergang vor zur Grünanlage, an der Wiese entlang, dann links in die Reihenhäuser einbiegen, fünf Reihen abzählen und von dort wieder zurück zum Heim. An manchen Tagen legte Hilde den Weg fünfmal zurück. Zum Mittagessen war sie stets am Heim, also ließ man sie gewähren. Der Weg schien sich in ihr löchriges Gehirn fest eingebrannt zu haben, die Nachbarn kannten sie und würden sie im Notfall zurückbringen. Und: sperrte man sie ein, fing sie unweigerlich heftigen Streit mit den anderen Alten an. Der Spaziergang war die beste Lösung für alle Beteiligten.

Oma Hilde war kaum aus dem Sichtfeld des Seniorenheims verschwunden, da schlug sie eine erstaunlich flotte Gangart an. Außerdem folgte sie nicht dem Weg durch die Grünanlage, sondern bog bei erster Gelegenheit ab. Sie fingerte einen kleinen Schlüssel aus ihrer Tasche, sperrte eines der Tonnenhäuschen auf und verschwand darin.

Kurz darauf kam eine kräftige Mittsechzigerin in einer dunklen Jacke heraus, ein Tuch flott um den Hals gebunden, eine modische Brille auf der

Nase und die Handtasche lässig über der linken Schulter. Mit festen Schritten machte sie sich auf den Weg zur S-Bahn.

Zuerst aber stürmte sie in die Bäckerei, genehmigte sich einen doppelten Espresso, dazu eine Butterbrezn und ein Mailänder Hörnchen, das süßeste Teilchen, das im Laden aufzutreiben war. Schließlich löste sie eine Fahrkarte und stieg in die nächste S-Bahn stadteinwärts.

Drei Schüsse kurz hintereinander. Alle drei trafen. Ein Mann fiel zu Boden. Die vier Passanten auf der anderen Straßenseite liefen schreiend davon. Der Besitzer des Uhrengeschäftes drückte seinen Alarmknopf, der Gemüsehändler alarmierte per Handy die Polizei. Wenige Minuten später hielt ein Polizeiauto. Ein Rettungswagen mit Blaulicht und Sirene drängte sich durch die Neugierigen, die die Fahrbahn blockierten.

Einer der Passanten hatte die Täterin in den S-Bahnhof laufen sehen. „Mittelgroß, grauhaarig, Brille, dunkle Jacke." Die beiden Polizisten rannten so schnell sie konnten die Treppe hinunter. Sie suchten mit den Augen den Bahnsteig ab: ungefähr zwanzig Frauen, auf die die Beschreibung zutraf. Ratlos blieben sie am Fuß der Treppe stehen. Die S8 fuhr ein. Die Frauen stiegen ein. Die Türen schlossen sich, die Bahn fuhr ab. Die beiden eilten zurück zum Tatort.

Mittlerweile war der Notarzt eingetroffen und beugte sich über das Opfer. Er zuckte mit den Schultern, was hieß 'Nichts mehr zu machen.' Das Einsatzkommando spannte Absperrbänder.

Am Leuchtenbergring wurden die Passagiere der S-Bahn aufgefordert, den Zug und den Bahnhof aus Sicherheitsgründen sofort zu verlassen. An den Abgängen warteten Polizisten und musterten die Passagiere. Alle älteren Frauen mit dunkler Jacke und Brille wurden gebeten, zum Polizeiauto zu kommen. Zuletzt stand nur noch eine alte Frau mit Kopftuch und heller Jacke hilflos an der Treppe. Die junge Polizistin half ihr die Treppe hinunter. Die Alte hing schwer an ihrem Arm. Mit der anderen hielt sie krampfhaft eine Handtasche und einen kleinen Regenschirm fest. Die Polizistin wollte ihr die Tasche abnehmen, aber da fing die Alte zu kreischen an. Vor dem Bahnhof rief sie ihr ein Taxi und bugsierte die Frau auf den Rücksitz. „Johanneskirchen", murmelte die Alte. Na, dann war ja alles klar.

Der Taxifahrer wunderte sich. Er hatte doch eine alte gebrechliche Frau eingeladen, die sich mühsam auf dem Rücksitz zurecht rutschte. Aber als er aus dem Tunnel kam, saß hinten eine mittelalte Frau mit Halstuch und flotter Brille. Sie dirigierte ihn zum Bahnhof Giesing, obwohl doch die Polizistin gesagt hatte, er möge die Dame nach

Johanneskirchen zum Altenheim bringen. Warum sie mit dem Taxi bis Giesing fuhr, um dort in die S-Bahn zu steigen, war ihm rätselhaft. Aber was soll's! Er hatte es schon lange aufgegeben, sich über die Europäer zu wundern.

Irina und Yussuf suchten das ganze Viertel nach Oma Hilde ab. Erst die Nachmittagsschicht hatte ihr Fehlen bemerkt. Jetzt war Panik im Heim. Mittlerweile waren sie bestimmt sieben Mal alle Wege abgelaufen. Yussuf rannte sogar bis zum Bahnhof und fragte in der Bäckerei nach ihr. In der Bäckerei war nur eine ältere Dame, die sich an Kaffee und Erdbeertorte gütlich tat. Dann fragte er im Supermarkt schräg gegenüber und in der Buchhandlung. Niemand hatte Oma Hilde gesehen.

Irina und Yussuf beschlossen, noch einmal gründlich hinter alle Büsche zu schauen. Wenn sie Oma Hilde immer noch nicht fanden, dann musste wohl die Polizei mit dem Suchhund anrücken.

Aus einem Tonnenhäuschen ragte ein Schirm. Dann hörten sie das leise Stimmchen krächzen: „Lasst mich raus, lasst mich raus!" Oma Hilde stand in einem Tonnenhäuschen, die Griffe des Rollators fest umklammert, das Kopftuch verrutscht, die Brille schief auf der Nase. Irina klingelte an den Wohnungen, jemand möge ihr das Tonnenhäuschen aufsperren, und so gelang es, Oma Hilde wieder zu befreien. Sie setzten Hilde auf den Sitz des Rollators und schoben sie zum Heim. Sie bekam zu essen und wurde gebadet und dann ging es ihr schon wieder gut. Ihre Zuckerwerte waren beängstigend hoch. Niemand konnte sich das erklären, wo sie doch ihr Frühstück hatte stehen lassen. Die Heimleiterin fragte sie immer wieder, wie sie in das Tonnenhäuschen geraten war und wer das Tor zugezogen hatte – Oma Hilde wusste es nicht.

Mittendrin läutete Oma Hildes Handy. Die Enkelin rief an. Gut, dass die Oma wieder da war. Die Heimleiterin spitzte die Ohren.

„Hallo Oma", klang es aus dem Telefon. „Matheaufgabe gelöst! Danke! Dreißig kommt raus. Die Hälfte, wie gehabt?"

Oma Hilde nickte. „Ja, meine Liebe. Wenn du wieder Hilfe bei Matheaufgaben brauchst – du siehst, ich kann es immer noch."

„Klar Oma, mach ich. Das Heim war doch eine gute Idee!"

Am nächsten Tag wollte Oma Hilde wieder auf Tour. Erst wollte die Leitung sie nicht aus dem Haus lassen. Doch Oma Hilde rammte die Haustür mit dem Rollator und das mit solcher Kraft, dass man schließlich nachgab. Zur allgemeinen Beruhigung kam sie brav nach einer Stunde wieder nach Hause.

Mona Lisa

Gertraud Schubert

Leonhart

Er brauchte fast eine Woche, um das Bild fertig zu malen. Immer wieder verbesserte er, mal an den Bergen im Hintergrund, mal an Lisas Gesicht, mal an ihrer Hand, die sie nach der S-Bahn ausstreckte. Abschied von Lisa am Bahnhof.

Er hatte gehofft, das Malen würde ihn darüber hinweg trösten, dass Lisa ihn nicht mehr sehen wollte. Nie mehr Lisa am Bahnhof abholen, nie mehr Lisa zum Bahnhof bringen und nie mehr die wonnigen Stunden dazwischen. Aus. Ende.

Leonhart wurde nur noch trauriger. Wenn er mit dem Pinsel ihre Lippen nachfuhr, goldene Lichter in ihre Haare tupfte, ihre Figur in dem roten Kleid noch etwas Lila überhauchte, wurde ihm der Verlust nur noch heftiger bewusst. Ohne die lebendige Lisa war sein Leben leer, aber mit einer Bilder-Lisa war es noch schwerer zu ertragen. Schließlich legte er die Pinsel weg und deckte das Bild mit einem Leintuch ab.

Da ging es ihm schon besser. Aber die verhüllte Staffelei war immer noch wie ein Messer, das im Herzen steckte und sich drehte, wenn er sie stehen sah. Von einem Tag auf den

175

anderen wollte sie nichts mehr von ihm hören, und er wusste nicht einmal warum.

Leonhart nahm das Bild von der Staffelei, wickelte es in eine Wolldecke und stellte es in das Eck neben dem Schrank.

Das Bild ragte hervor, es war etwas breiter als der Schrank tief. Wenn er die Vorhänge zuzog, blieb der Vorhang am Bild hängen. Dann kamen wieder die Erinnerungen. Lisa auf seiner Couch, Lisa, die ihre enge Jeans abstreifte, Lisa, die den Pulli durchs Zimmer schleuderte. Und auf einmal war alles vorbei. So gemein konnte nur eine Frau sein. Sie musste weg. Musste weg aus seinem Herzen, aus seinem Kopf und vor allem aus seiner Wohnung.

Er umwickelte das Bild samt Decke und Leintuch mit einer dicken Paketschnur und machte sich damit auf den Weg. Wohin?

Den Gedanken, das Bild zu Lisa zu bringen und vor ihre Tür zu stellen, verwarf er wieder. Aber da saß er schon in der S-Bahn und das Bild lehnte an der Trennwand zur Tür.

In Giesing stand er auf und stieg aus. Er würde mit der Bahn, die gerade am anderen Gleis einfuhr, wieder nach Hause fahren. Lisa ließ er in der S-Bahn. Sollte sie doch fahren, wohin sie wollte, nach Mammendorf oder nach Herrsching. Nur weit genug weg.

Hartmut

Hartmut war kein schlechter Mensch, auch wenn viele ihn dafür hielten. Wenn sie ihn irgendwo stehen sahen, machten sie einen großen Bogen um ihn, um nicht mit ihm reden zu müssen. Oder vielmehr, um sich Hartmut nicht anhören zu müssen. Denn wenn er einmal in Fahrt war, hörte er so schnell nicht wieder auf. Nein, er war kein schlechter Mensch. Er war nur misstrauisch, machte sich nur Sorgen um die Zukunft Deutschlands, um die vielen Asylanten, Immigranten und was sonst noch alles in der S-Bahn saß. Hartmut wollte nur, dass die Mitmenschen seine Sorgen teilten. Er fürchtete Araber, Schwarze, Zigeuner, Osteuropäer und eigentlich auch seine Miteuropäer, die die Gefahren nicht sehen wollten. Nichts hören wollten von Terroristen, Schlägern, Drogenhändlern, Krankheitsüberträgern, Perverslingen und Betrügern. Wenn es ihm zu viel wurde, fuhr er hinaus aufs Land, bis zur Endstation der S-Bahn.

Als Hartmut in Pasing in die S-Bahn stieg, sah er das verschnürte Bild neben der Tür lehnen. Er war gleich alarmiert.

„Wem gehört denn diese Wolldecken-Hanfschnur-Kombination hier, die da an der Wand lehnt?", fragte er in die Reihe von Sitzen hinein. Niemand rührte sich. Er marschierte die Reihe hinauf und hinunter, schaute dabei einem nach dem anderen streng in die Augen.

„Haben Sie gesehen, wer dieses Ungetüm hier hin gestellt hat?", hakte er nach.

Die meisten hielten die Blicke gesenkt, so dass das wenig Erfolg hatte.

„Ja, mei", sagte ein gemütlicher alter Herr im Janker, „des Trum loant da gwiss scho seitm Stachus. Weil da bin i eigstiegn."

Damit war für Hartmut die Sache klar. Er zog die Notbremse.

Ein Ruck ging durch den Wagen. Mit kreischenden Rädern kam der Zug zum Stehen. Rucksäcke fielen aus dem Gepäckfach, eine Einkaufstasche kippte um und verstreute ihren Inhalt unter den Sitzen.

Hartmut betätigte den Notriegel der Tür und brüllte: „Alle raus hier! Bombe an Bord."

Die Leute sprangen hinunter auf das Schotterbett und stolperten durch den Graben neben dem Gleis auf die Wiesen. Kinder schrien, Frauen heulten, Männer fluchten, viele fielen hin, verstauchten sich die Knöchel und krochen auf allen Vieren: Weg, nur weg vom Zug. Hinlegen, brüllte jemand, und alle warfen sich auf den Boden und hielten sich die Ohren zu.

Doch die Detonation kam nicht ...

Max

„Weißt du, was heute los war, Gitti? Ach ja, du hast es in den Nachrichten gesehen. Du glaubst es nicht. Es war ein Bild für Götter. Zweihundert Leute, bäuchlings auf der Wiese, Ärsche in die Höhe gereckt, daneben eine S-Bahn, die still und rotweiß auf ihrem Gleis steht, ein Bild der Unschuld.

Wir kamen mit drei Sprengstoffhunden. Aber keiner von ihnen hat angeschlagen. In der ganzen S-Bahn ein Chaos aus Taschen, Rucksäcken, Einkaufstüten, Handies, Jacken, Stiefeln, von Schals und Mützen ganz zu schweigen. Aber kein Sprengstoff-Paket. Da hat einer gesponnen. Jaja, die Leute wurden mit Bussen weggebracht. Aber das geht nicht so schnell.

Den Idioten, der den Alarm gegeben hat und die Notbremse gezogen hat, den haben wir nicht gefunden. Den wenn wir erwischen, der kann ganz schön blechen. Was so ein Einsatz kostet.

Natürlich, Gitti. Das Zeug kommt alles aufs Fundamt. Da können sie es sich dann abholen. Stell dir vor, da war auch ein Bild dabei. Schön verpackt, in Leintuch und Decke, damit ihm nichts passiert. Ein Ölgemälde oder was weiß ich, sah jedenfalls so aus. Hat noch ziemlich nach frischer Farbe gerochen. Aber nicht nach Sprengstoff. Und weißt du, was auf dem Bild ist? Eine Frau. Sieht fast so aus wie du. Nicht ganz, aber fast. Das hätte ich gerne, das Bild, wirklich. Das würde ich in meine Bude hängen und mit dir reden, wenn ich vom Dienst heimkomme. Dann würdest du mir nicht so abgehen. Naja, drei Tage noch, dann hab ich frei und komm heim. Dann hab ich dich wieder in echt.

Aber das Bild, Gitti, das tät mir gefallen. Das hätt ich gern. Ich werd denen im Fundbüro sagen, sie sollen einen Zettel dranhängen mit meiner Telefonnummer. Vielleicht ist es ja zu kaufen und nicht zu teuer. Was meinst du? Hunderttausend? Tja, das wärst du mir glatt wert. Aber so viel Geld hab ich halt nicht. Na, komm, natürlich ist mir die lebende Gitti lieber. Aber das Bild, das Bild in meiner Bude hier im Wohnheim – das wär schon was.

Wie sie ausschaut, die Frau auf dem Bild. Ja mei, ein rotes Kleid hat sie an und so und halt alles, was eine Frau ausmacht, ganz ordentlich halt, alles dran, so wie bei dir eben."

Michaela und Thomas

„Alles abgeholt?", fragte Thomas.

„Fast alles", antwortete Michaela. Sie kippte die Reste aus den verschiedenen Körben in einen Wäschekorb und stapelte die leeren ineinander.

„Was haben wir denn noch?" Thomas beugte sich über den Korb und wühlte darin.

„Eine Zahnspange, 14 Handschuhe, 5 Sonnenbrillen, einen Ehering und eine Plastiktüte mit Lebensmitteln. Die frischen habe ich entsorgt, würden ja schon stinken. Das ist alles, was noch vom Bombenalarmchaos übrig ist. Ja, und das Bild."

„Das Bild?" Thomas schaute sich im Raum um, ob er irgendwo das Bild entdeckte.

„Kein Wunder, dass das niemand abholt, so scheußlich wie das ist", meinte Michaela.

„Findest du?"

Michaela schob die leeren Körbe ins Regal. Thomas setzte sich in den Bürostuhl und schaukelte vor und zurück. Sie holte das Bild vom obersten Fach, wo es mit dem Gesicht nach unten lag, und lehnte es gegen das Regal.

„Die Farben", sagte Thomas. „Das Rot vom Kleid beißt sich total mit dem Rot der S-Bahn. Ist der Titel des Bildes 'Frau vor S-Bahn'?"

„Nein, der Titel steht hinten drauf mit Filzstift: 'meine Lisa'."

Michaela trat ein paar Schritte zurück.

„Also, wenn ich das Gesicht anschau, die Lisa war wohl nicht glücklich damit, wie der Maler sie zeichnet. Drum holt sie es nicht ab", sagte Thomas.

„Also mich stört die Figur. So einen Monsterbusen gibt es in Wirklichkeit gar nicht, nicht einmal mit drei Silikonkissen. Und der Hintern erst!"

„Ach, das stört mich weniger. Welcher Bahnhof ist das überhaupt? Direkt vor den Bergen."

„Ja, mei, war halt Föhn, wie er das Bild gemalt hat."

„Bist du sicher, dass es ein er war?"

„Todsicher. Allein der Busen."

„Und wieso streckt sie die Hand aus? So ein langer Arm und dann die Hand! Warum deutet sie auf die S-Bahn?"

„Will halt den Knopf an der Tür drücken. Du, Thomas, das ist mitten aus dem Leben gegriffen. Wie auf einem Foto, nur halt gemalt. Echt gemalt, nicht mit Fotodings und Wie-Altes-Gemälde-Effekt."

„Also wertvoll."

„Auf jeden Fall künstlerisch."

„Weißt was, wenn das niemand abholt, dann schenken wir das unserem Chef zum Dienstjubiläum. Passt doch wunderbar. Schließlich ist eine S-Bahn drauf."

Karin

„Das Bild hängst du hier im Haus nicht auf", sagte Karin. Georg zog das Jackett aus und lockerte den Krawattenknoten.

„Hatt ich sowieso nicht vor. Das häng ich in mein Büro."

„Bist du verrückt?" Karin sammelte ihre Stöckelschuhe auf, die sie gleich beim Eintreten von den Füßen geschleudert hatte. „Du hast doch vom Stadtrat einen echten Csampai bekommen. Den musst du, musst du im Büro aufhängen, den und nichts anderes. Wer hat übrigens dieses Bild verbrochen? Einer von deinen Fahrkartenkontrolleuren vielleicht? Da sind ja genug schräge Vögel dabei."

„Weiß ich nicht."

Karin trug das Bild aus dem Flur ins Wohnzimmer und machte das Licht an. Sie suchte nach der Signatur. Da war keine. Also drehte sie das Bild um und da sah sie es, groß und dick mit Edding: 'meine Lisa'.

Georg legte die Krawatte auf das Sideboard und leerte seine Hosentaschen aus: Kleingeld, Taschenmesser, Schnupftabakdose, ein Streichholzbriefchen, eine Packung Tatüs.

„Wer ist Lisa?", fragte Karin.

„Lisa?"

„Ja, deine Lisa?"

„Ich kenn keine Lisa."

Georg ging in die Küche und holte eine Flasche Weißwein und zwei Gläser.

„Ich brauch jetzt was Gescheites. Was die für das Fest wieder gekauft haben ..."

Karin lehnte das Bild gegen den Sessel.

„Georg, jetzt mal im Ernst, wer ist Lisa?"

Georg entkorkte die Flasche und füllte zwei Gläser. Eines hielt er Karin hin. Doch sie nahm es nicht an. Georg hob die Brauen. „Ist was los?"

„Georg, muss ich mir Sorgen um unsere Ehe machen?"

„Wieso denn das?"

„Meine Lisa – wer schenkt dir ein Bild, auf dem steht 'meine Lisa'?"

„Moment, ich hab meine Brille im Jackett." Als er die Brille geholt und aufgesetzt hatte, studierte er den Schriftzug.

„Karin, das sagt mir überhaupt nichts."

„Georg, ich will die Wahrheit wissen."

„Geh, Karin, komm, erst einen Schluck Wein."

Er griff nach den beiden Gläsern.

„Die Wahrheit, Georg, sofort."

„Es gibt keine Wahrheit. Ich kenn keine Lisa. Und ich betrüge dich nicht. Aus. Punkt. Glaub es oder glaub es nicht."

Er nahm einen langen Schluck.

Karin stand da mit hängenden Armen. Ihre Augen füllten sich mit Wasser.

„Weißt du, Georg, ich hab nichts dagegen, wenn du dich mal irgendwo amüsierst, von mir aus auch mit einer Frau. Aber bitte kein festes Verhältnis. Das haben wir doch ausgemacht."

„Ja, und ich hab mich immer dran gehalten."

„Und wer ist dann deine Lisa?"

„Karin, glaub mir, ich kenn keine Lisa. Wird einfach eine von unseren Lokführerinnen sein, die das Bild für mich gemalt hat im Auftrag der Kollegen und eben mit 'Deine Lisa' signiert hat."

„Hier steht aber 'meine Lisa'."

Georg schob die Brille auf die Stirn und näherte seine Nase der ominösen Signatur.

„Tatsächlich. Meine und nicht deine. Trotzdem, ich weiß nicht, wer das ist."

Kurz entschlossen drehte er das Bild wieder um.

„Außerdem, die Frau hier, die kenn ich auch nicht."

„Bild der unbekannten S-Bahn-Fahrerin, ja?" Karins Stimme klang schrill.

Georg reichte ihr das Glas Wein. Widerwillig nahm sie einen Schluck. Dann noch einen, dann trank sie es leer.

„Da haben dich deine lieben Kollegen aber ganz schön gelinkt", sagte sie.

„Die haben das Bild am Flohmarkt gekauft und das mit 'meine Lisa' 'deine Lisa' haben sie gar nicht gesehen."

„Die haben es gesehen und lachen sich kaputt, wenn sie dran denken, was heute Abend bei uns los ist. Wie ich dir die Hölle heiß mache wegen deiner Lisa."

Sie hielt ihm das leere Glas entgegen. „Schwoamas owe", sagte sie. Er goss ihr das Glas voll, so voll, dass es überlief.

„Weißt was, ich stell das Bild jetzt vors Haus zur Mülltonne und morgen nehm ich ein Hackl und zerkleinere es, damit es in die Tonne passt."

Ekerembwe

Die zwei Müllmänner schoben die Biotonne wieder in den Tonnenkasten. Dann sahen sie das Bild, das an der Rückseite lehnte.

„Schön!", sagte Selim

„Das ist Kunst", sagte Ekerembwe.

„Schöne Frau."

„Nehme ich Bild", sagte Ekerembwe. „Nehme ich und stelle Zimmer. So schöne Frau ich will."

„Echte Frau ist besser."

„Nein, echte Frau nicht besser. Echte Frau daheim in Afrika ganz schwarz. Ich blonde Frau. Blonde Frau schöne Frau."

„Egal ob blond oder schwarz. Echte Frau ist besser."

„Nein, echte Frau immer schimpft, immer fragt, wann du schickst Geld, warum du schickst so wenig Geld. Diese Frau besser."

Der Fahrer des Müllautos hupte ungeduldig.

Ekerembwe packte das Bild und trug es zum Führerhaus.

„Es wird nichts mitgenommen", brummte der Fahrer.

„Ist Geschenk für mich, Geschenk von Himmel", sagte Ekerembwe und schob das Bild hinter den Sitz.

Das Bild fuhr den ganzen Tag im Müllauto mit, erst von Haus zu Haus, dann zur Biomüllvergärungsanlage in Kirchstockach, dann wieder zurück in die Stadt und von Haus zu Haus und nochmal hinaus zu der Anlage. Dann waren sie fertig, brachten das Müllauto zur Zentrale und gingen sich duschen und umziehen. Meine Lisa stand in der Zwischenzeit an die Mauer gelehnt im Hof. Sie zog immer mehr Betrachter an.

„Das könnten wir in das Pausenstüberl hängen", schlug einer vor.

„Nix Pausenstüberl. Da hängt das große Bild mit den Palmen vor Sonnenuntergang und das bleibt auch."

„Das Bild ödet mich schon lange an. Immer nur Sonnenuntergang, immer nur Palmen und Meer. Jetzt muss was anderes her."

„Was tät dir denn gefallen, ha?"

„Almhütten und Watzmann? Kennst ihn ja, den Schorsch, nur Berge, Berge, Berge."

„Ja, und Wasserfall und ein Hirsch am Waldrand."

Die Diskussion wurde hitziger und alle redeten durcheinander.

„S-Bahn nicht schön", meinte einer.

„Aber der Hintergrund, die Berge! Besser als Palmen."

Dann kam Ekerembwe aus der Dusche, drängte sich durch und wollte das Bild an sich nehmen.

„Heh! Was machst du da, Neger?"

„Mein Bild, meine Frau. Geschenk für armen schwarzen Neger."

„Das kommt ins Stüberl!"

„Nein, mir gehört! Ich Geschenk."

„Wirklich, gehört Ekerembwe", mischte sich Selim ein. Er mochte den Schwarzen zwar nicht, aber er war für Gerechtigkeit: das Bild hatten schließlich er und Ekerembwe gefunden.

„Das kann er doch ins Stüberl hängen. Da sieht er es auch jeden Tag."

„Ja, und da haben alle was davon."

„Und ned bloß der stinkende Schwarze."

Ekerembwe ballte die Fäuste.

„Ich nix stinkig! Ich dusche, mit Seife, zweimal Seife."

Eine Bierflasche flog dicht an seinem Kopf vorbei und zerschellte an der Wand.

Erwin, der Fahrer, versuchte, die Männer zu beruhigen

„Machts koan Scheiß ned. Reißts enk zamm. Des is des doch gar ned wert."

„Wenn du dich für den Näga stark machst, dann werst was erlebn, Erwin!", schrie einer von hinten.

„Manna, Feierabend! Gemma hoam!", versuchte er es noch einmal.

„Des Buidl bleibt aba da!" – „Der kann sich nicht einfach ein Bild unter den Nagel reißen." „Jetzt geht es los. Ja, wo samma denn! Mia san oiwei nu in Deitschland und da hat der da nix zum Sagen", riefen sie durcheinander.

Und dann auf einmal „der Chef, der Chef", und sie waren still und gingen davon, als ob nichts wäre.

Zurück blieb Ekerembwe, allein mit seinem Bild.

„Wo hast du das her?", fragte der Chef streng.

„Ich gefunden", stammelte Ekerembwe.

„Wir finden nicht einfach etwas! Wie oft hab ich das schon gesagt. Was die Leute für den Müll bestimmt haben, kommt in den Müll. Ohne wenn und aber. Und wenn es noch hundertmal brauchbar ist."

„Aber ich Biomüll fahren. Und das nicht Biomüll", versuchte Ekerembwe es noch einmal.

Doch der Chef schnappte sich das Bild und verschwand damit im Büro. Zurück blieb Ekerembwe. Er hockte sich mit dem Rücken an die Hauswand und drückte die Fäuste an die Augen.

Julia

„Geh, Chef", sagte Julia – sie hatte die Geschichte am Fenster mitverfolgt –, „hättest ihm das Bild doch lassen können."

„Ich weiß schon, warum ich verboten habe, dass sie etwas mitnehmen. Gibt nur Streit. Das war schon fast wieder eine Schlägerei."

„Aber Chef, das Bild ist doch nichts wert."

„Zum drum Raufen reicht es aus."

Der Chef drehte das Bild um. „Da, meine Lisa. Du heißt zwar Julia, aber ich schenk es dir. Mach damit, was du willst. Ich geh heim."

Ekerembwe war verschwunden. Julia hätte ihm sonst das Bild gegeben. So aber hatte sie das Büro schon abgesperrt. Sie hatte keine Lust noch einmal aufzuschließen, sondern machte sich auf den Weg zur S-Bahn, das Bild in der Hand.

Das Bild hatte eine etwas unbequeme Größe. Es war zu groß, um es unter dem Arm zu tragen. Julia hakte die Finger der einen Hand unter die Leiste, aber sie musste den Arm leicht beugen, dass es nicht am Boden schleifte. Nur ein paar Zentimeter zu breit. Unbequem. Dazu rutschte immer wieder der Riemen ihrer Tasche von der Schulter. Der Arm wurde müde – also stehen bleiben, Seitenwechsel. So ging es weiter: Bild links tragen, rechts rutscht der Riemen. Bild rechts tragen, links rutscht der Riemen. Als sie am Bahnhof ankam, fuhr die S-Bahn gerade los. Immer hatte die S-Bahn Verspätung, aber ausgerechnet heute nicht. Also warten.

Kaum zu glauben, wie viel Aufmerksamkeit das Bild erregte.

„Haben Sie das gemalt?"

„Wer ist das auf dem Bild? Sieht Ihnen ja gar nicht ähnlich."

„Wo haben Sie das gekauft?"

„Was, ein Geschenk. Vom Chef? Der muss Sie aber sehr schätzen!"

„Verkaufen Sie das Bild jetzt auf Ebay?"

„Warten Sie, ich will ein Foto machen."

Julia hielt das Bild vor sich, die Handy-Kameras richteten sich auf das Bild.

„Nein, das muss ganz anders sein." Einer schob die Leute zur Seite.

„Sehen Sie, was auf dem Bild ist? Eine Frau vor der S-Bahn, die den Arm ausstreckt. Und was haben wir hier? Eine Frau mit einem Bild. Wir machen das so. Sie halten das Bild am ausgestreckten Arm, genau so, wie die Frau auf dem Bild. Ich mach ein Foto davon. Und dann montiere ich das Foto in das Foto. Alles ganz isi."

Julia schaute ihn verwirrt an.

„Das ist der Clou, verstehen Sie? Eine Frau steht am Bahnhof und hält ein Bild. Auf dem Bild ist eine Frau, die steht am Bahnhof und hält ein Bild, auf dem eine Frau steht, die ein Bild hält, auf dem eine Frau ein Bild hält, auf dem und so weiter und so fort. Verstehen Sie?" Der junge Mann schob Julia ein Stück näher zur Bahnsteigkante.

„Aber auf dem Bild ist nur eine Frau und kein Bild."

„Ist doch kein Problem. Das montier ich dann hinein. Ganz isi." Er drehte Julia ein wenig und streckte den Arm mit dem Bild dran zur Seite.

„Wunderbar. Genauso! Bitte so bleiben."

„Und ich hab auch kein rotes Kleid an, sondern eine Jeans und ein Top."

„Kein Problem. Ich nehm das rote Kleid aus dem Bild und zieh es Ihnen an. Ich meine, ich leg es über Sie drüber. Alles ganz isi."

Julia kapierte immer noch nicht ganz, worum es ging. Aber der Typ war ganz nett, so ganz normal mit Jeans und Jacke und einem Rucksack lässig über der linken Schulter. Nur redete er etwas zu schnell. Er hatte sogar eine Kamera, eine richtige Kamera und nicht nur ein Knipsding oder ein Handy. Er schaute auf den Monitor der Kamera, schob Julia ein Stück zurück, dann wieder ein Stück vor, weiter nach links, jetzt Arm ausstrecken, Bild halten. Nein, nicht so krampf-haft, ganz locker, nicht so eckig, etwas schiefer, ganz lässig. Gleich fährt die S-Bahn ein. Das wird ein Superfoto. Licht passt auch. Ich versuch es trotzdem mit Blitz. Jetzt! Bild etwas tiefer, nicht so viel, noch eine Winzigkeit höher. Weiter nach links. So ist es gut. Und die S-Bahn ist auch da.

Da gab es einen Stoß, der Wind, den die S-Bahn vor sich her schob, erfasste das Eck des Bildes, Julia spürte einen schmerzhaften Ruck in der Schulter und stürzte. Das Bild flog in die Höhe, krachte auf die Frontscheibe, wirbelte durch die Luft und landete mit einem Krachen auf dem Dach des Fahrradabstellplatzes.

Zwei ältere Männer stellten Julia wieder auf die Füße. Der Fahrer kam aus der Tür, kreidebleich. Die beiden Männer führten Julia zur Bank.

„Tut Ihnen etwas weh?" Einer strich ihr besorgt über die Schulter und Julia zuckte zusammen.

„Können Sie die Hand bewegen? Den Arm heben?"

Der Fahrer baute sich vor Julia auf.

„Sind Sie verrückt?" Er war nun nicht mehr bleich sondern rot im Gesicht. „Das ist ein schwerwiegender Eingriff in den Schienen-verkehr. Das muss ich zur Anzeige bringen. Ihren Ausweis bitte."

„Die Handtasche liegt unter der S-Bahn", antwortete jemand für Julia.

„Alarmieren sie lieber den Notarzt."

„Schade um das schöne Bild", jammerte eine Frau. „So schade."

Da war auch der Fotograf. Schob den Fahrer beiseite und kniete sich vor Julia hin. „Das wollte ich nicht. Es tut mir so leid."

„Fährt denn die Scheiß-Bahn endlich ab?", schrie jemand aus der Wagentür.

Julia schaute in die Augen des Fotografen, in graue Augen und sah in den Augen ihr gespiegel-tes Bild, eine Frau, in deren Augen sich ein Mann spiegelte, in dessen Augen eine Frau ... Dann sah und hörte sie gar nichts mehr.

Giuseppe

Der Wirt der Bahnhofsgaststätte, der Pizzeria „Alla Stazione", holte das Bild vom Dach. Es war etwas beschädigt: eine der Latten des Rahmens war gebrochen und die Leinwand hatte einen 20 cm langen Riss – nichts, das sich nicht mit Paketklebeband wieder richten ließ. Der Riss in der Leinwand blieb allerdings sichtbar. Also hörte sich Giuseppe unter den Gästen um. Da fand sich tatsächlich einer, der von Beruf Maler war und auch künstlerische Ambitionen hatte. Der kam und bei einem Café begutachtete er das Bild.

„Etwas Gips in den Riss und dann übermalen", schlug er vor.

„Kannst du nicht malen eine kleine Baby auf die Arme? Dann ich habe eine Santa Maria der S-Bahnfahrer."

„Auf der Rückseite steht aber Lisa und nicht Maria."

„Machte nichts. Ist dann halt Lisa-Maria."

Der Maler nahm das Bild mit. Ein Baby zu malen, traute er sich nicht ganz zu. Schließlich war er ja kein Kunstmaler sondern ein Anstreicher und eigentlich auch gar kein gelernter Maler sondern nur Hilfsarbeiter, der die Farbeimer

194

schleppte und die Pinsel auswusch. Er überlegte hin und her.

Giuseppe rief an.

„Mein Freund, was ist mitte Bild? Ist fertig gemalet?"

„Ist noch nicht fertig, aber bald."

„Hab ich schon alles schön gemacht, damit ich kann aufhängen Bild. Sogar Elektrik, mit Licht für Santa Maria. Wird langsam Zeit."

Elektrik! Das war das Stichwort. Er malte einen Blitz über den Riss.

„Spinnst du gewaltig", sagte Giuseppe. „Maria mit Blitz in der Hand nicht gibt. Wo ist Baby?"

„Also, Seppe, ich muss ja was über den Riss malen. Keine Madonna hat ein Baby auf der ausgestreckten Hand sitzen."

„Sisi, Madonna kann alles."

„Außerdem ist es keine Maria, sondern eine Lisa. Lisa mit dem elektrischen Blitz. Die heilige Lisa der S-Bahnfahrer, schützt vor Kurzschluss in der Oberleitung."

Giuseppe dachte nach. Er holte zwei Grappa.

„Santa Lisa della Ferrovia", murmelte er vor sich hin.

„Wenn du willst, mal ich auch noch eine Uhr in die andere Hand. Dann hilft die heilige Lisa auch gegen Verspätungen", schlug der Freund vor.

„Santa Lisa, vom Himmel gefallen in meine Bude." Giuseppe bekreuzigte sich. „Bitte noche Aureola malen, wie heißte auf deutsch?"

Sein Finger beschrieb einen Kreis um Lisas Kopf.

„Heiligenschein. Klar, mach ich."

Das Bild bekam einen Ehrenplatz an der Rückwand der Pizzeria. Giuseppe wand grüne Tannengirlanden und eine Lichterkette außen herum. An den Fuß des Bildes montierte er ein kleines Bord und darauf kamen Vasen mit Plastikblumen: ein Weihnachtsstern, Tulpen – was er halt noch hatte. Und flackernde elektrische Kerzen.

Sein Koch schaute dabei zu.

„Musst du machen Automatik. Geld hinein, Kerze brennte 10 Minute."

Giuseppe hatte einen Cousin, der Elektriker war und den Automaten installierte.

Es sprach sich herum, dass in der Pizzeria alla Stazione ein wundertätiges Bild hing. So mancher S-Bahn-Kunde steckte einen Euro in den Schlitz, damit die Kerzen vor dem Bild immer flackerten. Und: es gab seitdem auf dieser Linie keine Verspätungen und schon überhaupt keinen Kurzschluss in der Oberleitung. Keinen einzigen. Zumindest das nächste halbe Jahr.

Rosmarie

„Du musst der heiligen Lisa eine Kerze spendieren, dann wird alles wieder gut", sagte die beste Freundin.

Rosmarie nickte und warf das nasse zerknüllte Taschentuch in den Papierkorb. Dann zog sie das nächste aus der Packung.

„Wirklich, Rosmarie, die Heilige Lisa hat schon so vielen geholfen. Sie wird auch dir helfen. Ganz bestimmt wird sie dafür sorgen, dass Karlheinz zu dir zurückkommt."

„Ich will ihn ja gar nicht mehr", knurrte Rosmarie. „Mir reicht es."

„Auch da hilft die heilige Lisa. Sie hat ja schließlich eine Uhr in der einen, einen Blitz in der anderen. Entweder sie stellt die Zeit zurück auf Anfang oder sie lässt den Blitz einschlagen. Je nachdem, auf welche Seite du deine Kerze stellst."

„Gut, und wo finde ich diese Heilige?"

Mit der S9 fuhr Rosmarie hinaus in den Vorort. Die Pizzeria war direkt am Bahnhof, eine kleine Pizzeria, acht Tischchen, mehr nicht, und vier vor der Tür. Mit dem Charme einer italienischen Bahnhofsgaststätte. Kein Besucher an diesem Nachmittag: Der Wirt lehnte am Türrahmen und rauchte. Er trat auf die Seite, um Rosmarie einzulassen. Im Halbdunkel an der Rückwand des Gastraums leuchteten rote Lämpchen, flackerten zwei elektrische Kerzen.

Nein, elektrische Kerzen, das konnte es doch nicht sein! Rosmarie ging wieder. Sie spazierte die Bahnhofsstraße hinauf, bis sie auf einen Blumenladen stieß. Rosmarie erstand ein

Trockengesteck: Kiefernzweige, getrocknete Orangenscheiben, eine Zimtstange, eine rote Schleife und drei Kerzen. Das schien ihr für die heilige Lisa angemessen.

Sie ging zurück zur Pizzeria. Der Wirt ratschte mit der Frau vom Gemüsestandl. Rosmarie ging hinein. Sie schob die Plastikblumen und die Elektrokerzen auf dem Bord unter dem Bild zur Seite, so dass ihr Gesteck Platz fand. Das Bord war schmal, das Gesteck etwas zu breit. Rosmarie drückte es zurecht. Auf dem Tresen lag ein Feuerzeug. Damit zündete sie die Kerzen an. Eine Kniebeuge vor dem Bild, schnell dreimal bekreuzigt und schon war sie zur Tür hinaus. Die S-Bahn fuhr gerade ein. Ein schneller Spurt zum Bahnsteig und schon war Rosmarie auf dem Rückweg in die Stadt.

Giuseppe ratschte immer noch mit der Gemüsefrau. Auf einmal machte sie große Augen und wies mit dem Finger über seine Schulter. „Deine Pizza ist angebrannt", meinte sie. Eine dicke schwarze Wolke quoll aus der offenen Tür. Fluchend rannte Giuseppe hinüber. Er hatte einen Feuerlöscher hinter der Theke. Aber der Qualm war schon so dick, dass er nicht hinein kam.

Die Gemüsefrau hatte geistesgegenwärtig die Feuerwehr alarmiert. Die kam mit Blaulicht und Tatütata in vier roten Wägen. Männer mit Schutz-anzügen und Helmen sprangen heraus, legten einen Schlauch zum nächsten Hydranten und dann richteten sie den Strahl ins Innere der Pizzeria. Der Qualm wurde grau, wurde heller und dann war kein Qualm mehr. Drei Mann mit Sauerstoffflaschen und Masken betraten das Innere, kamen aber gleich wieder heraus und rissen sich die Masken vom Gesicht. „Feuer aus", verkündete einer. „Da hat nur hinten im Zimmer was gekokelt."

Trotzdem: die Einrichtung und die Wände waren hinüber. Schwarzes Wasser tropfte von Tischen und Stühlen, schwarze Schmiere an den Wänden. Die Theke war unversehrt aber von Ruß überzogen.

„Machte nichtse", sagte Giuseppe, „wolle eh renoviere. Neu streiche die Wände, neue Möbele."

Aber als er sah, dass vom Bild der Santa Lisa nichts mehr übrig war als ein verkohlter Rahmen, da kamen ihm die Tränen, und er brach zusammen.

Drei Tage später gab es einen Kurzschluss in der Oberleitung. Die S-Bahn fiel für mehrere Stunden aus.

Nachtbetrieb

Die allererste S-Bahn

Kilian Winter

„Meier, haben Sie getrunken?"

Grelles Neonlicht beleuchtete zwei Herren mittleren Alters von allen Seiten. Die große Anzeigetafel erneuerte mit leisem Klicken die Liste der Flüge, nur gestört von einem wilden Sturm aus Luft und verbranntem Kerosin, der die ersten Flugzeuge in den sommerlichen Morgenhimmel schob.

„Meier, haben Sie getrunken?" Scharfe Blicke bohrten sich in ein müdes Gesicht.

„Nein, wie kommen Sie denn darauf?"

„Ein Spiegel würde reflektieren: Ihre Anzughose sitzt locker auf der Hüfte, Knitterfalten von oben bis unten, der Kragen ist angesengt, Ihre Haare sind wirr und der Dunst abgestandenen Bieres umspielt meine Nasenflügel."

Was für ein Satz. Meier schaute sein Gegenüber entgeistert an und rückte verstört seine Laptoptasche gerade. Eine jener voluminösen, die einem die Schultern seitlich zu Boden ziehen.

„Herr Venado, ich habe nicht getrunken, die Reiserichtlinie …"

„Haben Sie meine Präsentation überarbeitet?", fiel der ihm ins Wort. „Also Schriftgröße von 14 auf 15 Punkte und Schriftart geändert?" Dabei rückte er energisch seine Hornbrille gerade und strich beiläufig über das schicke Ultrabook, das er in einer feinen weißen Ledertasche vor seinem Armani-Anzug zur Schau stellte. „Und wenn wir schon einmal dabei sind, für Sie immer noch Doktor Venado."

„Wieso Ihre Präsentation? Ich habe alle Daten mühsam recherchiert und aufbereitet, daher sollte ich das Thema unserem Kunden auch persönlich vorstellen! Schriftart und Schriftgröße sind nach meiner Überzeugung nach vernünftig und sollten nicht geändert werden. Und überhaupt ist die Reiserichtlinie daran schuld, dass …"

„Was für eine Reiserichtlinie? Lassen Sie mich mit so etwas am frühen Morgen in Ruhe. Wir haben uns doch gestern darauf geeinigt, dass die Änderungen umgesetzt werden. So wie Sie hier vor mir stehen, stellt sich grundsätzlich die Frage, ob ich Sie überhaupt mit zum Kunden nehmen soll!"

„Ich bin mit der allerersten S-Bahn zum Flughafen gefahren, Sie glauben nicht, was da alles los war", versuchte es Meier erneut.

„Meier, man muss vorausschauend planen und jede potenzielle Unwegsamkeit berücksichtigen, sonst kommt man zu nichts. Sie sitzen doch im Flieger neben mir, da sprechen wir die Präsentation einfach noch einmal durch."

Meier erstarrte und eine Vorahnung stieg wie eine Luftblase in seinen errötenden Kopf. Hatte er doch gestern bewusst online eingecheckt, um wenigstens während des Fluges etwas Ruhe zu haben.

„Was soll das heißen Meier? Wir sitzen nicht nebeneinander? Wir waren uns doch einig, dass wir während des Fluges zusammensitzen."

„Pluralis Majestatis", widersprach dieser im Geiste, „Wir waren uns schon einig …"

„Meier, Sie bringen mich noch ins Grab, wir müssen sofort umbuchen!"

Dr. Venado lief los, vorbei an den bunten Last-Minute-Angeboten, dem morgendlichen Fettgeruch einer Burger-Braterei und an der neu eröffneten Flughafen-Mission für gestrandete S-Bahn-Reisende. Meier folgte ihm schlaftrunken und ergriff vorausschauend einen Flyer mit den Öffnungszeiten.

Vor dem Check-In-Schalter war nicht mehr viel los, so dass sie schon nach kurzer Wartezeit ihr Anliegen vorbringen konnten. Leider verstand die Mitarbeiterin vom Check-In das wilde Gestikulieren von Meier nicht: „Die Maschine ist recht voll, ich könnte Sie nur in der letzten Reihe vor den Toiletten platzieren. Die Rückenlehne kann man dort nicht kippen. Wir können auch nicht garantieren, dass der Frühstücks-Service Sie während des dreistündigen Fluges rechtzeitig erreicht."

„Das macht nichts, wir sind auf Dienstreise und nicht auf einem Urlaubsflug. Bitte buchen Sie uns um! Sehen Sie, Meier, so macht man das, drei Stunden Arbeitszeit gewonnen."

Meier blickte niedergeschlagen auf seine neue Boarding-Card. Die einzige Möglichkeit wurde ihm geraubt, wenigstens ein bisschen Schlaf nachzuholen.

Dr. Venado legte nach: „Meier, Ihren muffeligen Geruch ertrage ich nicht drei Stunden lang neben mir im Flieger. Da muss schnellstens etwas passieren, ein Deo oder Aftershave, sofort!"

Meier erwiderte, dass sie recht knapp in der Zeit seien und nach der Sicherheitskontrolle, im Flieger und am Zielflughafen noch genügend Zeit für eine Geruchsverbesserung wäre.

„Nichts da, ich will mich nicht mit Ihnen blamieren, Sie suchen sofort eine Drogerie oder Parfümerie und besorgen sich etwas. Ich gebe Ihnen fünf Minuten."

Meier verließ fluchend die Eingangshalle und rannte in Richtung Shoppingbereich. Wo sollte er morgens um 6 Uhr ein offenes Geschäft finden? Er wollte gerade erfolglos umkehren, als neben ihm die Tür einer Parfümerie mit angeschlossener Reinigung geöffnet wurde. Gefühlte 30 Sekunden hatte er noch Zeit. „Man muss auch mal Glück haben", seufzte er und betrat das Geschäft.

Erst raubte ihm die warme mit Düften durchsetzte Luft den Atem, dann die hübsche

Verkäuferin. Nach Luft schnappend griff er die erstbeste Packung mit 'Sale'-Aufkleber und 'men'-Schriftzug vom Wühltisch, bezahlte widerwillig 60 Euro und rannte zurück in die Abflughalle. Für den Preis hätte er locker mit dem Taxi zum Flughafen fahren können und nicht mit der allerersten S-Bahn vorlieb nehmen müssen. Immerhin war ein Rabatt-Gutschein für eine Anzugreinigung beigelegt.

„Na also, Meier", empfing ihn Dr. Venado, „wenn Sie sich mit etwas identifizieren, dann klappt es auch 'just in time'. Muss ich Ihnen denn immer zum Guten verhelfen?"

Und ehe sich Meier versah, riss sein Chef die Jette-Joop-Verpackung auf, öffnete das Flakon und versprühte große Mengen feinen Duftnebels über ihn. Intensiv, schwer und süßlich saugten sich die Tröpfchen an Meier fest.

„Was haben Sie denn da für ein Kraut gekauft?", stöhnte Dr. Venado. „Sie riechen ja wie ein Party-Transvestit!"

Er warf die Verpackung achtlos zu Boden, wobei der 'Sale'-Aufkleber beiseite rutschte. Im Sturm der Düfte wurden zwei weitere Buchstaben freigelegt und deklarierten das 'wo-men' Produkt nun sorgfältiger und akkurat.

Dr. Venado fühlte sich unschuldig, er hatte das Zeug schließlich nicht gekauft.

Während Meier mit dem Gedanken spielte, den beigelegten Rabatt-Gutschein kurzfristig einzulösen, ertönte eine scheppernde Stimme aus dem Flughafen-Lautsprecher: „Letzter Aufruf für Flug LH1313, die Herren Venado und Meier werden gebeten, schleunigst den Shopping-Bereich zu verlassen und sich am Gate einzufinden."

Beide zuckten zusammen, tauschten kurz ein paar Blicke aus und spurteten los.

So rannten sie also voller Eifer und möglichst unauffällig quer durch die Halle in Richtung Abflugterminal, nur flankiert von einem süßlichen Duftschweif und akustisch untermalt vom harten Ton aufschlagender Businessschuhe.

Das Reinigungspersonal bremste erschrocken den feuchten Wischmopp ab und blickte ihnen verwundert hinterher: „Schon wieder einer dieser Geschäftsreisenden aus der allerersten S-Bahn. Unsere Repräsentanten 'Made in Germany', morgens durch die Hölle fahren und dann mit Prosecco in den Himmel abheben. Wo soll das noch hinführen?"

Außer Atem stolperten sie die letzte Rolltreppe hinauf. Noch schnell durch den Sicherheitscheck und dann ab in den Flieger.

Euphorie und Wunsch verpufften jedoch schlagartig, als die Sicherheitskontrolle und die davor wartende Menschenschlange in ihrem Gesichtsfeld erschienen. „Recht dünner Kundenservice um diese Uhrzeit", kommentierte Dr.

Venado die einzige geöffnete Kontrollstation lakonisch, und schritt zielstrebig mit seinem weißen Lederetui an den schweigenden Menschen vorbei. Moschusochse Meier stolperte keuchend mit Gepäck und Laptop hinterher.

Dr. Venado fragte ohne Hemmung den Ersten in der Schlange, ob er so nett wäre sie vorzulassen, denn ihr Flieger gehe in wenigen Minuten. Bevor dieser mit Kopfschütteln und einer abwehrenden Geste ablehnen konnte, beschwerten sich bereits die umstehenden Personen lautstark, sie sollten halt früher aufstehen und sich wie jede zivilisierte Person hinten anstellen.

Er erläuterte jedoch geduldig, wie wichtig ihre Mission sei: Es wäre unlogisch, durch ablehnendes Verhalten gegenüber seiner Bitte einen Geschäftsabschluss zu gefährden, der in Deutschland Arbeitsplätze sichere.

Meier stand schweißgebadet in seiner Dunstwolke daneben und irritierte die Nasen der aufgebrachten Menschen. Er versuchte in die Diskussion einzugreifen, wurde aber von Dr. Venado schroff unterbrochen: so etwas sei Chefsache.

Dann platzte Meier der Kragen: Er wäre schon seit drei Uhr in der Nacht mit der allerersten S-Bahn unterwegs, habe sich über heimkehrende Nachtschwärmer ärgern und ewig auf die Flughafen-S-Bahn warten müssen. Früher ging es einfach nicht.

Mitleidige Blicke musterten ihn von Kopf bis Fuß: „Was, Sie sind nicht mit Taxi oder Auto da? Sie mussten die allererste S-Bahn nehmen, die die ganzen Besoffenen der Nacht aufsammelt? Wo die Sitzbänke mit verschüttetem Bier getränkt sind und die Luft im Alkoholdunst flimmert?"

„Ja – interne Reiserichtlinie, wir müssen sparen."

Die Wartenden schauten mit bösem Blick in Richtung Dr. Venado: „Schämen Sie sich, man lässt seine Mitarbeiter nicht mit der allerersten S-Bahn zum Flughafen fahren, das grenzt ja schon an Körperverletzung. Jetzt gehen Sie schon vor und halten Sie den Betrieb nicht länger auf!"

Meier und Dr. Venado ließen sich das nicht zweimal sagen, schritten beherzt vor das Laufband der Sicherheitskontrolle und legten Laptop, Handy und Jacken in die bereitgestellten grauen Plastikwannen.

Während diese stoßweise durch das leise brummende Röntgenprüfgerät geschoben wurden, erhaschte Meier die aktuelle Schlagzeile der ausliegenden Morgenzeitung: „Flash-Over in morgendlicher S-Bahn – acht Geschäftsreisende durch Restalkohol-Verpuffung verletzt."

Der Beweis! Er griff zu, doch bevor er die druckfrische Zeitung seinem Chef unter die Nase halten konnte, wurde er bereits zum Metalldetektor gebeten. Zuerst war das Sicherheitspersonal unschlüssig, ob die parfümierte

Geruchssäule von einem Mann oder einer Frau kontrolliert werden sollte. Der leicht dominierende Biergeruch der Anzughose ließ ihre Entscheidung schließlich auf 'Men' fallen.

Dr. Venado folgte ihm selbstsicher durch den Metalldetektor. Meier sollte ihm für die Rettung der Lage dankbar sein, waren sie doch wieder gut in der Zeit.

„Entschuldigung der Herr", wurde er von einem Sicherheitsbeamten aus seinen Gedanken gerissen, „können Sie bitte Ihren Laptop einmal einschalten?" Dr. Venado stöhnte genervt auf. Schon wieder ausgebremst. Erst Meier und jetzt dieser unnötige Kontrollwahn.

Mit unterdrücktem Protest nahm er vorsichtig seinen Laptop aus der eleganten Ledertasche und drückte den Einschaltknopf. Es passierte – nichts. Er drückte wieder und wieder. Der Bildschirm blieb schwarz. „Mist, sollte der Laptop nicht richtig heruntergefahren sein und den Akku leer gesaugt haben? Meier, geben Sie mir mal Ihr Ladekabel."

„Sagten Sie mir nicht vor einer halben Stunde, man müsse vorausschauend planen und jede potenzielle Unwegsamkeit berücksichtigen? Tut mir leid, mein Ladekabel passt leider nicht auf die neuen Modelle."

Die Wartenden wurden allmählich sauer: „Erst vordrängeln und dann den Betrieb aufhalten!"

Während sie so in der Situation vertieft waren, bezogen in ihrer Nähe unbemerkt mehrere Sicherheitsbeamte mit Maschinenpistolen Stellung: „Herr Dr. Venado, bitte nehmen Sie Ihren Laptop in beide Hände und folgen uns unauffällig." Völlig verdattert blickte er hilfesuchend in Richtung Meier, der nur mit den Schultern zuckte. Die Sicherheitsbeamten nahmen Dr. Venado in ihre Mitte und führten ihn ab.

„Sie sind doch der Herr mit Jette-Joop-Schweif?", wurde Meier vom Sicherheitspersonal angesprochen. „Ich kann Ihre Situation gut verstehen. Meinem Onkel wurde einmal der Führerschein abgenommen, nachdem er nüchtern in die allererste S-Bahn einstieg und eine halbe Stunde später am Park-and-Ride Parkplatz sein Auto startete. 1,6 Promille nur durch Atemluft. Beeilen Sie sich, das Boarding ist fast abgeschlossen. Um Ihren Begleiter kümmern wir uns schon."

Meier ließ sich das nicht zweimal sagen, nur weg hier: „Was war denn los?"

„Der Laptop-Akku wurde offensichtlich mit einer explosiven Substanz manipuliert. Bis zur Klärung werden wir Ihren Chef erst einmal eine Weile aus dem Verkehr ziehen. Einen guten Flug noch!"

Meier presste ein 'Danke' durch die Lippen und spurtete zum Flieger. Hinter ihm wurde die

Flugzeugtür geschlossen und die Turbinen starteten sofort.

Abgehetzt und mit wirren Haaren sank er in seinen Sitz, atmete tief durch und tippte noch schnell eine SMS: „Gute Arbeit Kollegen, der Geschäftsabschluss läuft jetzt nach unseren Regeln."

Eine bayrische Geistergeschichte

Michael Fromholzer

Also darauf hast du dich verlassen können! Des hat jedes Mal gestimmt, da hast du die beiden immer fragen können und jedes Mal war die Antwort richtig. Die Traudl und der Johann, die wohnen nämlich direkt neben der S-Bahn-Station in Unterhaching. Seit Jahren. Und wenn die Nachbarn, die Freunde, die Familie – und egal wer – die Traudl und den Johann gefragt haben, wann die S-Bahn fährt, dann haben die zwei des akkurat wiedergegeben. In beiden Richtungen. Und hättest du gedacht, dass die sogar gewusst haben, wann welche S-Bahn bis Holzkirchen oder Mammendorf oder Deisenhofen oder Maisach fährt? Freilich haben die auch die Verspätungen mitbekommen, und wenn die zwei jetzt gewusst haben, wann wer in die Stadt fährt, weil sie vorher gefragt worden sind, dann hat der Johann zur Traudl gesagt: „Heit is Mittwoch, ruaf die Inge o, dass friara fohrt, die hot doch immer ihren Frisörtermin."

Natürlich auch die Zeiten in der Nacht haben sie auswendig gewusst, und dass freitags in der Früh mehr S-Bahnen fahren als am Abend. Dafür fährt in der Nacht eine zusätzliche, wegen dem Disco-Gschwerl, wie der Johann geschimpft hat. „Des weckt mi jedsmoi auf, wann die

214

umanandplärrn." – „Mei, was hast, warst a amoi jung."

„I wann ind Disco ganga wär, na hätt mia mei Vatta eine draufgstricha."

Aber da ja in der Überschrift 'eine bayrische Geistergeschichte' steht, wollen wir uns jetzt nicht in den Ehestreit oder die Diskussion der beiden einmischen. Da können die fei fuchsteufelswild werden, wenn du das machst. Und jetzt sei mal ganz ehrlich, du tätest des auch nicht mögen. Es gibt fei auch noch ein Privatleben, auch wenn das wegen Facebook und Twitter und Whats App schon total öffentlich ist. Den Johann hat das auch immer gefuchst, wenn er von seinem Schlafzimmerfenster aus dem Treiben am Bahnhof zugeschaut hat. Da stehen alle da und starren auf ihr Handy oder Tablet oder was sonst grad schick is. Oder sie plärren in ihr Mobiltelefon, dass ein jeder jedes Wort versteht. „Ja herrgottsakra, friara hot ma einfach gwart", ereifert er sich da.

Jetzt ist immer noch kein Geist vorgekommen, ja Herrschaft, was schreibt der denn da? Lieber Leser schau, ich halte dich für sehr gescheit. Und darum weißt du auch, dass ich erst mal ein bisserl die Personen einführen muss. Die Situation, die Umstände, die Konflikte. Ich mache das ja nicht so ausschweifend wie die Pilcher. Aber ein bisserl Zeit musst du mir schon geben. Ich kann ja nicht einfach schreiben: da ist der Geist, die Traudl und der Johann haben sich gescheit 'geforchten' und „Ja varreck, bin i daschrockn" geschrien. Da tätest du dich auch fragen, was des jetzt soll. Also mach jetzt keinen Stress. Das tät dem Johann auch nicht gefallen, wenn du ihn stressen tätst. Und da es ja immer heißt, dass es autobiografisch ist, was die Autoren so schreiben, kannst du in der Zwischenzeit überlegen, ob ich mich als Johann hier selbst literarisch verewigt habe. Oder getarnt als Traudl oder Geisterzug.

Aber ich glaube, du hast schon kapiert, dass die Traudl und der Johann sämtliche S-Bahn-Zeiten nicht nur im Kopf haben, sondern auch physisch mitbekommen – gerade nachts. Da gibt es unter der Woche die Bahn, die um 1:44 Uhr aus der Stadt kommt, und am Wochenende und vor Feiertagen auch eine um 2:44 Uhr. Dann ist laut Fahrplan Ruhe. Dann kommt nichts mehr. Trotzdem hören die was – also eher mehr die Traudl. Weil der Johann einen tiefen Schlaf hat, nur wenn die Besoffenen und Verrückten zum Plärren anfangen, wacht er auf. Du erinnerst dich bestimmt, dass ich das schon mal gesagt habe. Also jetzt ein Kompliment, weil du wirklich gut zugehört hast, was ich dir da erzählen will. Also jetzt, wieso hört die Traudl da was, wenn schon lang nix mehr fahrt? Und zwar jede Nacht um 3:44 Uhr und um 4:44 Uhr. Das kann man sich wirklich gut merken, so eine Abfahrtszeit. Ja warum hört die das Rauschen der S-Bahn, wenn da keine mehr fährt? Siehst du, das haben die zwei sich auch gefragt. Also vielmehr die Traudl, natürlich schon auch der Johann, weil die Traudl den Johann immer aufgeweckt hat und gfragt hat: „Host du nix ghört?" Und zwar jede Nacht war des, ganz egal ob Feiertag, Fasching oder Weihnachten. Der Johann hat gesagt: „Des wern Güterzüge sein, durchfahrende Züge oder so etwas".

„Aber das kann nicht stimmen", hat die Traudl gemeint, „da höre ich doch immer genau, wie die S-Bahn einfährt, wie sie hält, ich hör sogar das Piepsen bevor die Türe zuamacht und wie sie wieder weida fahrt …" Ich habe vorher ganz vergessen, dir zu erzählen, dass die Traudl ein ganz feines Gehör hat. Die hört sogar die Ameisen bieseln.

Glaabst schon, dass des was ganz was Mysteriöses ist. Die Traudl hat sogar bei der Bahn angerufen. Heimlich, weil der Johann gesagt hat, das wäre eine Spinnerei: „Des wird ebbs ganz Natürliches sei". Aber bei der Bahn haben sie auch nichts sagen können, und ich glaub, die Leute dort haben sie eher belächelt. Das hättest du auch gemacht, wenn dir irgendjemand was von Geisterzügen erzählt.

Die Traudl hat jetzt an den Johann hingeredet, dass er da nachforschen soll. Und nach über einer Woche Hinreden hat sich der Johann breitschlagen lassen, eine Nacht aufzubleiben und sich des Ganze höchstpersönlich anzuschauen. Natürlich war auch bei der Traudl nicht an Schlaf zu denken. Könntest du da schlafen, wenn vielleicht heute Nacht das Mysterium eines Geisterzuges gelüftet wird? Und so sind die beiden auf dem Balkon gesessen und haben geflüstert. Und sich mit Kerschgeist, Kaffee und Theorien wachgehalten.

„Sauf net so vuil, sonst schlafst no ei", hat die Traudl gsagt.

„Erstens", hat der Johann drauf gsagt, „hat des in Bayern Tradition, dass ma mitm Kerschgeist den Tod ausschmiert – und vielleicht geht des ja bei deinem Geisterzug aa drum – und zweitens, um den Kerschgeist werst a no froh sei, wanns koid werd in da Nacht."

„Des wird ein Zug sein, der die Vampire heim bringt oder die Werwölf", hat die Traudl gsagt und hat richtig gezittert. „Die Werwölf wohnen sicher im Wald bei Holzkirchen oder hinter Deisenhofen im Gleißental."

„Ah geh Schmarrn", hat der Johann gesagt, „sonst hätt doch die Geschicht nicht die Überschrift 'eine bayrische Geistergschicht'. Da stünde dann 'eine bayrische Werwolfgschicht' oder 'eine bayrische Vampirgschicht'."

Ich muss ihm da recht geben. Weil sonst könnt ja jeder daherkommen und einfach irgendetwas über seine Geschichte als Überschrift drüberschreiben, was überhaupt nicht darin vorkommt. Was tätst du denn jetzt sagen, wenn eine Geschichte den Titel hat 'Mord am Tegernsee', aber es geht um eine Liebesgeschichte in Düsseldorf?

Die zwei sind also am Balkon gesessen, und die übliche Bahn um 1:44 Uhr ist gekommen, und da es an einem Samstag gewesen ist, auch die um 2:44 Uhr. Ein paar Besoffene sind ausgestiegen und haben gesungen und gelacht. „Guat dass mia net schlaffa, weil sunst war i jetzt wieda munta", hat der Johann zu seiner immer aufgeregteren Frau gesagt.

Die Zeit vergeht trotz des Kerschgeistes gar nicht. Dann war es endlich halb vier.

„Ja, jetzta miassats boid soweit sei, mit deim Zug", hat dann der Johann gemeint. „Laut Fahrplan kimmt jetza fei nix mehr."

Der Johann ist die Ruhe selbst. Aber der hat das gut verstecken können, weil so rein äußerlich hast du nichts gemerkt beim Johann, aber von seinem Herzklopfen hättest du ein Erdbeben in Unterhaching auslösen können. Aber das ist auch gut so. Denn sonst wären sie womöglich eingeschlafen und hätten jetzt die S-Bahn überhört.

Da ist es plötzlich, das Geräusch, das der Wind immer bringt, wenn sich die S-Bahn nähert. Und auch das Bremsen ist deutlich zu hören, das Piepsen bevor die Tür schließt und das Abfahren der Bahn. Aber es sind nur die Geräusche zu hören und nichts zu erkennen. Nix, gar nix zu sehen. Gell, da schaugst Du, dass die bloß was gehört haben.

Der Johann und die Traudl sind ganz starr und haben erst mal gar nichts gesagt. Eine ganze Zeit lang, der Johann hat nur die Traudl gehalten. Und nach einer guten Weile und vielen Schluck Kerschgeist hat der Johann gesagt: „Jetzt geh i an Bahnsteig, wann der nächste Zug kimmt." Die Traudl kriegt gleich so eine Angst und alleine will sie auch nicht sein und will mit zum Bahnsteig. Der Johann sagt „Naa" und wieder „Naa, i geh alloa" und „Bleib du da". Aber die Traudl benzt bis er nachgibt.

Da, wie die zwei so am Bahnsteig gestanden sind und auf den nächsten Geisterzug gewartet haben, haben sie es wieder gehört, das Näher-kommen der Bahn. Das Bremsen und das Auf-gehen der Türen. Nur quasi des Schnaufen der S-Bahn haben die gehört. Sogar der Johann hat es gehört, weil mich des schon wundert, der hört unter einer Schiffssirene eh nichts. Aber des weißt du auch, dass des absolut unrealistisch ist, dass du eine Schiffssirene am Bahnhof in Unter-haching hörst. Da musst du schon nach Hamburg oder auf irgendeine Insel oder in die Südsee. Der Johann hätt da schon a mal hinwollen in die Südsee, aber es war ihm doch a bissl zu weit und zu teuer. „Mia ham ja an Tegernsee. Da is es aa schee."

Aber nichts zu sehen. Gar nix! Keine S-Bahn schon gar nicht. Ja wenn ich Dir das sage, genau so war es.

„Das gibt's doch net", hat der Johann gesagt. Da hat der Johann die Traudl an der Hand genommen und ist direkt auf die S-Bahn zugegangen. Die ist noch gestanden, des war dem Johann klar, weil sie hatten sie ja noch nicht abfahren gehört. Und des Piepsen, bevor die Tür zumacht, war auch noch nicht zu hören. Und plötzlich waren die beiden in der S-Bahn drin. Das ist so schnell gegangen. So schnell wie eine Maß leer ist. Da denkst du auch noch, ach schön, eine frische Maß, und die ist dann plötzlich leer.

Genau so leer wie die Bahn, in der die beiden gesessen sind. Also das ist unfassbar gewesen für die zwei. So richtig perplex sind die gewesen. Nichts zu sehen – ein Schritt und schon waren die einfach drin in der Bahn. In einer richtigen S-Bahn, mit blauen Sitzen und silbernen Stangen. Des gibt's ansonsten nur bei Harry Potter. Gleis neundreiviertel und so ... Ist aber keine Harry-Potter-Geschichte. Oder kann der boarisch? Von Hogwarts nach Haching, also so ein Krampf ...

Und natürlich haben sich die zwei gescheit geforchten und gezittert, wie sie da so in dieser mysteriösen S3 gesessen sind. Ich glaub, die haben erst mal eine Ewigkeit nur gebangt. Aber der Johann hat die zitternde Traudl ganz fest in seinen Armen gehalten. Also, ich muss sagen, auch wenn du mir des jetzt nicht glaubst, der Johann ist durchaus sensibel. Wie er da so die Traudl gehalten hat, des war schon sehr rührend. Sieht man ihm nicht unbedingt an, also wenn du den so sehen würdest, da könntest du schon meinen, wenn der mich olangt mit seine Pratzn, dann möchte ich lieber Reißaus nehmen. Die Traudl ist jetzt natürlich in guten, zarten Händen. Ja, was glaubst du?

Irgendwann – des könnt so kurz vor Otterfing gewesen sein, hat einer der beiden gesagt: „Ja, wos is jetzt nachat des?"

Gell, des fragst du dich auch?

„Mia, mia miassma raus aus dem Zug", hat die Traudl gsagt und direkt gstottert hat sie. Und auch dem Johann hat des recht zugesetzt. Diese komische Aura in dem Zug, so total still, so total leer und draußen stockdunkel.

„Ja, wia wolln ma denn aussteigen, wann der Zug nia oholt", hat der Johann gfragt, und seine Stimme war so belegt, so komisch, so ganz anders als sonst. „Da rauscht der Zug durch Wald

222

und Flur. Naus springa is z'gfährlich, der fahrt z'schnell."

„Ja mia wiss ma ja übahaupts net, wo der Zug hifahrt, ob der a in Holzkircha hoit", hat die Traudl gejammert.

„Da wo a hoit, steig ma einfach aus, ganz wurscht wo des nachat is", hat der Johann geantwortet.

Es ist immer noch stockdunkel draußen, und es ist überhaupt nicht zu erkennen, wo der Zug grad sein könnte. Auf einmal hat die Traudl aufgeschrien, weil sie da etwas gestreift hat. „Ein Geist, Hilfe, ein Geist!", hat sie gekreischt, die Traudl. Ich habe dir ja vorhin erzählt, dass der Johann schon auch zärtlich sein kann. Denn das ist nämlich der Johann gewesen, der die Traudl gestreift hat, beruhigen hat er sie halt wollen und streicheln.

Eine ganze Ewigkeit rauscht der Zug schon durch die Nacht, keine Anzeichen, dass die Fahrt ein Ende nähme. Ja, so ein Geisterzug hat schon seine Eigenheiten, der ist quasi auch menschlich.

Da hört die Traudl ein Quietschen. „Des is a Werwolf", schreit die Traudl. Es ist aber bloß das Bremsen des Geisterzugs, was sie da gehört hat. Denn der steht jetzt. Eine Stimme sagt: „Rosenheim, Bahnhof Rosenheim, Endstation." Und die gleiche Stimme sagt: „Auch für die fremdn Fahrgäst is hier Endstation."

Natürlich sind die ausgestiegen, ja was glaubst du? Da wärst du auch ausgestiegen, selbst wenn der erst in der Wüste in Nigeria gehalten hätte. Die waren froh, draußen zu sein aus dem schrecklichen Zug. Erleichtert stehen sie in Rosenheim, die Lichter am Bahnhof eine Wohltat. Da haben sie sich erst mal hingesetzt und die frische Luft geatmet. Und so ganz langsam sind die beiden wieder zu ihren richtigen Sinnen gekommen, aber ganz langsam halt nur, nach so einem Erlebnis, da würdest du auch nicht gleich Bruchrechnen können.

„Da drent brenna Liachta", sagt der Johann und zeigt zur Bahnhofshalle. „Da daat i moana, da wern ma schaugn, ob ma an Kaffee kriagn." Dass ein Schnaps ihm eigentlich lieber wäre, eh klar. „Aber des, glab i, kann i ma varreibm".

Und dann gehen die Traudl und der Johann in die Halle, und da sind tatsächlich schon Leute am Werkeln. Die haben zwar noch nicht auf, aber weil die beiden so mitgenommen und kasweiß ausschauen, machen die in der Bäckerei tatsächlich eine Ausnahme.

Und wie sie da mit ihrem Kaffee so am Bahnhof sitzen, fragt die Traudl plötzlich: „Aba wia ham de jetzt gwusst, dass mia da drinna warn?"

„Ja mei, Geister hoid", sagt der Johann.

Immer wieder Mittwoch

Erdmuthe Buchner

Müde und abgespannt von einem langen Arbeitstag saß Rolf in der S-Bahn. Er liebte seine Arbeit an der Bar des Bayrischen Hofes, aber die Spätschicht war einfach nur anstrengend. Da freute sich der 35-jährige nur noch auf sein Bett.

Wie meist nach Mitternacht war der Zug fast leer.

Das gleichmäßige Rauschen des Zuges und die Ruhe im Wagon ließen Rolf beinahe einschlafen.

„Nächster Halt Taufkirchen", ertönte die Durchsage aus dem Lautsprecher.

„So, danach noch drei Haltestellen und ich bin zu Hause." Er schaute aus dem Fenster in die eintönige Dunkelheit. Ein angestrengter Versuch, nicht ein zu schlafen.

Plötzlich ging ein Ruck durch Rolf.

Da stand sie wieder!

Kurz vor dem Bahnhof Taufkirchen, direkt neben den Gleisen und winkte ihm wieder zu. Ja, ihm, denn der letzte Mitreisende war in Unterhaching ausgestiegen und Rolf saß jetzt alleine im Wagon. Und wie die letzten Male schon, schien der Lockführer die Gestalt nicht zu sehen.

Kein Warnsignal ertönte, keine Bremsen quietschten.

Rolf war zu müde, um näher darüber nachzu denken. Aber seltsam war das schon. Jeden Mittwoch, wenn er nachts an dieser Stelle vorbei fuhr, stand dort zwischen den Büschen, mitten in der Nacht, direkt neben den Gleisen, diese Gestalt und winkte. In der Dunkelheit konnte er nicht erkennen ob es ein Mann oder eine Frau war. Er wunderte sich nur über den Leichtsinn, so nahe an den Gleisen zu stehen. Ob diese Gestalt etwa die Gefahr suchte? Doch warum stand sie immer nur mittwochs da? Sogar heute bei strömendem Regen und eisiger Kälte.

Oder spielten ihm seine Phantasie und Müdigkeit etwa einen bizarren Streich? Sah er schon Sachen, die gar nicht da waren? Verwechselte er etwa in der Dunkelheit die Bäume mit ihren im Wind hin und her wiegenden Zweigen mit winkenden Personen?

Doch was soll's, es war wie die letzten Male. Gott sei Dank war nichts passiert, und der Zug verließ wie immer den Bahnhof, weiter in Richtung nach Hause.

Die folgenden Tage dachte er nicht mehr an die seltsame, winkende Gestalt. Der Alltag forderte seine ganze Konzentration.

Drei Wochen vergingen bis zur nächsten Mittwoch-Spätschicht. Diesmal war Rolf nicht alleine auf der Heimfahrt. Sein Freund Chris fuhr mit ihm die Strecke. Er kam aus dem Theater und erzählte angeregt von der Aufführung. Nach Unterhaching bemerkte er, dass Rolf nur noch mit halbem Ohr zuhörte.

„He, bist du etwa am Einschlafen?" Rolf reagierte nicht und starrte nur angestrengt aus dem Fenster in die Nacht. Kurz vor Taufkirchen stieß er aber Chris unsanft in die Seite: „Da schau, da steht sie wieder." Rolf deutete aufgeregt aus dem Fenster und winkte.

Chris tippte sich an die Stirn: "Spinnst du jetzt? Winkst wie wild in die Dunkelheit. Was soll denn das?"

„Ja aber …. Hast du sie denn nicht gesehen?"

„Gesehen? Wen oder was soll ich denn gesehen haben? Da war absolut nichts! Ich glaube, du hast geträumt"

„Nein, ich war hellwach. Aber immer Mittwoch Nacht steht da, direkt am Gleis, eine Person in einem dunklen Kapuzenmantel und winkt mir zu."

Chris grinste: „Also ich habe da nichts und niemanden gesehen. Du solltest mal richtig ausspannen, wenn du schon Gespenster siehst. Anscheinend bist Du total übermüdet. Und außerdem, wenn da wirklich jemand so nah am Gleis gestanden wäre, hätte der Zugführer wohl sein Signal ertönen lassen und gebremst!"

Rolf nickte nachdenklich, da musste er seinem Freund zustimmen.

In Deisenhofen stiegen die Freunde aus und gingen ihrer Wege. Von der winkenden Gestalt verloren sie kein Wort mehr.

So sehr sich Rolf auch bemühte, die Person kurz vor Taufkirchen ging ihm nicht mehr aus dem Kopf. Er wollte nicht glauben, dass er sich das alles nur eingebildet hatte. Ja, einmal, Ok, das könnte ein Trugschluss sein. Aber sechs Mal? Nein, so oft konnte er sich nicht irren.

Er beschloss, das nächste Mal in Taufkirchen auszusteigen und neben dem Gleis zurück zu laufen und die Gestalt anzusprechen. Er wollte endlich wissen, warum sie ihm immer zuwinkte.

Trotz seiner Müdigkeit setzte er seinen Plan am nächsten Mittwoch in die Tat um. Während er zurückwinkte, merkte er sich genau die Stelle, an der die Gestalt immer stand. Er stieg aus, schaltete seine Taschenlampe an und lief zu der Stelle.

Aber dort war niemand zu sehen. Nur überlanges Gras, sperriges Gebüsch, Schottersteine und – ein kleines Holzkreuz – belebten den tristen Platz. An dem Kreuz war mit Reißzwecken ein laminiertes Foto einer jungen Frau zu sehen und die Aufschrift:

Daniela Maier
Mittwoch 17.03.2010
Viel zu früh von uns gegangen,
weil sie es zu eilig hatte.

Entsetzt taumelte Rolf einige Schritte zurück und stöhnte: „Oh mein Gott – die Daniela!"

Biss zur Endstation

Michael Fromholzer

Es wurden wieder Leichen gefunden. Sie lagen an den Endstationen in Holzkirchen und Mammendorf in der S-Bahn. Es gab auch Funde in Maisach und Deisenhofen. Sie alle hatten Bisswunden am Hals, die Opfer, meistens Frauen, waren alle blutleer. Die Polizei stand vor einem Rätsel. Es wurden keine DNA-Spuren an den jeweiligen Tatorten festgestellt.

Es gab eine Zeugenaussage, von Christian W., die nun im Folgenden wiedergegeben wird: „Ich bin mit Sandra K. in der Nacht vom 23. auf den 24. Januar 2016 mit der S-Bahn um 23:45 Uhr ab München Stachus nach Holzkirchen gefahren. Wir haben uns dort zufällig getroffen. Wir unterhielten uns die ganze Zeit. Ich wunderte mich, warum sie sich schon in Otterfing von mir verabschiedete, wo wir doch beide in Holzkirchen aussteigen mussten. Sie ging im Wagen nach ganz vorne, ich vermute, dass sie nahe beim Bahnsteigende sein wollte, wo sie vermutlich abgeholt würde. Ich habe beim Aussteigen noch nach ihr geschaut, sie aber nicht mehr gesehen. Sicher ist sie schon abgeholt worden, dachte ich." Soweit seine Aussage.

Die Polizei tappte im Dunkeln, am Tatort fehlten Spuren, die Hinweise hätten geben können. Die Bissspuren am Hals waren bei allen Opfern ziemlich tief. Mit menschlichen Zähnen ist das nicht vorstellbar, so der leitende Pathologe. Vielleicht hatte der Täter einschlägige Hilfsmittel. Das könnte vieles erklären, aber nicht, warum die Opfer blutleer waren.

Die Polizei hatte eine Sonderkommission eingerichtet. Bei dieser meldete sich Elvira D. Sie gab sich als Vampirforscherin aus. Zunächst wurde sie belächelt, von allen Seiten. Ihren Vampirforschungen wurde kein Glauben geschenkt. So entschied sich Elvira D., selbst den Mörder respektive Vampir zu jagen. Sie wusste, sie würde den Vampir erkennen.

Eine Woche lang fuhr sie nachts abwechselnd die verschiedenen S-Bahn-Strecken. Sie war bewaffnet mit einem Regenschirm, in dem sie einen Pfahl versteckt hatte, eine ihrer Spezialentwicklungen. Leicht, aber effektiv. Und unauffällig. Pfählen to go, wie sie es nannte.

Nach knapp zwei Wochen und zehn Leichen mehr gelang ihr der große Schlag. Sie saß in der S-Bahn Richtung Holzkirchen. Da sie eine äußerst attraktive Frau war, wich sie den Blicken der Vorübergehenden aus und schaute in die Nacht zum Fenster hinaus. Schon in Malching erkannte sie ihn. Er ging an ihr vorbei und nahm ganz hinten Platz.

„Das ist klar, dass sich der nur da hin setzt, wo kein anderer ihn beobachten kann", erklärte sie später.

Sie folgte ihm, nahm ihm gegenüber Platz. Ließ ihren Schirm fallen und als sie so tat, als wollte sie diesen aufheben, zog sie ihren Pfahl heraus und stach blitzschnell und mit aller Kraft zu. Sie traf ihn mitten ins Herz.

Von diesem Tag an hatten die Morde mit den Bissspuren ein Ende.

Als sie gefragt wurde, woran sie den Vampir erkannt habe, antwortete sie: „Alle anderen Fahrgäste haben sich in der Fensterscheibe gespiegelt."

Und dann aufgwacht …

Peter Veth

Es war ein extra heißer Tag und die Arbeit im Michaeli-Freibad extrem anstrengend. Gleich nach Dienstende wurde der Geburtstag vom Chef gefeiert. Ausgelassen und feucht-fröhlich ging die Party bis kurz vor Mitternacht. An Nachhause-fahren mit dem eigenen Auto war zu dieser Stunde nicht mehr zu denken. Neben einem hervorragenden Essen, zubereitet von unseren türkischen Mitarbeiterinnen, gab es reichlich Wein und Bier zu trinken. Auch zwischendurch ein Schnäpschen, für die ständig wiederholten Gratulationssalven, musste sein.

Nach der Verabschiedung begab ich mich zur Bushaltestelle. Soweit ich mich erinnere, war meine Gangart mit leichten Schwankungen durchsetzt. Ich hatte Glück, denn der Bus kam in diesem Moment angerauscht und ich fuhr mit ihm zum Giesinger Bahnhof im Münchner Süden. Nach einer Viertelstunde kam auch schon die S3 nach Holzkirchen. Mein Ziel war Taufkirchen, das ich in vier Stationen erreichen sollte.

Die Abteile in meinem Wagon waren leer. Ich war der einzige Fahrgast und hatte somit genügend Sitzgelegenheiten. Nachdem ich mich in eine Sitzplatzgarnitur gelümmelt hatte, schos-sen noch prägnante Erinnerungen durch meinen wirren Kopf, die mich durchaus zum Schmunzeln brachten. Spät war es geworden, aber ich sollte morgen erst um 13:30 Uhr meine Schicht beginnen. Somit also kein Problem, weil ich mich ausschlafen kann.

So dahin gedacht überkam mich ein enormer Müdigkeitsschub. Wohl ausgelöst von einer übertriebenen Durstlöschung mit etlichen Weißbier, den Anstrengungen des Tages und der fast unerträglichen Hitze, schlief ich ein. Ich schlief so fest, dass ich die einzelnen Stationsansagen und das monotone Fahrgeräusch der Räder nicht mehr mitbekam.

Erst beim Endbahnhof Holzkirchen wurde ich durch die Berührung einer Hand geweckt. Der S-Bahn-Fahrer hatte mich bei seinem Kontrollgang entdeckt und wachgerüttelt. „Sie müssen hier aussteigen, der Zug wird hier abgestellt."

Unser Zwiegespräch beschränkte sich auf mein Fragen und seine knappen Antworten: „Wo bin ich jetzt?"

„Sie sind in Holzkirchen."

„Wie komme ich nach Taufkirchen?"

„Mit der S-Bahn nicht mehr. Erst morgen früh um 5:15 Uhr fährt wieder eine Richtung München. Gute Nacht."

„Ja, gute Nacht!"

Nun stand ich da wie ein begossener Pudel. Die drei, vier Leutchen, die mit mir ausgestiegen waren, waren inzwischen im Dunkel verschwunden. Guter Rat war teuer. Was mache ich jetzt? Zuerst wollte ich auf einer Bank schlafen, aber dann entschloss ich mich, am Bahnkörper entlang Richtung Heimat zu marschieren.

Der S-Bahn-Zug, mit dem ich gekommen war, stand auf einem Abstellgleis mit einem Prellbock am Ende. Somit konnte ich die Richtung nach München bestimmen und ging los. Ich weiß noch, bis Sauerlach ging es am Bahndamm teils auf Schotter, teils auf Trampelpfaden und kurzzeitig im Gleisbett dahin. Zwei Güterzüge sind irgendwann an mir vorbei gedonnert. Gott sei Dank war ich zu diesen Zeitpunkten einige Meter vom Bahngleis entfernt. Im morgendlichen Dämmern erreichte ich Lanzenhaar. Da rauschte die erste S-Bahn vorbei. Egal. Kurz vor Deisenhofen kam die zweite. Die dritte. Die vierte …

Um 7:30 Uhr stand ich vor meiner Haustüre. Meine Füße habe ich nicht mehr gespürt. Dafür war ich im Kopf nüchtern geworden. Die gemachte Erfahrung erzwang einen Schwur, den ich bis heute einhalten konnte: Nie wieder werde ich betrunken S-Bahn fahren.

Die blutigen Hände

Michael Fromholzer

Alles ist gut gegangen, denkt er, während er nachts am Stachus auf die S-Bahn wartet. Bis jetzt zumindest. Er steht, die Hände tief in den Taschen vergraben, am Bahnsteig. Sie dürfen das Blut an meinen Händen nicht sehen. Ein Taxi zu nehmen scheint ihm riskant: der Fahrer könnte sich später seiner erinnern. Beim Bezahlen wären seine Hände aufgefallen. So entscheidet er sich für die S-Bahn.

Da kann er einfach nur dasitzen, kein Mensch wird seine Hände sehen. Wie oft sind ihm Jugendliche aufgefallen, die mit den Händen in den Jackentaschen in der Bahn sitzen. Total unauffällig. Seine Manteltaschen sind tief genug, um seine Hände komplett zu verbergen.

Seine Bahn hat Verspätung. Nur nicht unruhig oder hektisch werden und die Hände aus den Taschen nehmen. Die müsste doch schon längst da sein, die Bahn. Er geht auf und ab am Bahnhof und hofft, dabei normal zu wirken. Irgendwann kommt die Durchsage, die Bahn fällt aus. Er stampft mit dem Fuß auf, er ist so angespannt, dass er beinahe die Hände aus der Kontrolle verloren hätte. Er entscheidet sich, jetzt zu Fuß zum Marienplatz zu gehen, um seine Nervosität zu verringern. Und um die Wartezeit zu überbrücken. Um nicht 20 Minuten hier stehend verrückt zu werden. Dass ihn die frische Luft beruhigen werde, so hofft er. Einen klaren Gedanken fassen, warum alles so gekommen ist.

Warum bin ich überhaupt zu ihr gefahren, überlegt er, und ob man ihm einen Vorsatz unterstellen könne. Wie ist das alles genau passiert? Er kann es nicht mehr sagen. Es war gerade eben gewesen, vor ein paar Minuten. Seine Worte, ihre Worte. Was genau hatte er gesagt? Was hatte sie ihm vorgeworfen? Seine Gedanken laufen Amok.

Der Nebel hüllt die Fußgängerzone ein, schemenhaft nimmt er ein paar Gebäude wahr. Hier ist der Hettlage gewesen, da hat sie immer so gerne eingekauft. Auch das Kleid, das sie heut angezogen hatte. Er holt tief Luft, atmet hörbar aus, und sein Atem vermischt sich mit dem Nebel. Er schaut nach oben und sieht die Türme der Frauenkirche in der Trübung verschwinden.

Ob er sich auf Notwehr herausreden könnte? Aber so weit wird es gar nicht kommen, weil sie es nie erfahren werden, wer er ist und was er gemacht hat. Weil sie ihn nie mit ihr in Verbindung bringen werden, wenn sie gefunden wird. Weil sie ihn nicht finden werden. Er wird sich gar nicht herausreden müssen. Dieser plötzliche Gedanke beruhigt ihn. Er grinst in die neblige Nacht hinein, schaut zum Rathausturm hinauf und verschwindet im Untergrund. Er setzt sich noch einige Minuten auf dem Bahnsteig hin und wartet auf die Bahn. Sie werden es nie erfahren und niemand wird seine blutigen Hände sehen.

Die Bahn kommt, er steigt ein. Die Tür lässt er jemand anderen öffnen. Er hat einen Vierer-Sitzplatz ganz für sich allein. Die Hände in der tiefen Manteltasche. Die Haltestellen: Isartor, Rosenheimer Platz, Ostbahnhof. Die S-Bahn wartet dort lange. Er fängt mit dem Fuß zu wippen an. Es steigen zwei Sicherheitsbeamte ein. Sein Fuß wippt schneller. Bloß keine Kontrolle.

Sie stehen einfach da und reden. Direkt hinter ihm. Herrgott nochmal, hör mit dem Fuß zu wippen auf. Sonst ist alles vorbei. Sonst werden sie dich fragen, ob alles in Ordnung ist und ob es mir gut geht. Ob sie mir helfen können. Und sie werden ihn nach seinem Fahrschein fragen. Er hat einen Fahrschein, einen Abo-Fahrschein mit seinem Namen.

Die Sicherheitsbeamten bewegen sich auf ihn zu, mustern ihn kurz und gehen weiter durch den Wagon. Er atmet hörbar aus. Nächster Halt St.-Martin-Straße. Er muss nach Unterhaching. Noch 4 Stationen. Nächster Halt Giesing, hört er die Durchsage, noch ca. 6 Minuten, dann ist er da.

In Giesing sieht er ganz hinten die Sicherheits-beamten. Sie scheinen zu kontrollieren. Sein Fuß zuckt unaufhörlich. Fasangarten, sie kommen näher und näher. Seine Hände krallen sich durch die Manteltasche in seine Haut. Schweißtropfen und der wild schlagende Rhythmus seines Herzens. Sie gehen zum zweiten Mal an ihm vorbei. Uff, also nur Patrouille. Sein Herz schlägt immer noch panisch, und am Bahnhof Fasanenpark grinst er durch die Scheibe auf die Lichter des Bahnhofes. Keine Kontrolle, noch eine Station. Er schwitzt immer noch und schmeckt Schweiß auf seinen Lippen.

Die Durchsage kündigt Unterhaching an. Jetzt kann nichts mehr schief gehen. Niemand hat seine Hände gesehen. Niemand. Sehr gut gemacht. Er steht auf. Vor der Tür steht eine Frau, die verwirrt und konfus auf den Liniennetzplan schaut.

„Wo sind wir denn?", fragt sie ihn.

Er murmelt nur „Unterhaching".

„Aber ... aber ... wo ... wo sind wir denn: Fasangarten oder Fasanenpark? Ich glaube, ich habe mich verfahren." Sie fängt zu weinen an.

Es ist spät. Er hat plötzlich Mitleid mit der Frau. „Ich helfe Ihnen in Unterhaching beim Umsteigen", sagt er.

Wo kommt denn jetzt auf einmal dieses verdammte Mitleid her, hört er sich im Stillen fragen. Doch noch ehe er diese Frage zu Ende gedacht hat, schaut er zu dem Liniennetzplan hinauf und sagt: „Schauen Sie, hier ist Unterhaching", und zeigt mit dem Finger darauf.

Er erschrickt, er hat sich verraten. Doch die Frau zeigt keine Reaktion. Warum zum Teufel reagiert sie nicht, überlegt er. Seine blutverschmierte Hand war doch deutlich zu sehen. Ich würde jetzt schreien, denkt er. Sie hat es nicht gesehen, weil sie verwirrt ist, genauso ist es, besänftigt er sich. Doch schon der nächste Gedanke jagt ihm wieder einen Schrecken ein: Was ist, wenn sie sich später an seine blutigen Hände erinnern wird? Was ist, wenn ihr dieses Detail erst im Nachhinein bewusst wird? Er muss sie beseitigen. Er entscheidet, dass es geschehen wird, wenn er ihr beim Umsteigen hilft.

Die S-Bahn fährt in den Bahnhof ein und dabei fällt sein Blick auf die mit Glas überdachte Treppe zum Bahnsteig. Die Treppe, durchzuckt es ihn. Er wird sie die Treppe hinunterstoßen. Es wird wie ein Unfall aussehen. Es wird kein Verdacht auf ihn fallen. Sie werden ihn nicht finden und keiner wird seine blutigen Hände bemerken.

„Kommen Sie mit, ich zeige Ihnen, wo Sie hin müssen", sagt er zu der Frau, als sie aussteigen. Er geht langsam, lässt die anderen Aussteigenden vorbei. Er bleibt vor den beleuchteten Infotafeln stehen. Er zeigt ihr nochmals den Linienplan: „Sehen Sie die Stecknadel im Plan, da sind wir, in

Unterhaching. Sie müssen zurückfahren, auf dem Gleis dort drüben. Die Treppe runter und auf der anderen Seite wieder hoch."

Er prüft, ob keiner mehr am Bahnsteig ist. Auch auf dem anderen Bahnsteig gegenüber sieht er niemanden. Sie sind allein. Ideal.

Alles ist gut gegangen, stellt er fest.

Fahr niemals mit der Vorletzten!

Gertraud Schubert

Allgemeines Aufatmen sobald wir in den Wagon einsteigen. Unsere schwarze Kleidung, die Kappen, wie wir die Fahrgäste mustern – alles lässt sie denken, wir wären vom S-Bahn-Sicherheitsdienst. Von wegen!

Ja, wir mustern die Fahrgäste. Da wäre dieses ältere Ehepaar. Sie: „Ich bin noch ganz hingerissen von dem Kleid, das die Sängerin trug. Nur schade, dass sie so dick geworden ist, was sag ich, fett wird sie, richtig fett – schade, aber das Kleid war schön."

Er: „Das Wichtigste an einer Sängerin ist die Stimme und nicht die Figur. Ein gewisses Körpervolumen ..."

Die zwei kommen nicht in Frage: Betablocker, Blutverdünner, Voltaren – so ein Senior ist eine wandelnde Apotheke. Auch diese zwei Typen, die am Fenster fläzen und auf ihren Smartphones herumhacken: Red Bull mit Whisky. Kannst du vergessen. Diese Kombination aus Koffein und Alkohol ist nichts für unsereinen. Drei Bierleichen richten sich mühsam auf, als wir vorbei gehen. Ein mittelalter Mann, durchaus sportlich, graues Gesicht, graue Haare, graue Kleidung, mustert uns misstrauisch. Ob der bemerkt, dass wir keinen Schriftzug auf unserer Kleidung haben, dass wir nur so aussehen wie die Sicherheitswacht? Den leicht modrigen Geruch? Scheint der Typ scharfer Beobachter zu sein. Aber natürlich legt er sich nicht mit uns an. So schlau ist er schon.

Der nächste ist vielversprechender: Typ Businessmann mit Rollkoffer, auf dem Rückweg von einer Dienstreise. „Ja, Schatz, sitze in der S-Bahn. War alles sehr hektisch. Freue mich. Bis gleich." Verdreht die Augen und steckt das Handy weg. Ich nicke meinem Kameraden zu. Der ist auch fündig geworden. Eine junge Dame, alleine, scheint nüchtern zu sein, trägt trotz der späten Stunde Sonnenbrille. Aha, Krach mit dem Freund. Ideal für uns!

„Fahrkartenkontrolle", fordere ich den Mann auf. Er fischt eine Streifenkarte aus der Jacketttasche.

„Sechs Streifen vom Flugplatz bis hierher ist zu wenig", sage ich.

„Äh, ich hab ja noch mein Jobticket, Innenraum."

„Das geht aber nicht. Jobticket und Streifenkarte kann man nicht kombinieren."

„Bis jetzt hat da noch nie jemand was gesagt."

„Dann sage ich es Ihnen jetzt. Bitte steigen Sie mit mir an der nächsten Haltestelle aus. Dann klären wir das."

Er zieht den Bügel aus seinem Rollkoffer und folgt mir. Auch mein Kamerad steigt mit der jungen Frau aus. Am Fenster das misstrauische Graugesicht. Bestimmt schreibt er gleich am Morgen einen bitterbösen Leserbrief über die Unhöflichkeit der Sicherheitsleute, die Willkür der Fahrkartenkontrolleure und die Widersprüchlichkeit des Streifenkartensystems. Viele andere Nachtschwärmer eilen den Bahnsteig entlang, klackern die Treppe hinunter. Ich geleite meinen Mann zur nächsten Bank. Der Rollkoffer hickelt über das Pflaster. Schon ist der Bahnsteig leer. Am Park-and-Ride gehen ein paar Scheinwerfer an, die Autos fahren weg. Wir sind allein auf dem Bahnsteig. Ich beuge mich über den Mann. Er schließt die Augen.

Wie lange braucht der Oktoberfestbesucher für eine Maß Bier? Wir brauchen für unsere Maß nicht mehr als fünf Minuten. Aber das Blut hat einen Stich, einen Hintergrundgeschmack, der mir nicht behagt. Hätte doch den Grantlhuber, ich meine den potentiellen Leserbriefschreiber, nehmen sollen. Aber das Blut so einer Zwiderwurz schmeckt nach seiner eigenen Bitterkeit.

Natürlich lassen wir unsere Opfer nicht völlig leergesaugt auf dem Bahnsteig zurück. Das machen nur Anfänger. Oder diese Neuzugänge aus den Karpaten, die vermehrt hier auftauchen. Eine Maß reicht. Sie werden aufwachen, wenn die nächste S-Bahn einfährt. Werden sich wundern, warum sie hier auf dem Bahnhof gestrandet sind.

„Schatz," wird der Mann seiner Frau am Handy erklären, „stell dir vor, ich bin zwei Stationen zu früh ausgestiegen. Diese S-Bahnhöfe sehen doch alle so verdammt gleich aus, dieselben Dächer, dieselben Bänke, dieselben Automaten, sogar dieselbe Werbung. Ja, da kann man sich schon einmal täuschen. Die Bahnhofsschilder sind ja auch so angebracht, dass man sie erst sieht, wenn die S-Bahn schon wieder fährt."

Es fährt sogar noch eine S-Bahn, die letzte für diese Nacht. Diese nehmen wir nie, immer nur die vorletzte. Damit unsere Leutchen noch Chancen haben, heim zu kommen. Nett von uns, nicht? Natürlich wollen wir auch noch heim-kommen – das ist der wahre Grund. Was heißt heim, jetzt geht es noch nicht nach Hause. Erst gibt es noch Party, Tanz der ... – Sie wissen schon. Heute im Ostfriedhof.

Wir warten auf die Gegen-S-Bahn, die uns wieder in die Stadt zurück bringt. Das Grau-gesicht steigt aus. Na so was! Ist umgekehrt! Wie misstrauisch er uns mustert. Schon echt tapfer der Mann. Wie nennt man das? Bürgerschaftliches Engagement? Schaut nach, was aus den beiden von den schwarzen Sheriffs Verschleppten geworden ist. Kann sich ja um die junge Frau kümmern. Die hängt noch halb ohnmächtig auf der Bank. Der Mann dagegen steht schon, etwas wacklig noch, hat schon das Handy am Ohr.

Graugesicht mustert mich misstrauisch, die Stirn in Falten gelegt. Ich kann nicht anders: Ich ziehe die Lefzen hoch, damit er meine Fangzähne sieht. Er wird bleich, weicht zurück. Ich springe in die S-Bahn, die Tür schließt sich. Die S-Bahn fährt an. Er bleibt am Bahnsteig zurück.

Nur wenige Fahrgäste stadteinwärts um diese Zeit. Ein paar magere Hühnchen, zwei bierdunstende Schweine. Mein Kamerad wirkt irgendwie benommen.

„War's nicht gut?", frage ich.

Er schüttelt den Kopf. Langsam tropfen seine Worte aus dem Mund. „Die hat was genommen."

„Was? Hasch? Koks?"

„Weiß nicht. Was unbekanntes. Badesalz vielleicht."

Auch mein Kunde hat etwas genommen. Soeben baut sich die Wirkung auf: Viagra.

Zum Kotzen! Muss denn jeder etwas nehmen? Wo finde ich mein Traumblut: jung, bio, vegan, gluten- und lactosefrei?

Verdrusslinie

Sehr verehrte Fahrgäste

Michael Fromholzer

„Sehr verehrte Fahrgäste, bitte benutzen Sie DIESE S-Bahn bis zum Ostbahnhof und steigen Sie dort in die S3 Richtung Holzkirchen um."

Ich bin ja schon froh, dass ich die Durchsage rechtzeitig gehört habe, denn es ist sehr spät geworden. Die Durchsage höre ich am Marienplatz so gegen 1:10 Uhr. Die S3 sollte um 1:26 Uhr von dort abfahren. Na gut, dann geht's halt mit umsteigen heim – Hauptsache, dass etwas fährt.

Dann am Ostbahnhof keine S3 zu sehen, weder bereitgestellt noch an der Anzeigetafel. Auf Nachfragen im Schalterhäuschen heißt es, die S3 ist gerade raus. Schon komisch, dass ich, als die S3 gerade raus gefahren ist, noch in der S-Bahn Richtung Ostbahnhof gesessen bin. Jetzt ist die S-Bahn einfach so raus, Richtung Holzkirchen und zwar NICHT SO wie es im Fahrplan steht.

„Und warum haben dann die am Marienplatz durchgesagt, man könne am Ostbahnhof umsteigen in die S3?"

„Ja, des weiß ich auch nicht, die S-Bahn ist auf alle Fälle grad raus."

Ach, ich sehe jetzt, da wird doch eine S3 angezeigt ganz oben auf dem Display, ein

Hoffnungsschimmer. Aber dann lese ich: S3 Holzkirchen in 260 Minuten.

Ich möchte jetzt nicht weiter auf meine Gedanken und Flüche eingehen. Sauwütend überlege ich, was es für Alternativen gibt. Jetzt könnte ich natürlich warten und noch in eine Disco gehen – die sind ja eh gleich am Ostbahnhof – und mit einer sehr frühen Bahn heimfahren. Ich könnte auch zu Fuß nach Hause gehen, entdecke Deine Umgebung bei Nacht. Das wäre bestimmt sehr spannend. Sollte man dieses Projekt nicht mal an Schulen und Universitäten einführen – in Kooperation mit der MVG? Ich frag gleich mal nach, vielleicht ist ja eine Förderung des bayrischen Staates für dieses Projekt drin. Und überhaupt, ich habe diese Idee gehabt, da bekomme ich mächtig Kohle, Copyright und so…

Aber doch nochmal zurück zu meinen Alternativen, da bleibt quasi nur noch das Taxi. Disco und Fußmarsch scheiden aufgrund von Müdigkeit definitiv aus. Es finden sich ein paar Leute, die auch nach Unterhaching müssen, und schon ist eine Taxi-Gemeinschaft gegründet. Kosten werden aufgeteilt und irgendwie hat's keiner passend, aber alles kann geklärt werden …

Das Taxi hält am Bahnhof Unterhaching, weil das für alle am besten ist. Auf dem anschlie-ßenden kurzen Fußweg nach Hause denke ich, ob man die MVG mal verklagen könnte wegen

Nötigung oder noch besser wegen Freiheits-
beraubung. Die berauben mich doch meiner
Freizeit, wenn sie Verspätungen oder Ausfälle
haben. Was könnte ich da alles machen, wenn ich
nicht warten müsste, das ist ja schließlich immerhin meine Freizeit. Ich könnte so schön meine
Ruhe haben, auf dem Kanapee sitzen, hätte noch
ein Bier in der Wirtschaft trinken können, länger
mit meinen Freunden zusammen sein. Ich könnte
dies und das …

Gesetzt den Fall, ich hätte jede Minute, die ich
wegen Verspätungen etc. verloren habe, zusam-
mengerechnet: da wüsste ich schon gerne, was
des jetzt genau ausmacht. Hinzu kommt noch die
Aufregung – in diesem Falle käme sogar noch
Schlaf-Entzug hinzu – also da käme sicher was
zusammen, was ich an Zeitvergütung und an
Schmerzensgeld bekommen könnte.

„Schmerzen?", sagen Sie. „Da sind keine."

Also bitte, jetzt warten Sie mal 260 Minuten
bei minus 20 Grad am Ostbahnhof. Ich könnt ja
ein Taxi nehmen? Ja woher wissen Sie denn, ob
ich kein Hartz-4-Empfänger bin, dem ein Taxi zu
teuer ist?

Ich schildere per Mail den Vorfall an die MVG.
Aber jetzt ist das halt so, dass da keine Antwort
gekommen ist. Also verstehen Sie, keine
Reaktion. Ja, warum auch, als „Sehr verehrter
Fahrgast", da muss ich ja nicht ernst genommen

werden. Da kannst mich ruhig 260 Minuten stehen lassen und mich quasi ignorieren. Ja warum musst du jetzt auch so spät in der Nacht heimfahren, ehrlich wahr. Bist du etwa Hartz-4-Empfänger und machst dir auf Staatskosten ein tolles Leben, schlägst dir die Nächte um die Ohren, zahlt ja der Steuerzahler, passt schon ... fahr halt früher heim, informier dich gescheit über den Fahrplan, dann kommst du auch pünktlich nach Hause …

Also nicht einmal eine Entschuldigung ist gekommen, obwohl ich ja ein verehrter Fahrgast bin. Aber denen werde ich es zeigen, die werden noch weinen, wenn sie meinen Namen hören:

Ich verklage die jetzt wegen Freizeitberaubung, um Schmerzensgeld, wegen Zurückhaltung wichtiger Informationen ... und hinzu kommt noch das Copyright wegen der Idee zu meinem Projekt mit der bayrischen Staatsregierung.

Wissen Sie, was ich dann verdiene? Also da bin ich doch schon „ein verehrter Fahrgast". Hoff ich doch.

Welcome to Munich

Kilian Winter

Trillerpfeifen, Plakate, aufgebrachte Menschen. Ein amerikanischer Nachrichtensender berichtet live aus der bayerischen Hauptstadt, er kann sogar in seinem kalifornischen Studio exklusiv die Person begrüßen, an der sich der Zorn entzündet: Edward Key, Self-Made-Millionär aus San Francisco mit chinesischen Wurzeln. Mit Verkaufsautomaten für Süßigkeiten, belegten Semmeln und Kaffee wurde er groß, jetzt will er in Europa den Markt aufmischen.

In München wird das TV-Interview auf höchster Ebene erwartet: Die Geschäftsführerin des öffentlichen Personennahverkehrs hat zur Krisensitzung geladen und alle Entscheidungsträger vor einem überdimensionalen Fernseher versammelt.

Bevor die ersten nach den bereitgestellten Getränken und Snacks greifen, zeigt der Gewerkschaftsboss bereits auf die aufgebrachte Menge vor dem Fenster und poltert los: „Da draußen stehen meine Leute! Die sorgen für Ordnung im Personennahverkehr. Wenn Amerikaner mitmischen, heißt das immer Geldgier und Jobverlust. Nicht mit uns, da werden alle Räder stillstehen, so lange ich Gregor heiße!"

„Achtung, es geht los!" Björn, die rechte Hand der Geschäftsführerin, mahnt zur Ruhe.

„Dear Mr. Key, welcome to our show!", beginnt die amerikanische Moderatorin Ella das Interview, „Congratulations on becoming a stakeholder and CEO of the Munich public transport system."

„Thank you", bedankt sich Mr. Key. „Yes, it was a big deal to purchase this tiny piece of cake, forbidden fruits are the sweetest."

Maren schaut verbittert zum Fernseher. Vor wenigen Wochen wurde ihr die Geschäftsführung der Verkehrsbetriebe übertragen, doch bald würde ein amerikanischer Cowboy an ihrer Seite mitmischen.

„Mr. Key, angry members of the public transportation system are demonstrating in Munich, mainly the ticket inspectors. Why are those people so angry?"

„Well, I think they do not recognize that my share increase of the Munich public transportation system to 49% is the best for the citizens. They probably fear the reduction of workers, which attacks their German sense of justice."

„Was sagt er? Kann mal einer übersetzen?"

Björn sieht in die hilflosen Blicke der Runde und fasst zusammen: „Er meint, die Vorschläge wären gut für die Münchner Bevölkerung, aber unsere Mitarbeiter würden Entlassungen und einen Anschlag auf den deutschen Gerechtigkeits-sinn befürchten."

Die Kamera schwenkt zurück auf Ella, die mit maliziösem Lächeln bereits die nächste Frage stellt: „What exactly happened, what is the story behind it?"

Mr. Key antwortet gelassen: „A few months ago, we developed a new ticket machine, kind of a pilot project with the Munich S-Bahn. We'll place it at the airport and I'm sure it will be a great success. Folks will love the new system, how simple it is to buy a ticket. They'll recognize immediately the difference to the current Stone Age ticket system."

„Er meint, alle Münchner werden seinen neuen Fahrkartenautomaten lieben und das jetzige Ticketsystem sei aus der Steinzeit!"

Holger platzt der Kragen: „Wie kommt der auf sowas, was bildet der sich ein?", empört er sich, „Wir Informatiker haben jahrelang die Details der heutigen Tariflogik entwickelt und das Transportsystem ins 21. Jahrhundert katapultiert!"

Ella scheint seinen Einspruch auf der anderen Seite der Erdkugel gehört zu haben: „Stone Age? In Germany? I thought they were perfect, everything is arranged in detail. What could be the problem to purchase just a ticket from the airport to the city?"

„Sie fragt, was daran so schwer sein könnte, eine Fahrkarte vom Flughafen zur Innenstadt zu lösen. In Deutschland sei doch alles perfekt geregelt."

„Genau!", ruft Gregor spontan aus und erhebt sich von seinem Platz. „Wenn etwas gut organisiert ist, dann in Deutschland." Zielstrebig erreicht er das Buffet und belädt seinen Teller mit Weißwurst, Brezen und süßem Senf. Wenn er schon spätnachmittags in einer Besprechung seine kostbare Zeit verschwenden muss, dann wenigstens mit gut gefülltem Magen.

Mr. Key erläutert Ella seine Darstellung: „The Germans like to be perfect, right. That is maybe their advantage, but also their problem: If you look to their train ticket pay scale system, you can compare it with the annual tax declaration. Millions of traps and one needs a tax adviser not to be guilty."

„Der sagt, unser Tarif-Dschungel wäre so komplex wie die Steuererklärung. Beim Ticket-kauf bräuchte man fast einen Anwalt, um unschuldig zu bleiben."

„And", fährt Mr. Key fort, „it's a pity that the ticket system is just acting against the passengers, not for them. They are not really seen as customers, but as cargo."

Bevor Björn weiter übersetzen kann, poltert Holger bereits los: „Typisch Amerikaner, bleiben wie immer oberflächlich und machen sich nicht die Mühe, in die tiefgreifende Logik unseres ausgefeilten Ticket-Preissystems hinein zu tauchen."

Maren gießt sich selbstbewusst das erste Weißbier ein und kommentiert entspannt: „Wir sind uns eben selbst am nächsten. Das jetzige Tarifsystem hat für uns als Betreiber doch jede Menge Vorteile, lassen wir ihn nur reden."

Ella hakt nach: „Seems to be pribble-prabble, or? We live in the 21st century with user-friendly machines. Let's give it a try: I arrive at the Munich airport and plan a nice day with my family. The travel guide Marco Polo mentions the Zoo as a famous spot. Thus, I just buy a ticket with destination 'Zoo' for my family at the ticket machine, right?"

Mr. Key entgegnet mit breitem Grinsen: „Good luck, the station 'Zoo' is not present in the ticket machine! However, you can buy more exotic tickets like Unterhaching to Moscow."

Maren fällt die Kinnlade herunter: „Sagen Sie mir, dass das nicht wahr ist!"

„Jetzt seien Sie nicht so streng", verteidigt Sven seine Automaten. „Mit unserem System können Sie von jeder Milchkanne eine internationale Verbindung suchen und eine Fahrkarte kaufen, wer will denn schon zum Zoo?"

„Genau!", fügt Gregor hinzu. „Die Münchner kennen ihn als Tierpark. Da muss der gnädige

Fahrgast eben einmal sein Gehirn einschalten. Aber da dort der Cappucino sowieso schon vier Euro kostet, wer will sich das Vergnügen überhaupt noch leisten?"

„Mr. Key, you started your career with vending machines for coffee. What is the reason to start the first field trial in Munich and not in the USA?"

„Hm", räuspert sich Mr. Key, „my Chinese niece told me that she had an adventure to simply buy the right ticket at the airport. Sadly, she did not know that punching was needed. She got caught by two ticket inspectors and felt like a felon. Unfortunately, she didn't have the 60 Euro to pay the penalty and Renminbi was not being accepted. It was her first visit to Munich and by this treatment, she got the shock of her life. I do not have the full picture, but due to the social media reports over the last years, her case seems not to be an exception. Eliminating the status quo is my honorable goal."

Björn fasst zusammen: „Seine chinesische Nichte kaufte am Flughafen angeblich eine richtige Karte, vergaß aber zu stempeln. Die Fahrkartenkontrolle war wohl nicht sehr charmant und akzeptierte zudem keine Renminbi. Gab wohl auch einen Eklat in den Social Media. Jetzt will er sich rächen und unser System mit umgebauten Kaffeeautomaten eliminieren."

„Unglaublich!", ruft Maren. „Ich habe doch die Anweisung gegeben, auf der Flughafenstrecke umsichtig mit unseren internationalen Fahrgästen umzugehen!"

Sven kommentiert lakonisch: „Urlaubszeit, Vertretungsregelung, die berühmte bayerische Herzlichkeit, Sprachschwierigkeiten."

„Auf meine Kontrolleure lasse ich nichts kommen!", reagiert Gregor empfindlich. „Wenn sich ein neuer Fahrgast vor dem Einsteigen nicht mit unserem Tarifsystem auseinandersetzten will, muss er das spätestens nach dem Einsteigen in Begleitung meiner Kollegen tun."

Die Moderatorin hakt nach: „Mr. Key, why are you so upset? If your niece did not have a valid ticket, then a penalty is the natural consequence. And it is fair towards the other honest passengers who bought a valid ticket."

„Dear Ellen, let me ask you a question: What are the best scales of justice? A simple system where everybody has the chance to buy a valid ticket or a complex system with the high potential to sail close to the wind, even if you bought an expensive ticket but unfortunately a wrong one?"

„Typisch, jetzt drückt er auf die Tränendrüse und wird philosophisch", kommentiert Holger. „Unsere Tarif-Logik für S-Bahn, Bus und Tram stehen auf gerechten 107 Seiten, für jeden einsehbar, mathematisch korrekt und juristisch sauber formuliert. Einfach irgendein Ticket zu kaufen, wo kämen wir denn da hin? Wem das zu kompliziert ist, der soll halt mit dem Taxi fahren!"

Sven ergänzt: „Außerdem unterstützten unsere Fahrkartenautomaten neben Deutsch noch viele andere Sprachen, auch Englisch, Spanisch und Französisch. Lesen müssen die Fahrgäste schon selbst."

„Objection!" wirft Björn ein. „Nur die Menüs sind in verschiedenen Sprachen, die 107 Seiten Tarif-Infos sind im Automaten nur auf Deutsch hinterlegt!"

Die Runde fühlt sich ertappt und nippt verstört an ihren Gläsern.

Mr. Key läuft zur Höchstform auf: „If you approach Munich by airplane, travel from the airport to the city always costs around 75 Euro. Taxi is around 75 Euro. However, cheaper public transportations like S-Bahn are in place, but there is a high chance to get caught with a wrong ticket. Beside a wrong ticket itself, some tickets need to be punched before entering the train, while others do not. If you get caught you have to pay 60 Euro penalty on top of the ticket price. Total also around 75 Euro."

„Er meint, eine Fahrt vom Flughafen kostet immer 75 Euro, egal ob mit Taxi oder S-Bahn. Da könnte man auch direkt ohne Ticket fahren."

Maren platzt der Kragen: „Was bildet der sich ein, das soll ein seriöser Geschäftsmann sein? Will der zum Schwarzfahren anstiften? Den müssen wir wieder loswerden!" Wütend leert sie ihr Weißbier in einem Zug und schlägt die Zähne in eine alte Kümmelsemmel. Holger und Gregor prosten ihr zu und reißen den letzten ungesalzenen Radi auseinander.

Die TV-Moderatorin wechselt schnell das Thema: „It's still difficult for me to understand what could be improved in a German public transport system."

„Another example: There are full blown ticket machines installed at the airport, this means you can buy a lot of different tickets there. But the only direction you can take from the airport with the S-Bahn is direction south towards the city."

Verblüffung in der Runde. Vom Flughafen ging es mit der S-Bahn tatsächlich nur in Richtung Süden.

„There are many other curiosities", fordert Mr. Key die Fernsehzuschauer auf. „Maybe people from the audience can add some more?"

Börn greift den Ball instinktiv auf und ergänzt: „Und ob, da gibt es den §12, da geht es bei den Tieren nur um den Hund. Fuhr da früher nicht einmal eine Ziege ohne Fahrschein? Und dann noch diese schicke Idee mit der Zeitbegrenzung auf 4 Stunden bei One-Way-Tickets. Wie viele

Fahrgäste haben wir letztes Jahr erwischt, die im S-Bahn-Rückstau festhingen? Und wenn ich mir die Zonengrenzen ansehe, dann ..."

„Björn, hören Sie sofort auf!", fällt ihm Maren ins Wort. „Auf welcher Seiten stehen Sie eigentlich? – Los, erst einmal eine Runde Marillenschnaps, die geistigen Ergüsse von diesem Mr. Key überlebe ich sonst nicht!"

Björn spurtet sofort los, mit seiner Chefin war heute nicht gut Kirschen essen.

Nun stellt Ella endlich die entscheidende Frage: „Mr. Key, over the last few minutes you had the chance to crucify the current ticket system of Munich public transportation. I'm wondering if you would have an answer to all the questions, resolving the complex situation?"

Mr. Key nickt ihr zu, steht auf und stellt sich im Fernsehstudio neben ein großes Objekt, das unter einem roten Tuch versteckt ist: „Attention folks, may I present the machine which is simpler to use than a modern vending machine for coffee: The first 'One-Button-Ticket-Machine' for the Munich public transportation system!"

Nach diesen Worten zieht er theatralisch das Tuch zur Seite. Ein eleganter Automat aus gebürstetem Edelstahl und mit rot-blauen Facetten kommt zum Vorschein. Der Schriftzug 'Welcome to Munich, please take your ticket!' lädt ein, den einzigen vorhandenen Knopf auf der

Frontseite zu drücken, um einen Fahrschein zu bekommen.

Björn stellt spontan das Tablett mit den Schnapsgläsern ab und applaudiert begeistert: „Die Lösung jahrelanger Qualen in einem Knopf vereint! Hinweg mit den alten Fahrkarten-Automaten, den 20 wackligen Knöpfen, den komplizierten Touchscreen-Kacheln, den gefühlt 30 Schritten bis zum Erhalt der Fahrkarte, den 107 Seiten Beförderungsbedingungen und dem ganzen verwirrenden Schnick-Schnack!"

„Björn, noch bin ich Ihre Chefin. Bitte mehr Respekt vor unserer Arbeit – und schenken Sie endlich ein!"

„Mr. Key, please give us the honor and explain how your suggestion would solve the ticket complexity of the current public transportation system in Munich."

„Thanks, Ella, my approach puts the complexity to the background system and away from the passenger. Just press the button, pay a fee of 10 Euro and get immediately a valid ticket, usable for any train without fearing that something might be wrong. As a second option, there is a one button smartphone app."

Maren blickt entsetzt in die Expertenrunde: „Jetzt sagen Sie mir schon, dass das nicht wahr ist? Ein Knopfdruck und schon hält man ein gültiges Ticket in den Händen? Für alle Strecken in München und Umgebung?"

Sven beißt entspannt in seine Brezen und beruhigt: „Wir sind seit über 25 Jahren im Automaten-Business, der Kerl ist ein Scharlatan. Wenn das mit einem Knopf geht, fresse ich einen Besen. Wie will der mit einem Knopfdruck ein gültiges Ticket für das Gesamtnetz bekommen?"

Auch Gregor reagiert verärgert: „Dieses 'One-Button-Ticket' ist ja Kommunismus pur. Alle zahlen gleich – und dann auch noch so wenig. Der Rest wird wohl vom Staat bezahlt?"

„Psst, es geht weiter!"

„The one-button-ticket-machine provides a contactless readable card. With the 10 Euro fee, you have a kind of prepaid ticket for one day for the whole public transportation system. It is valid, always! Check-in at customer spots in S-Bahn or Bus or Tram. If the travel is over, check out at the station. If you want to continue the ride, just check-in again. At the end of the day, return the ticket to the machine and you will get money back, depending on how many time and distance you spent within the transportation system."

„Klingt richtig gut", wirft Björn in die Runde, „so ähnlich wie beim Parkhaus, nur bezahlt man hier bei der Einfahrt den Tagessatz und holt vor der Ausfahrt das Restgeld am Parkautomat ab."

Doch die Gewerkschaftsseele von Gregor kocht: „Blödsinn. Die kleinen Leute zahlen bei sowas immer drauf! Wenn eine fünfköpfige Familie nur zwei Stationen zum Eis-Essen fahren will, muss sie 50 Euro vorstrecken. Ein teures Vergnügen! Bei unseren jetzigen Automaten ist das günstiger, wenn man die richtige Fahrkarte findet."

Auch die Moderatorin scheint nicht zufrieden: „For me, this sounds too simple. What about the families and the poor retired people – expensive gadget for them, isn't it?"

„Simple answer: Families with children just need one 10 Euro card, kids below 18 travel always free of charge. The retired people can save up to 50% if they choose travel times, where they do not fight seats with the working population. Basically, we will have an optimized background system, balancing ticket price and passenger load on the train routes during the day."

Holger freut sich: „Das klingt super! Und diese Optimierungsidee, das wird eine Spielwiese für uns Informatiker. Da werde ich mich sofort bewerben! Und Sie Sven, kleben Sie bei Ihren Automaten doch einfach die restlichen 19 Tasten mit Klebeband ab! Sven?"

Sven sitzt wie versteinert am Tisch, starrt ins Leere und scheint kurz vor einem Herzinfarkt: „Ruiniert, wir sind ruiniert. Nur ein Knopf? Wir programmieren doch seit Jahren nur Kacheln, wir bräuchten völlig neue Software-Ansätze, um dem Fahrgast jegliche Sucherei abzunehmen."

„Entmündigt!", Gregor läuft rot an: „Unsere Fahrgäste sollen entmündigt werden! Keiner muss mehr denken, die Arbeitsplätze unserer Kontrolleure sind gefährdet!"

Maren beruhigt ihn: „Wir haben doch eigene Pläne für das Jahr 2030. Bis dieser Mr. Key seine One-Button-Ticket-Machine installiert hat, haben wir bereits Tatsachen geschaffen! Björn, machen Sie mal den Fernseher aus, das Geschwätz will ich mir nicht länger anhören! Und jetzt 'Prosit' in die Runde!"

Schwungvoll und mit fröhlichem Klirren treffen die Schnapsgläser aufeinander. Das öligresche Kratzen des Rachenputzers hebt die Stimmung schlagartig.

Björn will gerade das Interview abschalten, da erscheint Mr. Key großflächig auf dem Bildschirm und ruft ihnen zu: „Yes, we can! We will be ready in 2018! My children should have the chance to benefit from the new ticket system before they retire!"

„Nein!", schreit Maren auf und lässt ihr Schnapsglas auf den Boden fallen: „Schon 2018 will er fertig sein! Oh Gott, wir müssen schnell handeln. Meine Herren, Task-Force, Brainstorming, her mit den Ideen!"

Der erste Vorschlag kommt von Gregor: „Eine neue Regel: Tickets bis 3 Stationen müssen gestempelt werden, ab 4 Stationen dürfen sie nicht gestempelt sein. Das würde genügend

Falsch-Stempler erzeugen und so Sondereinnahmen generieren, die wir zur Abwehr nutzen könnten."

Holger ergänzt: „Zur Abtrennung der Tarifbereiche sollten wir auf Lotosblüten-Formationen oder Mandalas umschwenken. Die Logik der konzentrischen Kreise durchschauen die Fahrgäste mittlerweile."

„Da müssten meine Leute ja auch umdenken. Erzeugen wir lieber im aktuellen System ein paar Tarif-Brennpunkte durch geschickte Streckenführung von Bus und Bahn. Wird schon niemand bewusst wahrnehmen, wenn innerorts eine Linie plötzlich für ein oder zwei Haltestellen in einen teureren Tarifkreis springt. Und dann schlagen wir zu!"

Die Runde nimmt Gregors Vorschlag wohlwollend zur Kenntnis.

Maren formuliert eine weitere Idee: „Wir könnten die Anzahl der Automaten verringern, damit nicht jeder rechtzeitig vor Antritt der Fahrt ein Ticket kaufen kann und Schwarz fährt. Außerdem werden dann die Wartungsausgaben günstiger."

„Ohne uns", protestiert Sven. „Denken Sie auch an unsere Arbeitsplätze, eine gewisse Anzahl von Automaten und Wartungsverträgen brauchen wir zum Überleben. Als Kompromiss könnten wir die Software so anpassen, dass Fahrkartenwahl und Bezahlvorgang langsamer ablaufen wie bisher. Lassen wir doch den Fahrgast die AGBs explizit bestätigen!"

Allgemeine Zustimmung. Alle Vorschläge könnten zeitnah umgesetzt werden.

Doch Gregor geht das nicht weit genug: „Wie halten wir diesen Mr. Key und seinen Ein-Knopf-Ticket-Automaten komplett von München fern? Gibt es neben Streiks und neuen Regeln noch etwas Anderes? Etwas Solides, etwas Alt-bewährtes? Etwas, das wir seinem neumodischen und futuristischen Wahnsinn entgegensetzen können?"

Maren pfiff durch die Zähne: „Ich habe eine Idee. Gibt es jemand in dieser Runde, der die Nichte von Mr. Key heiraten könnte?"

Ja wos, gibt's denn so wos wiaklich?

Reinhold Glasl

Eine Geschichte über die S-Bahn, eventuell gar über die Münchner S-Bahn, zu schreiben, erweist sich in meinen Augen als schwierig.

Denn entweder ist man S-Bahn-kundig, oder eigentlich ein Autofahrer.

Also ist man Nahverkehrsfan – oder Autofahrer – und damit schreibt man die Geschichte aus einer bestimmten Einstellung heraus. Bei mir kommt noch der Wunsch nach einerseits Perfektion, andererseits vor allem Transparenz für den Nutzer eines Angebotes hinzu. Letzteres scheint aber ein Wunschgedanke zu sein.

So war etwa 1996 in der sogenannten Gaststättenzeitung zu lesen gewesen, alles liefe gut, nur der Gast störe beim jeweiligen Betriebsablauf.

Nun fahre ich seit der Kindheit mit der Deutschen Bahn – sie war unverzichtbar, um zu den geliebten Großeltern zu kommen. Noch jetzt nutze ich sowohl Bahn wie S-Bahn fast jeden Tag, aber manchmal kann man inzwischen den Eindruck gewinnen, auch bei den verschiedenen Eisenbahnen sei alles ok – wenn nur der Fahrgast nicht informiert werden müsste.

So sollen die folgenden Betrachtungen nicht Schmähgeschichten gegen 'die Leute von der S-

Bahn' darstellen, sondern zur Erheiterung dienen. (Denn aus der resultierenden Unklarheit werden die Bahnleute manchmal selber zu 'Opfern'.)

Am einfachsten hat es der Pendler. Er weiß, wann die S-Bahn – bezogen auf ihn und seine Bedürfnisse – nicht funktioniert. Denn die Bahn funktioniert ja laut offiziellen Mitteilungen immer, andauernd und ständig – nur in seinem Falle, da scheint es doch oft ein wenig problematisch zu sein.

Die Pendler stehen also – tagein und tagaus – um (sagen wir einfach mal) sieben Uhr an der Haltestelle. An 'ihrer' Haltestelle.

Sieben Uhr ist – hier wären theoretische Physiker mit ihren oft einem Künstlerleben entlehnten Verhaltensweisen überrascht – ein durchaus nicht so früher Zeitpunkt.

Es ist ein Zeitpunkt, an dem die meisten Linien schon drei- oder viermal ihre Züge vorbei geschickt haben, vielleicht sogar öfters.

Sieben Uhr ist also eine Zeit – eher ein Zeitrahmen für die Bahn – wo man sagen kann: Der vorhergehende Zug hält die Gleise noch belegt und dies vor allem deshalb, weil der vorvorige Zug – allerdings einer anderen Linie – noch nicht woanders abgefahren ist.

(Wahrscheinlich arbeiten bei der Münchner S-Bahn viele freundliche Zugführer, welche auch zu spät kommende Fahrgäste noch mitnehmen wollen, ehe die sich über schlechte Anschlüsse beschweren.)

Somit kommt es zu den fast jeden Tag hörbaren Erklärungen über Lautsprecher, „… weil der vorhergehende Zug das Gleis noch belegt hält!", anstatt dass jemand in der Schaltzentrale sich Gedanken über dieses stete Vorkommnis macht.

Dies weiß der Pendler – alt und grau im Dienste der Nutzung der roten Wagons geworden – natürlich und deshalb überlegt er sich jedes Mal, einen Zug früher zu nehmen.

Dann aber würde er eventuell den Expressbus nehmen können um 07:13 an der Starthaltestelle und wäre um 07:23 an seinem Arbeitsplatz. Genau 37 Minuten zu früh. Nicht alle Firmen haben großzügige Gleitarbeitszeitrahmen, und man würde siebenunddreißig Minuten Freizeit verlieren. Man würde seine eigene, individuelle Zeit durch Warten, Herumstehen und – wie man bei uns sagt – 'Dumm schauen' totschlagen.

Deshalb nimmt man eben den Zug um sieben Uhr. Welcher zwar selten um sieben Uhr von 'seiner' Haltestelle abfährt. Aber dann doch so eintrifft, dass man im allgemeinen einige Minuten nach halb acht Uhr am Zielbahnhof ankommt, dreizehn Minuten wartet und genau zwei Minuten vor Acht an der Firma aufschlägt. Zumindest an der Bushaltestelle dazu.

Abends dann das Ganze in die andere Richtung zurück – zumindest an der passenden Bushaltestelle (wobei andererseits die Gefahr wächst, in die Abendzeiten des vorgezogenen S-Bahn-Stammstreckenausbaus zu kommen). Vor allem, wenn der Kunde aus Übersee nicht wie versprochen um 17 Uhr, sondern erst um sieben abends anrief. Dann schiebt sich alles in die Runde der Späteinkäufer und – siehe oben – gefährlich nahe an vorzeitige Stilllegungen und Ähnliches heran. Man kommt dann nicht mit den gewohnten Gesichtern zusammen, sondern hat erste Kneipenheimkehrer oder vorgeglühte Jugendliche auf ihrer 'Express-Spaßtour' vor sich. Für Frauen eine wenig erfreuliche Angelegenheit. Vor allem, wenn sie wie Frauen aussehen. Und dies merken die abgefüllten Schnapsdrosseln oder aufgeheizten Jungmannen komischerweise sehr bald.

Weshalb die Frau von heute immer wieder im Autogeschäft nebenan zu sehen ist.

Frauenparkplätze und die Tiefgarage der Firma sind eben doch eine Verlockung, welcher man gerne nachgibt ...

Wobei ich mich nun wiederum frage, wer dann so lange an den Haltestellen herumsteht und bald alles blockiert dort für die Nachfolgenden – denn die Männer fahren ja eh' meist sofort mit dem Wagen ...

(Das Letzte nach den Erzählungen einer betroffenen Frau)

Nachtlinie

Reinhold Glasl

Betritt man eine S-Bahn in München, so kann man sich sofort des Interesses seines Gegenübers versichern, wenn man etwas in Richtung „Naja, heute scheint sie pünktlich zu sein..." oder „Gerade noch geschafft – die Anschlüsse werden auch immer knapper" von sich gibt.

Bestätigendes Kopfnicken wird nicht nur bei redseligen Damen unbestimmten Alters mit einem Klagelied unterstützt, sondern auch zurückhaltend erscheinende Männer mit Jackett und Schnauzbart stöhnen auf und geben klagend Erlebnisse in diesem hyperventilierenden Chaos von rot-weißen Waggons, zu kurzen sogenannten 'Lang'-Zügen und streikenden Türschließ-automatiken oder rüpelhaftem Wachpersonal wieder ...

So erfährt man z.B. von einem mitleidigen Rentner, welcher eine ihm bis dato unbekannte junge Frau samt deren Gspusi nachts um halb zwei ins Oberland heimbrachte:

Nach einem Münchenbesuch auf der Wiesn hatten die beiden nämlich das Auto brav stehen gelassen, sich aber im Wirrwarr des Tarif-dschungels verfangen. Offenbar wurde dies, als eine Truppe vom Sicherheitspersonal die beiden jungen Leute ansprach und die Erlaubnis zur Beförderung – kurz: Fahrkarten – sehen wollte.

Während der junge Mann der Ansicht war, Fahrkarte sei Fahrkarte, fühlten sich die Wachleute zur Rettung des Abendlandes und der Zurechtweisung der Jugend verpflichtet. Da die Wachleute selber jung, männlich und dem anderen Geschlecht offensichtlich zugetan waren, kamen sie mit der Begleitung des hübschen Fräuleins bald ins Unreine.

Genau als ich selber aussteigen musste, drängten sie die beiden aus dem Zug. Wobei das Mädchen trotz – wie ein Wachmann meinte – 'eigentlich gültiger Fahrkarte' ihren Freund nicht im Stich lassen wollte.

Somit standen die beiden nachts und fast schon auf freier Strecke – so erschien es den beiden jungen Leuten zumindest – und sahen die letzte S-Bahn mit Ziel Holzkirchen in dieser Nacht entschwinden.

Ohne den sich zum Samariter entpuppenden Rentner, welcher ebenfalls den Wagon verließ und die junge Frau mitleidig ansprach, wäre es ein Fußmarsch von mindestens sechs Stunden gewesen – denn das Handy lag im Wagen auf einem Parkplatz in München und damit auch die Möglichkeit, ein Taxi zu rufen.

Nur zwei Kilometer

Reinhold Glasl

Manchmal ist das sich ständig Weiterverspäten der S-Bahn gewürzt mit bayerischem Dialekt – aber auch erkennbarem Wirrwarr an Vorschriften der (preußischen?) Leitung, so 2013 in Taufkirchen südlich München erlebbar:

Schon beim Näherkommen war mir die unglaubliche Masse an Wartenden am langgestreckten Bahnhof aufgefallen. Schüler, erste Heimkehrer aus der Arbeit und Frauen mit schreienden Kindern auf dem Weg zum Arzt drängten sich auf dem schmalen Betonblock, welcher sich mit gefühlten 1,5 Meter Breite auf ca. 200 Meter dahin zog. Zu einem Teil sogar mit einer schmalen Abdeckung – Regenschutz wäre schon fast zu viel gesagt – versehen.

Laut meinem Blick in den Fahrplan sollte der sich nähernde Zug nur 15 Minuten Verspätung haben, die Realität war jedoch eine andere.

Beim Einsteigen bekam ich durch Zufall mit, dass die drei Bahnen zuvor schlicht nicht gekommen waren – und so drängte sich die vierfache Zahl an Fahrgästen ins Zuginnere.

Das übliche Piepen ertönte, die Türen schlossen sich – der Zug der S-Bahnlinie S3 Richtung Mammendorf ruckte an.

Wer jedoch eine zügige Weiterfahrt nach dem endlosen Warten erwartet hatte, sah sich gründlich getäuscht. Keine 250 Meter weiter hielt alles an.

Eine Stimme ertönte, und der Zugführer – obwohl sicher selbst von den Umständen schon hochgradig genervt – sagte ruhig, klar und in schönstem Bayrisch:

"Wenn ´z äz denkts, Ia habt's as üwaschdand'n, dann daischt's eich! So schnoi samma ned in Minga."

Nach dieser Ankündigung über weitere Verzögerungen, mit dem – vermutlich vorschriftsmäßigen – Halt kurz nach Verlassen des Bahnhofs, stand der Konvoi aus rotweißen Wagen. Und er stand lange – mitten auf der Strecke der S3 zwischen Taufkirchen und Unterhaching – und bewegte sich nicht mehr. Gott sei Dank war es Sommer, so dass das Fehlen von Toilettenanlagen durch Ausschwitzen kompensiert werden konnte.

Die zwei Kilometer bis zu meinem Ziel, der übernächsten Haltestelle, dauerten über eine halbe Stunde, bis München Stadt hatte ich gar nicht fahren wollen. Vielleicht wären die Verlautbarungen in Mundart des seinerseits auch genervten Fahrers noch ganz interessant geworden. Denn Hinweise an Wartende hatte es auf dem Bahnsteig nicht gegeben.

Es scheint, als sei es nach Ansicht des MVVs (Münchner Verkehrsverbunds) wohl so, dass Personen, welche nichts zu tun haben als mit der S-Bahn durch die Gegend zu gondeln, froh sein sollten, dass sie überhaupt mal ankommen.

Gerne und wenn möglich pünktlich transportiert man also die berufstätige Bevölkerung, 'Nichtstuer' aber werden abschätzig angesehen. (Wobei ich niemanden kenne, der oder die zum Spaß ein Ticket löst und sich auf – manchmal ungewisse – Fahrt begibt.)

Schienenersatzverkehr

Reinhold Glasl

Begründungen für Verspätungen, falsche Ziel-
anzeigen usw. gibt es bei der S-Bahn immer
viele. Seltsamerweise selten aber zu der Zeit, wo
man sie braucht, um sich selber im Chaos
orientieren zu können.

Im Frühjahr 2015 z.B. gab es am Ostbahnhof
regelmäßig immer wieder Umwidmungen der
Ziele von Zügen. Meist bei solchen, welche von
Nordosten kamen und dann plötzlich ohne ver-
ständliche Ansage nach Südosten fuhren, weil der
sogenannte S-Bahn-Tunnel, (oder auch 'Stammstrecke') nicht befahrbar war. Warum auch immer
– es sollen Züge doch dort durchgefahren sein zu
der Zeit.

Bauarbeiten und Streiks werden zwar in der
lokalen Presse schon lange zuvor diskutiert – wie
sich alles in Wirklichkeit abspielt und was
tatsächlich mit den Reisenden geschieht, steht auf
einem anderen Blatt.

Streiks, Unwetter – gar Schnee – oder techni-
sches Versagen sind etwas, das es im Vor-
schriftenkatalog des MVV nicht zu geben scheint.
Erst recht nicht Anweisungen zur Umschiffung
von Problemen oder gar solche, welche dem
allgemeinen Publikum schnell erklärbar sind. So
hat die S-Bahn zwar manchmal Busse für

ausfallende Züge, aber wo diese sind (und welcher Reisende aus Offenbach oder London kennt schon die Abkürzung SEV für Schienenersatzverkehr?) und wann sie – wenn überhaupt – fahren, ist gerne unklar.

So beklagte sich damals ein vom Flughafen anreisender Vater, welcher die Betreuung seines Sohnes übernehmen sollte, für weitere Stunden fern der Wohnung festgehalten zu sein. Er erntete eine nichtssagende Antwort vom Bahnpersonal und fertigte von diesem ein Bild an, was eine Verfolgungsjagd über den Bahnsteig auslöste. Der Mann hatte ein Bild vom Fahrdienstleiter im Glauben erstellt, bei einer späteren Gerichtsverhandlung könne dies von Nutzen sein.

Während ich in Ermangelung eben eines Ersatzverkehres der Bahn zum Taxistand ging, drohte dem ungeduldigen Vater eine Anklage wegen unerlaubten Fotografierens einer nun noch wütenderen Amtsperson.

Man soll eben Kinder nicht alleine lassen, denn wo kämen wir denn da hin, wenn die S-Bahn nicht mal für einen halben Tag ausfallen dürfte – einfach so und ohne Hexenwerk oder Zauberei ... :-)

In den Jahren 2014 und 2015 musste ich auf meinem Heimweg oft das Taxi auf Grund fehlender Anschlüsse oder Weiterfahrten nehmen.

So bei manchem angekündigten Schienen-
ersatzverkehr (SEV) nach Holzkirchen für
Fahrten gegen Ende der Betriebszeit – sprich: um
Mitternacht.

Um den vermuteten SEV auf alle Fälle zu
erreichen, traf ich früher an den vorher ausge-
kundschafteten Orten ein, als nötig gewesen
wäre.

Was ich ohne Suchen sofort sah, war ein völlig
überfüllter Bus in meine Richtung (also Holzkirchen, davor liegt ja Unterhaching). Nach einer
Stunde stieg ich wieder aus dem Bus aus und
sprach einen Busfahrer in einem Bus, welcher
ebenfalls die Destination Holzkirchen trug, an.
Unwirsch wies mich der Mann ab und startete
kurz darauf leer(!) – und verschwand (ohne Fahrgäste, ohne die wartenden Kunden, ohne Inhalt
und ohne zu helfen)!

Ein zweiter Bus – auch mit angeblichem End-
ziel Holzkirchen – fuhr ab, ehe ich fragen konnte.
Auch leer und ohne Fahrgäste.

Inzwischen hatten weitere Personen den ersten
– völlig überfüllten – Bus mit seinem darob
jammernden Busfahrer verlassen, was letzterer
schnell zu einem Notspurt und damit Verlassen
des Ostbahnhofareals nutzte. Angesichts keiner
weiteren SEV-Busse (die Zeit der zu ersetzenden
Züge war ja nun morgens kurz vor zwei Uhr
verstrichen) wartete ich ein freies Taxi ab und
fuhr mit drei mir bis dato unbekannten weiteren

Fahrgästen nach Unterhaching. Dort lieferten wir die mitfahrende Schülerin kurz nach zwei Uhr fast noch persönlich bei den Eltern ab und danach teilten die verbleibenden Männer sich den Fahrpreis.

Wobei am nächsten Tag in der Zeitung als Grund für den Einsatz (!) des SEVs etwas ähnliches stand wie: „dass ... der Polizeieinsatz wegen einer Weichenstörung, welche sich im Gleis aufgehalten hatte, um einen Signalausfall bei einem Notarzteinsatz zu reparieren noch anhalte bis zur Einweihung der zweiten Stammstrecke ..." (Grins!)

Fahrt nach Starnberg

Reinhold Glasl

Seit dem Tod meiner Mutter habe ich es mir zur Aufgabe gemacht, jede Woche meinen Vater zu besuchen.

Dies bereite ich vor, indem ich ihn interessierende Zeitschriften einpacke, Hemden mitnehme und Kuchen besorge. Und seit Kurzem am Tag davor mir an den Fahrkartenautomaten günstige S-Bahnen resp. Umsteigemöglichkeiten anzeigen und bei Gefallen auch ausdrucken lasse.

So auch am 21. Mai 2016, einige Tage nach Pfingsten und damit in den Schulferien – diese seit jeher anfällig für Änderungen im Fahrplan oder gar der Streckenführung. Vermutlich, weil dann besonders viele Fremde im Großraum München sind und mit hilflosem Gesicht herumlaufen müssen und nie wieder in die Stadt der fehlenden Ausschilderungen und nur geheim übermittelten neuen Wege kommen werden. Schließlich habe nicht nur ich mich selber da immer wieder verlaufen – abgesehen vom berühmten Schienenersatzverkehr – aber ...

Zurück zu meiner Reise nach Starnberg in meine alte Heimat.

Die Hinfahrt plötzlich mit einem 'RB'-Zugtyp durchzuführen und einen Kilometer zurück zu laufen erwies sich noch als kein größeres Problem. Denn der S-Bahnhof Starnberg Nord – eigentlich gleich ums Eck bei den Eltern – wurde eine Stunde lang nicht angefahren.

Nach dem Verzehr des mitgebrachten Kuchens kamen wir bald wieder auf die grünende Natur, aber auch auf den Besuch einer Schiffseinheit des damals gerade Siebzehnjährigen im Kriegswinter 1944 in Kiel zu sprechen, und bald waren drei Stunden um, und ich peilte die S-Bahn um 19:16 Uhr zurück in die Landeshauptstadt an. So wie der Automat es mir am Tag zuvor ausgedruckt hatte.

Nach mehrmaligem Verabschieden und Grüßen machte ich mich auf den Weg den kleinen Hügel hinunter und vor dem Tunnel nach links zum Eingang von Starnberg Nord.

Im Vorraum unten waren die Anzeigen dunkel, der Entwerter jedoch funktionierte und ich stieg die vier Treppen zu den Bahngleisen hoch.

Droben genügte ein Blick, um meine Ahnung bestätigt zu bekommen: Die vorab angekündigten Bauarbeiten nahmen wohl doch mehr Zeit in Anspruch, als die Planer in den Tagen davor wohl angenommen hatten: Anstatt in vier Minuten sollte die nächste S6 zum Ostbahnhof (so die offizielle Bezeichnung des Zuges in Richtung München) erst in 26 Minuten abfahren. Danach – ich staunte – schon in 20 Minuten, hierauf jedoch erst wieder in 40 und dann auch wieder in 40 Minuten.

Schnurstracks eilte ich auf einen Fahrkarten-automaten zu und ließ mir die dort zentral gespeicherten Fahrmöglichkeiten ausdrucken.

Sie hatten wenig Ähnlichkeit mit denen auf der elektronischen Anzeigetafel. Jedoch wurde vor-geschlagen, einen Bus nach 'Starnberg am See' zu nehmen und danach mit einem weiteren RB-Zug zum Hauptbahnhof zu fahren und dort erneut umzusteigen in eine S-Bahn, welche zum Ostbahnhof führen sollte.

Von dort führe dann sicherlich eine Bahn nach Unterhaching.

Der befragte Fahrkartenautomat führte aber auch einen Grund für – seine – Zugfahrten an: Eine Weichenstörung (wobei die vom Automaten als 'plötzlich ereignet' ausgegebenen Zeiten im Wesentlichen die Zeiten von gestern waren. Kann die DB – oder der MVV – eine Weichenstörung im Voraus ahnen? Es sei dahingestellt!).

Ich nahm einen kräftigen Fußmarsch zum Haltepunkt des für 19:41 Uhr angekündigten RB-Zuges auf mich und erreichte kurz nach halb acht – oder genauer, um 19:32 Uhr – die Plattform für denselben.

Eine – funktionierende – elektronische Anzeige offenbarte: Der anvisierte Zug habe in Starnberg am See schon 17 Minuten Verspätung, jedoch könne man bald nach Tutzing fahren.

Da dies die Gegenrichtung war, zog ich dies nicht in Betracht und sah plötzlich eine S-Bahn aus eben Richtung Tutzing kommen. Zusammen mit asiatischen Touristen und deren jungem deutschen Begleiter stieg ich ein und war froh, die meinerseits aus dem elterlichen Fundus erhaltenen Zeitungen in Ruhe lesen zu können.

Weit gefehlt.

Der S-Bahnzug zum Ostbahnhof – noch vor dem RB angekommen, welcher damit auf jeden Fall hinter uns warten würde müssen, anstatt in knapp 20 Minuten nach München durchdüsen zu können – fuhr die 800 Meter bis Starnberg Nord und blieb dort stehen. Nicht ohne dass der Zugfahrer schon gleich ankündigte, nichts über eine glückende Weiterfahrt aussagen zu können. Dafür gewährte er den Reisenden nach längerer Wartezeit eine Zigarettenpause.

Meine Mitfahrer waren allesamt Nichtraucher und waren so im Zug, als nach einem knappen „Nun geht's weiter" die Türen schlossen und die Bahn gen München anzog. Es war inzwischen nach acht Uhr abends – fast eine Stunde später als ursprünglich von mir geplant.

Inzwischen hatte ich mit den Mitreisenden S-Bahnerlebnisse ausgetauscht und sie beruhigt ob möglicher weiterer Verzögerungen: Ab Westkreuz spätestens gab es mindestens ein drittes Gleis, in Pasing noch weit mehr.

Ich sollte mich irren.

In Pasing angekommen verweilte der Zug und verweilte und – es erscholl plötzlich die Durchsage, der 'Polizeieinsatz' sei nun beendet und 'Entschuldigung', aber man wollte diejenigen, welche es anging, nicht vorwarnen.

Ob der wieder stehende Zug nun verschlossen oder vorher auf der Strecke gefilzt worden war, entzieht sich meiner Kenntnis, da ich nur an einer Weiterfahrt interessiert gewesen war.

Im gesamten Großabteil erleichtertes Auflachen, und wie andere Mitfahrende auch sah ich hinaus auf den Bahnsteig, ob irgendwo böse Buben abgeführt würden.

Dies sah ich zwar nicht, aber etwa auf Gleis 9 entdeckte ich eine 'S-Bahn zum Ostbahnhof', welche gerade abfuhr ...

Eine S6 in Richtung Osten bewegte sich schneller werdend aus dem Bahnhof Pasing hinaus in Richtung Hauptbahnhof/Marienplatz!

Potzblitz – welches Schelmenstück wird hier wieder aufgeführt: Denn unsere(!) S-Bahn S6 ist die – unseres Erachtens – einzig wahre und berechtigte S-Bahn, welche diese Richtung zum Ostbahnhof – und vor allem jetzt – nehmen darf!

Ungläubige Blicke erreichten mich aus dem Nachbarabteil, und ich stand auf und öffnete die

Türe unseres Wagens nach außen zum Bahnsteig. Tatsächlich – da waren Durchsagen.

Durchsage am Bahnsteig, nicht innen, wo noch vom Polizeieinsatz erzählt wurde:

"Achtung, die S-Bahn nach Ostbahnhof fährt nicht Gleis fünf, sondern Gleis 6 ab!"

Nun, wir waren aber Gleis fünf und Gleis 6 war leer. Anders hätten wir die gerade losgeschickte S-Bahn gar nicht sehen, geschweige denn identifizieren können.

Die Fahrgäste drängten zur Türe – und wirklich: Eine weitere S6 zum Ostbahnhof fuhr ein.

Und fuhr fast sofort nach dem Einsteigen des Erzählers weiter.

Nach der dreifachen Zeit – und selten mit genauen Infos versorgt – kam man in München an.

Mit Bus und Bahn –
pünktlich und entspannt zum Ziel!

Erdmuthe Buchner

„Also, dann bis bald, war schön, dass du endlich mal nach Deutschland gekommen bist. Komm gut nach Hause." Ludwig klopfte Finn nochmals freundschaftlich auf die Schulter „Und ich kann Dich wirklich …"

„Jetzt mach doch nicht so ein Geschiss, ich werd doch noch hier in Taufkirchen alleine in die S-Bahn steigen und bis Hackerbrücke zum Busbahnhof fahren können. Schau du zu, dass du ins Krankenhaus zu deiner Mutter kommst." Finn schaute dem Auto seines Freundes noch kurz nach und zog seinen Koffer die letzten Meter zum S-Bahnsteig.

Entspannt schaute er auf die Anzeige – super, in 2 Minuten ist sie da. Somit hatte er noch über eine Stunde Zeit um seinen Fernbus nach Kopenhagen zu erreichen.

Erstaunlich viele Fahrgäste warteten mit ihm am Bahnsteig. Teils starrten sie total abwesend auf ihre Handys und ähnliches. Andere liefen auf und ab oder starrten die Gleise entlang der erwarteten S-Bahn entgegen.

So vergingen zähe 6 Minuten. Die S-Bahn hätte nicht nur da sein, sondern den Bahnhof bereits wieder verlassen haben müssen – doch immer noch nichts.

Die Wartenden fingen unmutig an zu tuscheln. Fragende Blicke wanderten von einem zum anderen: „Haben sie vielleicht eine Durchsage gehört?"

„Nein, es ist nichts angesagt worden."

„Es ist doch immer das Gleiche, wir Fahrgäste stehen uns hier die Beine in den Bauch und Information ist Glückssache", erregten sich die Wartenden.

Finn stand ratlos inmitten der immer größer werdenden Menschenmasse vor den Gleisen. OK – Ludwig anrufen würde ihm nichts bringen, der hat im Auto sein Handy ausgeschaltet. Sollte er vielleicht versuchen, zum nächsten Taxistand zu gehen? Aber die Idee haben sicherlich auch viele Andere und ob dann überhaupt ein Taxi zu ergattern wäre, war fraglich. Und vor allem glaubte Finn sicher zu wissen dass, genau wenn er die Treppe hinunter und halb über den Bahn- hofsplatz gelaufen wäre, genau dann würde der Zug bestimmt ankommen und ihm direkt vor der Nase wieder davonfahren. Denn so fix, um die Bahn zu erreichen, wäre er mit seinem Koffer niemals.

Also, weiter warten.

Die Leute und auch Finn wurden zusehends ungehaltener und schimpften immer lauter. „Die jährlichen Preiserhöhungen, die bekommen sie zuverlässig hin, aber Pünktlichkeit lernen die nie. Zumindest Informationen dürfte man doch erwarten." Ja, so oder ähnlich äußerten sich die Fahrgäste. Doch dass die Sache mit dem Recht auf Informationen ein Trugschluss ist, stellte der MVV wieder mal sehr eindrücklich dar. Stattdessen dachten die wohl, die verehrten Fahrgäste mögen doch bitteschön froh sein, wenn überhaupt eine S-Bahn auftauchte.

Endlich – nach schier endlosen 16 Minuten, kam eine Durchsage: „Wegen einer Betriebsstörung haben alle S-Bahnen circa 30 Minuten Verspätung."

Finn atmete resignierend tief durch. Wie gut dass er so viel Zeit eingeplant hatte. Er würde also seinen Fernbus immer noch locker erreichen, trotz Verspätung.

Nach weiteren zähen 10 Minuten fuhr endlich eine bereits gut besetzte S-Bahn ein.

Knurrend und murrend, mit Knie und Ellenbogen stoßend, schoben sich die Fahrgäste in den Zug. Auch Finn wurde mit in den Wagen gedrängt.

Umfallen konnte in dem Zug keiner mehr. Er setzte seinen Koffer, natürlich ganz unabsichtlich, unsanft neben seinen Füßen ab. Dies verschaffte Finn wenigstens etwas Beinfreiheit. Die stickige, schweißgetränkte Hitze in dem voll gestopften Wagen betäubte ihn beinahe. Aber leider – eben nur beinahe.

Eingekeilt vom sehr individuellen Eigengeruch des Herren vor sich, der widerlich süßen Parfüm-wolke von rechts, dem alkohol-gesättigtem Atem seines linken Mitfahrers und dem penetranten Knoblauchduft von hinten, versuchte Finn so flach als möglich zu atmen. Er hoffte darauf, an der nächsten Haltestelle, wenn sich die Türen kurzzeitig öffneten, wenigstens etwas frische Atemluft zu ergattern.

Eigentlich hätte die S-Bahn bis Ostbahnhof durchfahren können. Denn Einsteigen konnte niemand mehr und auch ein Aussteigen war ob der dichten Belegung des Zuges schier unmöglich.

Überraschend vernahmen alle Fahrgäste an der Haltestelle St. Martins Straße eine Durchsage:

„Sehr verehrte Fahrgäste, wegen einer größeren Störung auf der Stammstrecke enden alle S-Bahn-Züge am Ostbahnhof. Bitte benutzen sie zur Weiterfahrt die bereit gestellten Ersatzbusse."

Nun war es mit der Ruhe von Finn endgültig vorbei. Sein eingeplantes Zeitpolster schmolz unaufhaltsam. Und ein späterer Bus nach Kopenhagen fuhr heute nicht mehr.

Endlich öffneten sich die Türen am Ost-bahnhof. Die freundlichen Durchsagen mit noch-maligem Hinweis auf die Ersatzbusse waren zwar sehr freundlich, trafen aber nicht ganz ins Schwarze.

Finn und gefühlte tausend andere verunsicherte Reisende hetzten auf dem Bahnsteig wie aufgescheuchte Hühner hin und her.

Finn entdeckte in der Mitte des Bahnsteiges ein Glashäuschen mit der Aufschrift: Auskunft! Er wurschtelte sich durch die Menschenmenge, erreichte den Service Punkt, nur war weit und breit kein Bahnbediensteter zu sehen.

Langsam verzweifelnd wendete er sich an die Umstehenden: „Entschuldigung, ich bin fremd hier, wo finde ich bitte …?"

Bedauernde Antwort: „Tut mir leid, ich bin auch fremd hier. Aber im Untergeschoß ist noch ein Infostand. Da müssen sie zurück zur Treppe am Ende des Bahnsteiges. Die Rolltreppe gleich hier ist defekt."

Also, zurück über den Bahnsteig und die Treppe runter sausen. Wenn es geht schneller als die Zeit läuft, denn langsam wurde es sehr eng für Finn.

Unten angekommen, musste er erkennen, dass er nicht der einzige, ratlose Reisende war. Mindestens sechs Personen, die nicht wussten wo, wie und wann, standen schon vor ihm am Stand.

Da aber auch die Mitarbeiter des MVV ihre diesbezüglichen Weisheiten nur aus dem Computer, bzw. diversen Fahrplanlisten bezogen, verkürzte sich die Schlange vor ihm nur sehr langsam. Finn wurde immer nervöser. Sein

Zeitpolster war mittlerweile auf beängstigende 38 Minuten zusammengeschmolzen.

Die wüstesten Überlegungen, was das Fortkommen anbelangt, wirbelten in seinem Kopf herum, brachten aber nichts konkretes, da er von den örtlichen Verkehrsverhältnissen null Ahnung hatte.

Endlich war Finn an der Reihe und mit seinen Nerven fast am Ende.

„Ich muss dringendst zum Busbahnhof Hackerbrücke – um 11:30 Uhr fährt dort mein Fernbus nach Kopenhagen ab. Wie komme ich da am schnellsten hin? Wo fährt denn der Ersatzbus ab oder noch besser. Wo finde ich ein Taxi?", fragt er hektisch den Bediensteten.

In aller Gemütsruhe meinte der: „Moment, des hamma glei."

Dieses 'glei' entpuppte sich als Irrtum. Nach geschlagenen fünf Minuten wusste Finn zwar, wo er den Bus Nummer sowieso fände, aber nur so in etwa wie er dort hinkommt. Auch die Bemerkung: „Des mit am Taxi könnens heit sicherlich aa vergessen", konnte ihn nicht wirklich aufbauen. Völlig frustriert verließ er den Infostand und fuhr mit der nächstbesten Rolltreppe nach oben.

Gegenüber des Bahnhofs parkten acht Busse und schier endlose Schlangen von Wartenden standen vor deren Türen.

Finn wollte schon resignieren, als direkt vor ihm ein Taxi seinen Fahrgast verabschiedete. Eiligst enterte Finn das Auto: „Bitte zum Busbahnhof an der Hackerbrücke – aber schnell, mein Fernbus nach Kopenhagen fährt in 22 Minuten dort ab."

Finn war gerade dabei sich etwas zu beruhigen, da meinte der Fahrer in breitem Bayrisch: „Schau ma moi, ob mia des schaffa. Aber i bin koa D-Zug und fliagn ko i a ned. Heit geht's narrisch zua auf da Straß, wei koa S-Bahn ned geht."

Trotz dieser Ansage holte der Taxifahrer aus seinem Wagen heraus, was ging. Nun lernte Finn auch noch die sichere Rot-Phase Münchens kennen. Schier endlos dauerte der Halt an jeder Ampel. Jetzt waren es nur noch 2 Minuten bis zur planmäßigen Abfahrt seines Busses, und sie waren gerade erst am Prinzregentenplatz. Verzweifelt und hektisch durchsuchte Finn seine Taschen. Wo war denn sein Handy? Er hatte doch eine Notfallnummer, damit er bei einer Verspätung Bescheid sagen könne. Dann würde der Bus kurzzeitig warten. Endlich war das Handy gefunden. Auf dem Display sah Finn die Anzeige: drei Anrufe in Abwesenheit. Oweh, er hatte ja gestern im Lokal sein Handy auf lautlos gestellt. So ein Mist, der Busfahrer wollte ihn kontaktieren. Doch er hatte es nicht bemerkt. Hoffentlich wartete der nun trotzdem auf ihn. Finn bemühte sich sofort, zurückzurufen, bloß hatte er keine Chance ins Netz zu kommen. Offensichtlich wollten zu viel Menschen zur selben Zeit telefonieren wie Finn.

Endlich erreichte das Taxi den Busbahnhof Hackerbrücke. Er war zwar einiges über der Zeit, aber Finn wusste, so 20 Minuten würde der Bus warten.

Anders als der übernervöse Finn, hatte der Taxifahrer die Ruhe weg. Finn hatte leider nur noch einen 50 € Schein, da wäre der Rest ein zu hohes Trinkgeld gewesen. Beinahe provokant umständlich wechselte er das Fahrgeld. Schraubte sich behäbig aus seinem Auto und reichte Finn ächzend den Koffer heraus.

Finn stand noch hinter dem Taxi, als sein Bus an ihm vorbei auf die Straße fuhr. Fassungslos war Finn nicht mal mehr in der Lage, den Fahrer auf sich aufmerksam zu machen.

Resignierend und total enerviert las er nur noch die Aufschrift am Heck seines Busses:

„Mit Bus und Bahn –
pünktlich und entspannt zum Ziel"

Ade, Moly

Claudia Semmler

Jetzt bin ich doch schon in die Jahre gekommen. Mein Name ist 420097-8. Alle Haltestellen kenne ich stadtein- und -auswärts auswendig. Anfangs, als ich noch jung war, mein Lack noch glänzte, meine Polster noch nicht durchgesessen waren, fand ich das Gesamtstreckennetz das reinste Abenteuer! Auch die Fahrerei, die vielen „Verehrten Fahrgäste" – nichts war spannender. Gottseidank durfte ich in München meine Lebenszeit abarbeiten, in einer Stadt mit Herz.

Im Grunde bleibt mir auch nichts anderes übrig, als den 20-Stunden-Tag so angenehm wie möglich zu gestalten. Ausruhen gibt es nicht.

Wenn ich mal nicht unterwegs bin, werde ich gereinigt, ebenso die Waggons, die zu meiner Existenz als S-Bahn-Triebzug angehängt werden.

Die Waggons erhalten Schaum für die Polster, leider ein zu aggressiv riechendes Wischwasser für die Lauf- und Stehflächen und Dampf-reinigung mit Perlwachs für das äußerliche Erscheinungsbild. Bestimmt 20 Personen sind damit beschäftigt, die Griffe und Haltestangen zu putzen, sowie die Abfallbehälter zu leeren und die Werbeprospekte aufzufüllen oder auch nach gegebener Zeit die Innenwerbung an den

Scheiben und oberen Deckenwänden auszuwechseln.

In den Führerstand darf niemand außer den gut ausgebildeten S-Bahnführern oder -führerinnen. Nur mit Aufsicht darf der Triebzug-Innenraum rausgewischt werden. Sie wissen schon, es könnte ja jemand etwas böswillig verstellen oder zerstören wollen. Das ist mir nur recht, denn ich will mein Ziel, das Rentenalter, unfallfrei in drei Tagen, am 30.9.2004, erreichen. Während meiner aktiven Zeit beim MVV wurde schon gut für mich gesorgt, indem ich mal als Kurzzug, dann wieder als Langzug mal mehr oder weniger Last zu ziehen hatte. Meine Bremsen waren immer tiptop, die Scheibenwischerblätter frisch, der Sitz ein hochwertiger ergonomischer Bandscheibenstuhl.

Mir wurde nie langweilig, denn das Streckennetz wurde ja auch stetig erweitert. Dann bekam ich wieder neue Software, und jeden Tag war es eine Überraschung, wer wohl heute mein Lenker sein würde.

Die Anfänger mochte ich nicht so gern, die haben mich die erste Zeit immer so ruckartig abgebremst und schweißelten mehr als die Vollprofis. Irgendwie verständlich, denn aller Anfang ist schwer bei so viel Verantwortung. Aber mit der Zeit wurden auch sie routinierter darin, die vielen Abertausende von meist gehetzten Menschen von A wie Allach nach Z wie Zorneding zu bringen.

Alfonso fand ich immer prima. Er hat während der Fahrt immer italienische Schnulzen rauf und runter gesungen. An ihm ist ein Schlagerstar verloren gegangen.

Aber auch Elisabeth war eine Nummer für sich. An Haltestellen, wo es erst einige Minuten später weiter ging, holte sie ihr Strickzeug raus, um im Stehen ein Paar Maschen meditativ runterzustricken. Das Resultat konnte sich sehen lassen. Ihre Schals zierten nicht nur ihren Hals, sondern dienten gerade im Winter, wo es schon manchmal zugig war, ebenso als hilfreicher Grippeschutz, wenn sie von vorne zum hinteren Triebzug laufen musste, um wieder zurückzufahren.

Theo hingegen hatte leider oft unangenehme Anrufe bekommen. Streitigkeiten mit Frau und Tochter. Mensch, konnte der Theo fluchen! Angst hätte man bekommen können, wenn man ihn so schreien hörte. Aber er war der, der am sanftesten und liebevollsten mit mir umging. Er hat immer sehr gründlich das Cockpit mit einem Lappen gereinigt, bevor sein Dienst begann. Er konnte mich gut leiden und beherrschte seinen Job tausendprozentig. Auch das Glücks-Stoffbärchen, das er immer im Führerstand hatte, lässt erahnen, das er obgleich ein "Brackl" von Mann das Herz am rechten Fleck hat. Jetzt ist er geschieden, das ist gut so, ihm geht's jetzt viel besser.

Ach, und eines muss ich Ihnen noch berichten, ein ganzer Wagon wurde im Hau-Ruck-Verfahren vor 15 Jahren leergeräumt und der Fahrplan kam zum Erliegen. Es wurden gesunde Vierlinge in meinem Zug geboren. Der Arzt, der die Geburt begleitete, ein Fahrgast übrigens, wurde als „Hebamme in letzter Sekunde" später von der Stadt München geehrt.

Genauso aufregend war es, als ich am 28. April 1972 als sozusagen erster Olympiatriebzug in den neuen S-Bahnhof Olympiastadion-Oberwiesenfeld einfahren durfte. Mächtig stolz war ich und noch so jung. Oder 1984, als der Katholikentag in München war, da war richtig was los. Halleluja.

Und vielleicht wissen Sie es noch, in den 70ern durften die Fahrgäste sogar über die Farbgebung der S-Bahnen abstimmen. Das bayrische Volk entschied für ein Blau. Lang, lang ist es her, und solche Abstimmungen gab es auch nie wieder in der Bahngeschichte.

Die anderen Triebzüge, Waggons und einige Führer werde ich gewiss vermissen, wenn ich meinen Ruhestand beginne, aber das Getriebensein vom Fahrplan, die Fahrten bei Schneegestöber und Dauerregen werden mir garantiert nicht abgehen. Auch die Menschen mit kilometerlangen Bierfahnen, die vollgestopften Waggons während der Oktoberfestzeit – das waren immer die anstrengendsten Touren, die ich gern schnell vergessen will. Zusätzlich werde ich von den notorischen Schwarzfahrern und S-Bahn-Surfern zukünftig verschont. Graffiti-Sprayer lassen mich dann auch in Ruhe. Immerhin haben sie mir acht Mal in gut 32 Jahren Dienstzeit die danach folgende quälende Reinigung angetan.

22 Scheinwerfergläser, 35 Azubis, die bei mir das Fahren lernten, 103 Tage Wartung und Reparatur, ein neuer Sitz, x Scheibenwischer, zwei neue Sprechkommandoanlagen, drei Seitenscheiben und fünf Beulen am Dach von herab fallenden Ästen zeugen davon, dass es nun genug ist. Es reicht. Wissen Sie, ich bin wirklich nicht undankbar, denn ich hatte eine tolle Zeit, aber alles hat ein Ende. Die neuen Triebzüge sind nun dran. Von uns, der 420-Baureihe, gab es 120 Stück, aber jetzt gibt es nur noch einen Sonderzug, zwecks der Nostalgie, leider aber nicht mehr in dem Originalblau von damals.

Die letzte Station, die ich anfahre, sind meine Träume, weit weg vom Zehn-Minuten-Takt. Ich träume von: ausschlafen, Moos ansetzen lassen, dem Unkraut neben meinen Rädern beim Wachsen zusehen und ausgiebigem Ratschen mit den andern Rentner-Triebzügen. Endlich die Gewissheit, Zeit zu haben, nicht in Eile zu sein, auszuschnaufen, die innere Leere zu spüren. Egal wo, vielleicht im S-Bahn-Himmel, irgendwo auch endlich mal anzukommen. Endlich Stillstand im

Ruhestand. Vergessen werden, so wie die S-Bahnhaltestelle Olympiastadion-Oberwiesenfeld.

MOLY war die Abkürzung für den Bahnhof München Olympiastadion-Oberwiesenfeld.

Besten Dank an Dirk und Nils (Lokführer). Weiteren Dank an die Informationen aus dem Internet, besonders an www.et420-online.de. Hier bekam ich die Inspiration, eine Geschichte über die „420" zu erfinden. Eine 100-prozentige Richtigkeit der Angaben kann nicht gewährleistet werden, denn es ist einfach eine nostalgische Triebzug-Ruhestands-Geschichte.

Endstation – Erzsébet 5

Doris Lettmann

Nach der Wiesn und der Bierdusche ist es Herbst geworden. Draußen ist es grau, drinnen ist es meistens feucht und riecht nach nassen Gummistiefeln, Hunden und Sitzpolstern. Die Leute sind immer noch unfreundlich, machen sich die Plätze streitig und versuchen sich mit ihren Regenschirmen gegenseitig die Augen auszustechen, aber in diesem Herbst hat Erzsébet an diesem Ärger keine Freude mehr. Wenn man nicht so genau hinschaut, sind es dann halt doch immer die gleichen Leute und der gleiche Ärger. Und die gleiche S-Bahn.

Immerhin ist Erzsébets Wagen heute mal an der S8 angehängt worden. Es geht vom Flughafen zurück in die Innenstadt. Da ist die Bahn immer voll: voll mit Koffern, die in Plastikhüllen eingewickelt sind, die kleine Mascherln haben damit ihr Besitzer sie auch wieder findet, und die manchmal auf ihren kleinen Rollen durch die ganze S-Bahn fahren. Neumodisches Glump, denkt sich Erzsébet. Zu ihrer Zeit wurden Koffer noch getragen, da hat sich nichts selbstständig gemacht. Aber auch die Fahrgäste sind auf der Flughafenlinie etwas abwechslungsreicher: Ein große Gruppe Chinesen oder Japaner und Geschäftsreisende mit ihren Laptops auf den

Knien. Und ganz viele Münchener, die aus ihrem Urlaub zurückkehren und dabei so müde und erschöpft aussehen als müssen sie gleich noch mal in die Ferien.

Diesmal setzt sich aber ein interessanter Fahrgast auf Erzsébets Platz: Ein richtiger Pfarrer. Kein so moderner Pfarrer wie es sie jetzt in Bayern gibt, nein, anscheinend ist es ein echter vatikanischer, denn er trägt eine schwarze Soutane, ein quadratisches Birett auf dem Kopf, und – Erzsébet muss sich selbst eingestehen: dass er aus dem Vatikan kommt erkennt sie vor allem daran, dass er eine Aktentasche aus schwarzem Leder mit dem eingeprägten Zeichen des Heiligen Stuhls auf den Knien liegen hat.

In Erzsébet meldet sich ein Gedanke, der schon seit einiger Zeit in ihr gereift ist. Die haben doch eine ganz direkte Leitung nach oben. Vielleicht kann ihr ja der Pfarrer helfen? Das ewige Leben in einem Polster ist ja doch nicht das, was man als Paradies versteht. Da hat es der Alois im Himmel sicher gemütlicher. Vorsichtig klopft sie von innen durch das Polster. Der Geistliche schlägt unwirsch nach einer vermeintlichen Mücke.

Erzsébet schwebt ein bisschen nach oben, bis sie auf der Höhe des sonnenverbrannten Halses ist. Im Vatikan gibt's wohl nicht genug Sonnencreme für bayerische Haut. Vorsichtig pustet sie ihm einen eiskalten Hauch in den Nacken.

Der Pfarrer kramt einen Moment lang in der Aktentasche, dann nimmt er ein Seidentuch aus der Tasche und legt es sich um den Hals. Ein farbig bedrucktes Seidentuch in der Art, wie man es seiner Freundin schenken würde.

Dass ein anständiger Katholik so schwer von Begriff sein kann! Erzsébet wird so wütend, sie könnte gleich noch mal eiskalt hauchen. Für einen Moment kann sie mit ihren geistigen Fingern die Aktentasche auf den Knien erreichen, stemmt den Deckel ein paar Zentimeter auf, geistige Schweißperlen stehen auf ihrer geistigen Stirn, dann schnappt die Aktentasche zu – und die Fingerspitzen des Geistlichen stecken drin.

„Mi basta!" Der Geistliche springt auf, inzwischen hochrot, und schwenkt sein Birett, um Mücken und beißende Aktentaschen auf Abstand zu halten.

„Erst der Stau bis zum Fiumicino, dann ist der Flug ausgefallen und den S-Bahn-Anschluss habe ich auch verpasst! Herr, befrei mich von dem Bösen, das mich heute heimsucht!" Die Aktentasche fällt zu Boden und spuckt die vatikanischen Akten auf den Boden.

„Porca Miseria. Managgia!"

Die Miseria bemerkt Erzsébet nicht mehr. Denn ab dem „heimsuchen" spürt sie, wie sie eine Kraft aus ihrem Polster zieht. Das Geräusch des Zuges wandelt sich in das Posaunen von barocken Putten, die Ansage zum nächsten Halt wird zum

Jubilieren der himmlischen Schar. Das tiefe Blau, in dem sie die letzten Jahre gesteckt und die Welt beobachtet hat, wird himmelblau, ein strahlendes Licht umfängt sie. Die S-Bahn stoppt. Lächelnd erhebt sie sich von ihrem Sitz und geht zur Türe. Da vorne, am Bahnsteig Leuchtenbergring, da wartet schon ihr Alois.

Autoren

Die Hachinger Autoren sind eine Gruppe von Leuten, die gerne, um nicht zu sagen begeistert, schreiben. Ihr Brot verdienen sie aber mit ganz normalen Berufen. Sie treffen sich regelmäßig, um sich gegenseitig zu inspirieren, zu lektorieren und anzufeuern. Einige von ihnen haben schon in Anthologien oder eigenen Bücher veröffentlicht. Mehrmals im Jahr veranstalten sie Lesungen. Dies hier ist ihr erstes gemeinsames Buch.

Erdmuthe Buchner

Auf Anregung ihrer Kinder hat sie begonnen, die Geschichten, die sie für diese einst erfunden hatte, aufzuschreiben. Durch den Kontakt zu den Hachinger Autoren hat sie nun auch Spaß daran, kurze Geschichten für Erwachsene zu schreiben: Oft mörderisch, aber auch mal nachdenklich oder lustig.

Hauptsache, es macht ihr Spaß zu schreiben und anderen, ihre Geschichten zu lesen.

Der Christbaumtransport
Immer wieder Mittwoch
Mit Bus und Bahn – pünktlich zum Ziel

Michael Fromholzer

Schreibt gerne auf Reisen und auf Bayrisch. Manchmal auch in der S-Bahn. Auch das, wozu ihn der Autorenkreis inspiriert. Was dabei herauskommt, überrascht ihn oft selbst. Das ist ein weiterer Grund, warum er gerne schreibt.

Korfu ade
Eine bayrische Geistergeschichte
Biss zur Endstation
Die blutigen Hände
Verehrte Fahrgäste

Reinhold Glasl

Der Qualitätssicherungsingenieur war schon vor seinem Physikstudium fasziniert von den Sternen und den Möglichkeiten der Raumfahrt. Diesem Thema widmete er viele seiner (Zukunfts-) Geschichten. Heute bevorzugt er mehr kritische Themen, oft auch im bayrischem Dialekt.

Als Eisenbahnnutzer von Kind auf ist er auch heute noch fast jeden Tag im Zug oder in der S-Bahn zu finden.

Ja wos, gibt's denn so wos wiaklich?
Nachtlinie
Nur zwei Kilometer
Schienenersatzverkehr
Fahrt nach Starnberg

Andrea Herlbauer

Schon während der Schulzeit hat sie angefangen, Geschichten zu schreiben. Mit den Jahren entdeckte sie ihre Vorliebe für kurze Momentaufnahmen. Gerne darf es etwas geheimnisvoll oder mystisch sein. Manche Geschichten müssen die Leser für sich selbst interpretieren.

Drei Stationen
Aufenthalt

Doris Lettmann

Zeichnen oder Malen oder Schreiben – das ist die Frage. Man kann aber auch beides kombinieren – das nennt sich dann Comic. Oder Bücher illustrieren. Ist alles sehens- und lesenswert.

Erzsébet 1 bis 5

Gertraud Schubert

schreibt und schreibt: Krimis, Science-Fiction, Fantasy, Kindergeschichten, sogar Liebesromane … mal kürzer, mal länger, meist kürzer. Von ihr gibt es auch vier Unterhaching-Krimis.

Commander Chris
Die verschwundene S-Bahn
Manuelas Geschichte

Die drei Hexen
Der Auftrag
Mona Lisa
Fahr niemals mit der Vorletzten

Claudia Semmler

Sie schreibt am liebsten im Zug und nach Sonnenuntergang. Ihre Texte sind keine Literatur, sagt sie, aber mit viel Leidenschaft am Schreiben entstanden. Aufs Blatt kommen kurze Geschichten, Gedichte, auch mal Gedanken oder Nonsens. Sie arbeitet als Cutterin, Bildtechnikerin und Shiatsu-Praktikerin in München.

Worte sind Poesie, Geschichten eine Symphonie und Romane eine Neugeburt einer Welt.

Mangoduft
Wach gerüttelt
Pech haben – Glück finden
Verloren und wiedergefunden
Ade, Moly

Victoria Sonblum

In der Lebensmitte entdeckte sie durch einen Volkshochschulkurs die Liebe am Schreiben. Ihre Hobbys sind Lesen, Schreiben, Malen und Tai Chi.

Sie schreibt derzeit an kurzen Geschichten über dies und das. Außerdem würde sie sich über eine kleine bis mittlere Lesergruppe, die beim Schmökern ihrer Geschichten auch mal schmunzeln, sehr freuen.

Drei vergessene Bananenkisten
Fiepsies Erlebnisse

Peter Veth

Er schreibt seit 25 Jahren für sich Geschichten aus seinem Leben. „Ich lebe den Augenblick, beurteile die Menschheit aus verschiedenen Lebenserfahrungen heraus z.B. berufsbedingt, aus Arbeiten mit Behinderten, aus meiner politischen Arbeit und aus Sicht der taoistischen Lebens-philosophie", sagt er. Momentan verbringt er ein Drittel seiner Zeit in seinem Haus in Ungarn. Er ist Betriebswirt, Schwimmmeister, Trainer in asiatischer Bewegungskunst, Naturheilkundler und noch vieles mehr.

S-Bahn-Schlägerei
S-Bahn-Training
Und dann aufgwacht

Kilian Winter

Kurzweilig, amüsant und immer mit überraschenden Wendungen, so mag er seine Geschichten. Der Familienvater schöpft seine Ideen aus dem täglichen Berufs- und Alltagswahnsinn, kombiniert mit einer Prise Fiktion. Könnte ein Déjà-vu auslösen.

Bananen bremsen nicht
Mambo in Gelb
Die kleine S-Bahn
Die allererste S-Bahn
Welcome to Munich

Nachwort

Wir, die Hachinger Autoren, sind kein gemeinnütziger Verein. Aber wir nutzen einander ungemein. Die monatlichen Treffen stellen für uns alle eine Freude dar. Mit Spannung verfolgen wir die Geschichten der anderen und lernen dabei selbst immer wieder etwas dazu. Und natürlich ist da immer eine Inspiration dabei; die nehmen wir mit und schauen was daraus entsteht. Überraschungen sind durchaus erwünscht. Und das Schreiben macht uns nicht nur dadurch eine Menge Spaß.

Da sitzen wir dann zu Hause, während Sie am Badesee liegen, und schreiben uns die Finger am PC wund. Manchmal scheint es ein Wunder, dass die Tastatur nicht zu brennen anfängt. So heiß glühen die Tasten. Manche von den Hachinger Autoren bevorzugen auch das altmodische Verfassen von Texten mit Kugelschreiber und Notizblock. Denn für richtige Autoren ist es unerlässlich, immer Schreibzeug und Papier dabeizuhaben, ob in der S-Bahn oder auf Malle.

Die Freude am Schreiben eint uns alle, darauf kommt es an.

Seit zehn Jahren gibt es uns nun schon, und die Schreiblust ist nach wie vor ungebrochen. Es scheint sogar so, dass es in diesem unserem

Jubiläumsjahr besonders euphorisch und kreativ zugeht. Und darum haben wir uns gedacht, daraus ein Buch zu machen. Über ein Thema, bei dem jeder ein Lied singen kann.

Wir danken dem Hachinger Agenda-Treffpunkt für die Nutzung seiner Räumlichkeiten für unsere monatlichen Treffen. Wir sind sehr froh darüber, hier willkommen zu sein.

Wir danken auch Gertraud für die Koordination, die Planung und Organisation dieses Buches. Kilian und Klaus-Peter haben sie bei Korrektur und Layout kräftig unterstützt. Judith hat lektoriert und korrigiert – vielen Dank für Eure Mühe!

Wenn Sie einmal vorbeischauen wollen, fragen Sie einfach unter gertraud.schubert@gmx.de an, wann unser nächstes Treffen ist. Oder Sie schauen auf unsere Homepage:

https://hachingerautoren.wordpress.com/

Michael

Inhaltsverzeichnis

Kurzstrecke...**5**

Mango-Duft...7

S-Bahn-Schlägerei..10

Korfu ade...14

Stammstreckenverstopfung – Erzsébet 1............18

Der Christbaumtransport.................................21

Commander Chris..26

Wachgerüttelt..30

Das Vögelchen – Erzsébet 2............................33

S-Bahn-Training..37

Drei vergessene Bananenkisten.........................40

Pech haben, Glück finden!...............................44

Drachen in Wolfratshausen – Erzsébet 3............49

Drei Stationen...53

Langzug..**59**

Bananen bremsen nicht....................................61

Verloren und wiedergefunden...........................74

Die verschwundene S-Bahn..............................80

Manuelas Geschichte.......................................92

Fiepsies Erlebnisse...103

Aufenthalt...109

Mambo in Gelb..116

Krachbumm – die drei Hexen 1.......................135

Süßigkeiten – die drei Hexen 2.......................141

Stürmisch – die drei Hexen 3..........................151

Die kleine S-Bahn..156

Andenken mit Augustiner – Erzsébet 4............165
Der Auftrag...169
Mona Lisa...175

Nachtbetrieb...201

Die allererste S-Bahn....................................203
Eine bayrische Geistergeschichte..................214
Immer wieder Mittwoch................................225
Biss zur Endstation.......................................230
Und dann aufgwacht 233
Die blutigen Hände..236
Fahr niemals mit der Vorletzten!..................242

Verdrusslinie..247

Sehr verehrte Fahrgäste................................249
Welcome to Munich.......................................253
Ja wos, gibt's denn so wos wiaklich?.............269
Nachtlinie...274
Nur zwei Kilometer......................................276
Schienenersatzverkehr..................................279
Fahrt nach Starnberg....................................283
Mit Bus und Bahn – pünktlich und entspannt zum
Ziel!...289
Ade, Moly...297
Endstation – Erzsébet 5.................................303

Autoren..307